그 남자의 결혼 파트너 2

그 남자의 결혼 파트너 2

초판 1쇄 발행 2020년 05월 15일

지은이 | 벚꽃 그리고

발행인 | 김성룡
기획, 편집 | (주)스마트빅(쉼표)
교정 | 김은희
표지디자인 | 우물
출판등록 | 제2014-000017호 (2011년 6월 30일)

펴낸곳 | 도서출판 가연
주 소 | 서울시마포구 월드컵북로 4길 77, 3층 (동교동 ANT빌딩)
전 화 | 02-858-2217
팩 스 | 02-858-2219
ISBN | 978-89-6897-064-1 03810

the many
marriage partner

그 남자의 결혼 파트너

벚꽃 그리고 장편소설

2

Chapter 04

지하철 출구를 빠져나온 진호가 빠르게 회사를 향해 걸음을 옮겼다. 출장을 간 동안 미뤄졌던 선호의 일정이 빡빡하게 잡혀 있는 하루였다. 준비할 것이 많았기에 시간을 확인하고 회사를 향하는 그의 걸음이 점점 더 빨라졌다. 회사 정문을 고작 10미터 정도 남긴 거리.

"어머. 안녕하세요."

뒤에서 들려오는 밝은 목소리에 빠르게 움직이던 진호의 걸음이 우뚝 멈추었다. 천천히 고개를 돌렸다.

"출근하시나 봐요."

평범하게 뜨고 있던 진호의 눈이 살며시 커졌다. 자신의 앞에 가깝게 다가와 활짝 웃는 여자. 늘씬하게 쭉 뻗어 있는 다리를 뽐내

듯 타이트한 트레이닝팬츠에 역시나 예쁜 몸매가 잘 드러나는 소재의 트레이닝 상의를 입은 그녀. 얼마 전 자신을 놀라게 했던 주혜미 그녀였다.

"좋은 아침이에요."

멍한 진호의 표정에도 아랑곳하지 않고 그녀가 밝게 웃으며 말을 건넸다.

"네. 안녕하세요."

"보통 이 시간에 출근하세요?"

손목의 시계를 확인하며 그녀가 물어 왔다.

"네. 그런데 여기서 대체……."

뭐 하고 있는 건가요? 물어오는 진호의 시선에 혜미가 살며시 입술을 밀어 올렸다.

"저 운동하느라고요. 역시 운동은 아침에 해야 해요."

여기서? 진호가 천천히 시선을 옮겨 주변을 바라보았다. 높은 빌딩이 빼곡하게 들어선 도심의 중심가. 정장을 차려입은 남자들과 오피스 룩을 입은 여자들이 바쁘게 출근을 하기 위해 걸음을 옮기는 모습이 익숙한 이곳. 이곳과 전혀 어울리지 않는 복장의 그녀는 지나가는 이들의 시선을 받기에 충분한 조건을 가지고 있었다. 이질적인 그녀의 모습을 가만히 바라보던 진호가 작게 고개를 끄덕였다. 뭐 그럴 수도 있지.

"아, 그러시구나. 운동 열심히 하세요. 저는 출근을 해야 해서."

대수롭지 않게 말을 건넨 진호가 몸을 돌리려는 순간.

"언니. 출장에서 돌아왔다고 하던데."

그녀의 목소리가 발목을 잡았다. 살며시 그녀를 향해 몸을 돌렸다.

"네. 오늘 출근하실 거예요."

"아, 그렇구나."

그녀가 빙긋빙긋 웃었다.

"보통 퇴근은 언제 하세요?"

바쁜 마음에 빨리 사무실로 들어가야겠다는 생각을 하면서도 해맑게 웃으며 물어 오니 차마 끊어 내지 못했다.

"대중없습니다."

"그러시구나. 쉬엄쉬엄하세요. 건강도 챙기셔야죠."

그런 걸 챙길 사이는 아니지 않나? 역시나 이상한 생각이 들었지만 그냥 하는 말이려니 생각하고 진호는 천천히 입술을 움직였다.

"네. 알겠습니다."

"어머. 제가 출근하는 바쁜 사람 잡아 놓고 말이 너무 많았죠?"

이제는 들어갈 수 있겠구나 하는 작은 안도감이 들었다.

"괜찮습니다. 그럼 계속 운동……."

"그럼 괜찮으시면 커피 한잔하실래요?"

헤헷. 괜찮다는 말을 빠르게 낚아챈 그녀가 구김 없이 웃었다.

"어? 혜미야."

들려오는 목소리에 두 사람이 동시에 고개를 돌렸다. 커다랗게 뜬 눈으로 자신을 바라보는 인선의 모습에 혜미가 밝게 미소 지었다.

"여기서 뭐 해? 어. 박 비서님도 계셨네. 안녕하세요."

"네. 안녕하세요. 유 비서님. 출장 잘 다녀오셨죠?"

"네. 덕분에요."

"언니. 잘 다녀왔어?"

"응. 잘 다녀왔어."

대답하는 인선의 시선이 번갈아 진호와 혜미의 얼굴에 닿았다.

"그런데 두 분이 여기서……."

"응. 잠깐 얘기 중이었어. 마침 여기서 딱 만났지 뭐야?"

잠시 말을 멈추었던 인선이 다시 입술을 움직였다.

"두 사람이 아는 사이예요?"

인선의 물음에.

"응."

"아니. 뭐……."

동시에 두 사람이 답했다. 대체 이게 무슨 상황이야.

"그런데 혜미야. 너……."

대체 그 복장으로 여기서 뭐 하는 거니? 차마 묻지 못하고 그녀를 가만히 바라보았다. 흡사 패션 잡지의 스포츠웨어 모델 같은 모습을 하고 정장을 차려입은 사람들 사이에서 시선을 모으고 있는 그녀.

"운동하다 보니 여기까지 왔네."

대충 걸으면 한 시간이면 족히 오는 거리이기는 하지만 굳이 주변에 공원 놔두고 여기까지?

"아. 그렇구나."

오묘한 인선의 시선에 혜미가 빙긋 웃었다.

"나는 다시 운동하러 가야겠다. 언니. 진호 씨 반가웠어요."

"어? 어. 그래. 가려고?"

"응. 가야지."

대답을 마친 혜미가 진호를 향해 고개를 돌렸다.

"다음에 커피 한잔……. 아니다. 밥 한번 먹어요. 제가 쏠게요."

"네."

"언니. 들어가. 나 간다."

"응. 그래. 조심히 들어가. 전화할게."

그녀가 긴 다리를 쭉쭉 뻗어 순식간에 인파를 가르고 사라졌다. 멀뚱멀뚱 그녀가 사라진 공간을 바라보던 인선이 자신과 다르지 않은 표정으로 허공을 바라보는 진호에게 시선을 옮겼다.

* * *

큭큭. 엘리베이터 안에 인선의 웃음소리가 작게 번졌다. 웃음을 지우기 위해 입술을 꾹 눌러 문 인선이 천천히 입술을 움직였다.

"박 비서님. 많이 놀라셨겠어요."

그에게 전해 들은 장면을 떠올리자 다시 웃음이 번졌다.

"네. 뭐 그런데 저도 놀랐지만, 주혜미 씨가 더 놀란 거 같더라고요."

"그렇겠죠. 눈떠 보니 모르는 남자가 앞에 있는데."

덩치는 좀 커. 안 봐도 예상이 되었다.

엘리베이터에서 내린 두 사람이 사무실을 향해 걸음을 옮겼다.

"아버님이 엄하신 거 같던데요."

"엄하시기보다는 혜미를 많이 아끼시죠. 늦게 얻은 딸이라서요."

"아, 그렇구나."

"사랑 많이 받고 자라서 성격이 구김도 없고 밝아요. 가끔은 부럽기도 할 정도로요."

"그런가요?"

대수롭지 않게 답하는 진호를 인선이 가만히 바라보았다. 아무리 생각해도 아침에 혜미를 이곳에서 만난 것이 우연이 아닌 것 같은 느낌. 이리저리 꼼꼼하게 자신을 살피는 인선의 시선에 흘깃 진호가 시선을 돌렸다.

"왜 그렇게 보세요?"

"아, 아니에요."

자꾸만 발동되는 촉에 밀려 올라가는 입술 끝을 애써 끌어 내렸다.

"박 비서님은 연애 안 하세요?"

"해야죠."

갑작스러운 물음에도 그가 표정 변화 없이 답했다. 어느새 사무실에 도착해 책상 위에 가방을 올려놓는 진호를 가만히 바라보다가 인선이 다시 말을 걸었다.

"어떤 스타일 좋아하세요?"

"그냥. 마음 맞고 편안한 스타일이요."

머뭇거림 없는 답변이 이어졌다.

"혜미 정도면 괜찮지 않아요?"

아무것도 정확하지 않은 상황에서 너무 오지랖인가 싶기도 했지만, 물어볼 수도 있는 거니까.

"저는 별로네요."

거르지 않은 확실한 답변에 인선의 눈이 살며시 커졌다.

"저는 누가 저 만나다가 다리몽둥이 부러졌다는 소리 듣는 거별로거든요."

"아……."

무슨 의미인지 정확히 파악한 인선이 작게 소리 내 웃었다. 진호 또한 소리 없이 빙긋 웃었다.

"아침부터 무슨 좋은 일 있어요?"

사무실에 퍼지는 웃음소리 위로 중저음의 듣기 좋은 목소리가 겹쳐 왔다. 벽에 살짝 몸을 기대고 서서 두 사람을 번갈아 보는 선호의 모습이 보였다.

대체 언제 온 거야. 인기척 없이 나타난 그의 모습에 밀려 올라 갔던 인선의 입술과 부드럽게 휘어졌던 눈매가 빠르게 제자리를 찾았다.

"오셨습니까. 고생 많으셨어요."

"고생은 무슨. 진호 네가 고생했지."

"대표님, 안녕하세요."

가벼운 걸음으로 다가온 그가 인선의 앞에 멈춰 섰다.

"무슨 좋은 일 있어요? 나도 좀 같이 웃죠?"

"아, 아니에요."

언제 웃었냐는 듯 표정을 바꾼 인선의 모습에 선호의 눈매가 살며시 찌푸려졌다. 미동 없이 자신을 향해 떨어지는 그의 시선에 인선이 어색하게 입술을 밀어 올렸다.

"오늘 일정 많지?"

빠르게 진호를 향해 고개를 돌리며 선호가 물었다.

"네. 일정 정리해서 들어가겠습니다."

"응. 그건 조금 이따가."

다시 인선을 향해 고개를 돌린 선호가 부드럽게 입술을 밀어 올렸다.

"유인선 씨. 잠깐 사무실에서 나 좀 볼까요?"

말을 건넨 그가 몸을 돌려 자신의 사무실을 향했다.

"네."

들어가 보세요. 진호의 말에 살며시 고개를 끄덕인 인선이 선호를 따라 걸음을 옮겼다. 사무실 문을 닫고 책상 앞에서 재킷을 벗는 선호를 가만히 바라보았다.

"이쪽으로 오세요."

선호의 말에 인선이 그에게 다가갔다. 선호는 의자에 앉아서 천천히 다가오는 그녀의 얼굴을 가만히 바라보았다. 여전히 어색함이 풀리지 않은, 어쩌면 긴장감까지 느껴지는 그녀의 표정에 살며시 고개를 기울인 선호가 입술을 천천히 밀어 올렸다. 그녀가 걸음을 멈추자 선호가 물어 왔다.

"어제 잘 쉬었습니까?"

마치 연인에게 묻듯 나긋나긋하고 부드러운 목소리.

"네. 덕분에 잘 쉬었어요."

"어제는 뭐 했어요?"

살며시 눈매를 휘며 물어오는 그의 모습에 애써 평상심을 유지한 인선이 천천히 답했다.

"그냥. 집에서 쉬었어요."

"잠은 많이 잤어요? 시차 적응하기 힘들었을 텐데."

"네. 많이 잤어요."

"밥은 잘 먹었고요?"

대답하려고 살며시 벌어졌던 인선의 입술이 다시 맞닿았다. 이런 사소한 것까지 물어오는 이유를 정확히 그에게 들었기에 표정 관리가 쉽지 않았다. 그런 그녀의 표정에 선호가 낮게 웃었다.

"그거 답하는 게 그렇게 어려워요?"

"……."

"그럼 다음 질문. 내 생각은 조금이라도 했어요?"

차라리 밥 잘 먹었다고 빨리 말할걸. 늦은 후회를 담은 인선의 표정이 점점 경직되었다.

"나도 어제 잘 쉬었어요. 밥도 그럭저럭 잘 먹었고. 유인선 씨 생각도 조금은 아니고 아주 많이 한 거 같아요."

"대표님."

"왜요? 적당히 하라고요?"

그의 말에 결국 인선이 헛웃음을 터트렸다.

"잘 아시네요."

"제가 다른 건 몰라도 눈치 하나는 빠르거든요."

"사람 당황하게 하는 능력이 있으신 거 같아요."

진짜 적당히 해야지. 들어와도 너무 훅 치고 들어온다.

"당황하라고 한 말 아닌데."

중얼거리듯 그가 말했다.

"그냥 나는 이렇다고 알려 주는 게 나쁜 건 아니잖아요?"

나쁜 건 아니지만 사람이 당황을 하잖아요. 차마 뱉지 못한 말을 꾹 삼켰다.

"아무튼, 저는 어제 그렇게 잘 보냈어요."

"……."

"그리고 자리 한번 마련해 주세요."

잠시 그에게서 어긋났던 인선의 시선이 그에게 돌아왔다.

"집에 가니 원이 잘 지내고 있더라고요."

"아……."

"친구분한테 식사라도 대접해야 하니까. 자리 한번 마련해 주세요."

아마도 이 이야기를 전하려고 자신을 부른 듯했다.

"아니에요. 제가 맛있는 거 사기로 했어요. 신경 쓰지 않으셔도 됩니다."

"무슨 소리예요. 당연히 제가 대접해야죠."

그가 단호하게 답했다. 아마도 불편해서 괜찮다고 답했을 그녀를 알기에.

"꼭 제가 대접하고 싶어요."

그가 한 번 더 단호하게 말했다.

"네. 그럴게요."

"약속 잡아서 알려 주면 저녁 시간 비워 둘게요."

"네."

"나가 보세요."

살며시 고개를 숙여 인사를 마친 인선이 문을 향해 걸음을 옮겼다. 짧은 시간이었지만 숨이 턱턱 막히는 느낌에 인선의 걸음이 점점 빨라졌다.

"아, 맞다. 유인선 씨."

또 뭐야. 내쉬던 숨을 들이마시고 천천히 고개를 돌렸다.

"혹시……."

"네."

"나한테 궁금한 거 없어요?"

"허……."

어이가 없어서 웃음이 터져 버렸다. 이제 보니 사람을 웃기는 능력도 가진 남자다. 머금은 웃음이 조금 더 이어지고 그런 그녀를 그가 가만히 바라보았다.

"이제 웃네요."

즐거움이 담긴 그의 시선에 인선의 입술이 천천히 제자리를 찾았다.

"가끔 나한테도 그렇게 웃어 줘요."

"……."

"나 아까 서운할 뻔했어요."

"……."

멈칫거리는 인선의 표정에 선호가 부드럽게 미소 지었다.

"이제 진짜 나가 보세요."

"네."

빠르게 사무실을 빠져나와 빠르게 문을 닫았다. 문손잡이를 차마 놓지 못한 채로 인선이 시선을 옮겼다. 다행히 진호의 모습이 보이지 않았다. 순식간에 얼굴 위로 뜨거운 열기가 느껴졌다. 작정이라도 한 듯 파고드는 그의 말과 행동에 도저히 어떤 생각을 해야 할지 감도 잡히지 않았다. 혹시나 그가 나오면 어쩌지 하는 생각에 빠르게 자신의 자리로 돌아갔다. 쉬이 사라지지 않는 열기를 식히기 위해 손 부채질을 연신 이어 갔다.

자리를 비웠던 진호가 돌아와 선호의 사무실로 들어갔다. 잠시 후 사무실에서 나온 진호가 다가와 인선의 책상 위로 여러 개의 서류를 올려놓았다.

"오늘 제가 대표님이랑 하루 종일 밖에 나가 있어야 해요."

"네."

"급한 것들은 제가 다 처리했지만, 오늘 해야 할 일들이 남아서 요. 이것 좀 부탁할게요."

"네. 당연히 제가 해야죠."

가만히 있으면 어수선한 마음이 더 자리를 잡지 못할 것 같아 차라리 잘됐다는 생각이 들었다. 진호의 설명을 귀담아들으며 고개를 끄덕이던 인선이 문소리에 살며시 고개를 돌렸다.

"잠시만요. 이것 좀 유 비서님한테 설명해 드리고요."

진호의 말에 선호가 고개를 끄덕였다.

"이건 꼭 오전에 총무 팀 넘겨야 할 것들인데 마무리 좀 해 주시고요. 오후에 아마 경영 지원 팀에서 문서 내려올 거예요. 그때 저한테 전화 한번 주세요. 아시겠죠?"

급하게 말을 이어 가는 진호를 바라보며 고개를 빠르게 끄덕였다. 가깝게 다가온 선호가 자리에 앉아 있는 인선을 내려다보았다.

"오늘 아마 사무실 못 들어올 거예요. 시간 되면 퇴근하세요."

"네. 알겠습니다."

"밥은 잘 챙겨 먹고요."

이상하게 생각하지 않아도 될 말임에도 괜히 의식되어 인선의 시선이 흘깃 진호에게 닿았다.

"가자."

"네. 유 비서님. 잘 부탁드려요."

"네. 다녀오세요."

두 사람이 떠나고 홀로 남은 사무실. 경직되었던 몸에 살며시 힘을 빼고 의자에 편하게 등을 기대었다. 그 짧은 시간에 어찌나 긴장했는지 어깨가 다 저린 느낌이다.

"대체……."

뱉으려던 뒷말을 천천히 삼켰다. 그가 왜 그러는지 생각을 하기에 이미 그에게 너무나도 정확한 이유를 들었다.

'아무래도 나…… 당신 많이 좋아하나 봐.'

거짓 없는 눈빛으로 속삭이던 그의 모습. 선명하게 머릿속에 남아 있는 목소리와 그의 표정에 가슴이 작게 뛰었다.

"진짜……."

아마도 그가 원하는 대로 적지 않은 시간 그를 생각하게 될 것 같은 느낌. 멍했던 표정 위로 작은 미소가 번졌다.

* * *

"박 비서님. 저 퇴근할게요. 아직도 밖이세요?"

─네. 고생하셨어요.

"아니에요. 제가 무슨요."

─아직 저희는 일이 남아서요. 내일 봐요.

"네. 알겠습니다."

진호와 통화를 마친 인선이 가방을 챙겨 사무실을 나왔다. 어제 하루 쉬었음에도 완벽히 풀리지 않은 피로에 온몸이 녹아내릴 것만 같았다.

"하루 종일 돌아다녀서 피곤하겠네."

스치는 생각에 중얼거리던 인선의 입술이 살며시 벌어졌다. 생각을 지워야지 하면서도 자꾸만 문득문득 선호에 대한 생각을 담는 자신의 모습이 낯설게 느껴졌다. 어쩌면 지극히 당연한 현상이었다. 자신을 좋아한다는 고백을 해 온 남자를 완벽히 머리에서 지우는 일은 누구나 불가능한 일이었기에. 애써 합리화를 시킨 인선이 집을 향했다.

집으로 돌아온 인선이 피곤한 몸을 이끌고 컴퓨터 앞에 앉았다. 인터넷 창을 열어 구인 사이트를 열었다. 집을 정리하면 어느 정도 지낼 자금적 여유가 생기지만, 넉넉하지 않은 상황이었다. 조만간 자신의 회사와 선호의 회사를 정리하고 앞으로 해야 할 일을 찾아야 했다.

"뭐가 좋을까……."

결혼 정보 회사 구인 광고를 바라보다가 작은 한숨을 내쉬었다. 적성에 맞는다기보다 무엇이든 열심히 해야겠다는 생각에 무작정 어린 나이에 시작한 일이었다. 즐거워서 하기 보다는 생계를 유지하기 위해 무엇인가 할 수 있다는 생각이 즐거웠고 그래서 누구보다 열정적으로 일했던 인선이다.

Rrrrr. Rrrrrr.

멍하니 모니터를 바라보던 인선이 전화를 받았다.

"응. 혜미야."

-언니. 퇴근했어요?

"응. 너는 어디야?"

-나 집이죠. 오늘 아침에 반가웠어요.

잠시 잊었던 아침의 만남이 떠올라 인선이 소리 내 웃었다.

"야. 너 정말 운동하러 온 거 맞아?"

-그럼요.

"진짜야?"

아무리 생각해도 수상한데.

-운동도 하고 뭐 겸사겸사.

"겸사겸사 뭐?"

-그냥. 겸사겸사.

겸사겸사 박 비서 얼굴 보러 온 거겠지.

"안 그래도 박 비서님한테 얘기 들었어. 너 놀랐겠더라."

-들었어요? 조금 놀랐는데 지금은 괜찮아요. 아빠한테 많이 혼나지도 않았고요.

"아무튼, 네가 나 때문에 괜히 고생했다."

-고생은요, 무슨. 언니! 그 박진호라는 분 몇 살이에요?

역시나 그녀의 성격답게 오래 참지 못하고 속내를 드러냈다.

"서른두 살. 왜?"

-아하. 그러면 나랑 여섯 살 차이네. 좀 많은 거 같기는 한데 나쁘지는 않네요. 여자 친구는 있어요?

"아니. 지금 만나는 사람 없는 거 같아."

-오. 다행이다.

"뭐야. 주혜미."

큭큭큭. 인선이 웃음을 터트렸다.

―내일도 운동하러 가야겠다.

"야. 그냥 박 비서님 보러 간다고 말해."

―에이. 어떻게 그렇게 대놓고 말해요.

할 말 다 했으면서. 혜미의 말에 웃음을 지운 인선이 진지하게 물었다.

"혜미야. 너 진짜 박 비서 님 때문에 온 거야?"

―네.

"왜?"

―그냥 궁금해서요.

요즘 내 주변에 궁금한 거 많은 사람이 왜 이렇게 많아.

―그날 솔직히 괜찮은 사람이다 생각했는데. 시간이 지나면서 자꾸 궁금하더라고요. 내가 또 궁금한 건 못 참잖아요.

"그날 처음 봤는데 그 정도야?"

―네. 나도 신기할 정도로 자꾸 생각이 나서요. 첫눈에 반한다는 게 이런 건가?

솔직한 혜미의 말에 인선이 잔잔하게 미소 지었다.

"그러게. 신기하네."

―자꾸 생각나는 이유가 뭘까 열심히 고민해 봤는데 답이 없더라고요. 괜히 머리만 아프고.

"……."

―누구를 좋아하는데 이유랑 시간이 뭐가 중요해요.

"……."

―그 사람만 생각하면 웃음이 나고 그 사람이 지금 뭐 하는지

궁금해 죽겠으면, 말 다 한 거 아니에요?

혜미와 전화를 끊고 멍한 눈으로 모니터를 바라보았다. 그가 왜 자신을 좋아하는지. 어떤 일이 계기가 되어 그가 자신에게 다가오는지 이해가 되지 않아 되풀이했던 생각. 어쩌면 의미가 없는 시간이었을지 모른다는 생각이 들었다.

Rrrrr. Rrrrr.

울리는 벨 소리에 책상 위에 놓인 핸드폰을 바라보았다.

[차선호.]

액정 위에 또렷하게 떠 있는 그의 이름에 잠시 머뭇거리던 인선이 천천히 손을 뻗었다.

"네. 여보세요."

-안 잤어요? 아직 잘 시간이 아닌가?

"네. 퇴근은 하셨어요?"

잠시 가라앉았던 목소리를 가다듬고 아무렇지 않은 듯 물었다.

-네. 지금 집으로 들어가는 길이에요.

9시가 다 되어 가는 시간이었다.

"늦으셨네요."

-네. 어쩌다 보니 그렇게 됐네요. 그나마 진호가 많이 정리해 둬서 이 정도예요.

"운전하시는 중이에요?"

-괜찮아요. 블루투스 이어폰이에요.

"그래도 운전 조심히 하세요."

혹시나 비가 오나 인선의 시선이 창밖으로 닿았다.

-네. 그럴게요.

대수롭지 않은 그의 답변과 함께 잠시의 침묵이 이어졌다.

"그런데 왜……. 전화하셨어요?"

―뭐 하고 있었어요?

그의 물음에 작게 웃음이 났다. 혹시나 묻지 않을까 예상했던 질문이 고스란히 핸드폰 너머로 흘러나왔다.

"그냥. 이것저것 하고 있었어요."

―저녁은 먹었어요?

"네."

―잘했어요.

말 잘 들은 아이를 칭찬하듯 부드럽게 건네는 목소리에 인선이 작게 소리 내 웃었다.

―왜 웃어요?

"그냥요. 며칠 동안 계속 같은 질문만 하시는 느낌이라. 질문 이제 다 끝나셨어요?"

―며칠 동안 계속했는데. 내 질문 아직 안 끝난 거 모르나 봐요?

당연히 모를 리가 없었다. 그 질문 때문에 자신이 몇 번이나 얼굴을 붉혔는데.

―혹시…….

"대표님 생각은 완전히 안 하지는 않았고, 궁금한 거는 없습니다."

어차피 아는 질문, 빠르게 답을 뱉었다. 그리고 살며시 밀려오는 민망함을 꿀꺽 삼켰다. 잠시의 정적 후 핸드폰 너머로 하하하 소리 내 웃는 그의 목소리가 들려왔다. 역시 민망해. 그의 앞이 아니었음에도 살며시 얼굴이 붉어졌다.

－아. 미안해요. 흠흠.

웃음을 멈춘 그가 목소리를 가다듬었다.

"운전 조심해서 들어가세요."

이제는 끊어야겠다. 무언가 자꾸 휘말릴 것 같은 느낌에 빠르게 입을 열었다.

－지금껏 유인선 씨한테 들었던 대답 중에 가장 마음에 들었어요.

"네. 다행이네요."

빨리 끊을 요량으로 역시나 빠르게 답했다.

－그럼 자기 전에 내 생각 조금만 더 하고 자요.

하아. 진짜 물러섬이 없는 남자다.

"네. 알겠으니 조심히 들어가세요."

－네. 내일 봐요.

선호의 말이 떨어지기 무섭게 인선이 빠르게 전화를 끊었다.

* * *

웃음을 잔뜩 머금은 채 블루투스 이어폰을 옆자리에 툭 던졌다. 톡톡톡. 운전대 위를 의미 없이 두드리던 손으로 가볍게 머리카락을 쓸어 넘겼다. 당장에라도 그녀의 집 앞으로 운전대를 돌리고 싶은 마음이 가득했지만, 너무 갑작스럽게 다가가면 그녀가 뒷걸음질 칠까 봐 밀려 올라오는 욕심을 꾹 눌러 내렸다.

"뭐가 이렇게 좋냐……."

어떤 시점에서 어떤 의미에서 그녀가 자신을 생각했는지 전혀 알 수 없지만, 그저 그녀가 그렇게 답했다는 사실만으로 머금었던 피로가 완벽히 날아간 기분이다.

오랜 시간 고민하고 내린 결론이었다. 이렇게 갑자기 자신의 마음을 전하면 그녀가 오히려 달아날지 모른다는 생각도 하지 않은 것은 아니었다. 하지만 더는 마음을 숨길 자신이 없었다. 그녀의 앞에만 서면 정신없이 달음질하는 심장. 온 세상이 빛을 잃은 듯 그녀만이 반짝반짝 빛나는 자신의 세상을 더는 모른 척하고 싶지 않다.

"내일까지 어떻게 기다리냐……."

가느다란 한숨이 입술 사이로 흘러나왔다. 기다려 온 오랜 시간이 무색해질 만큼 그녀가 없는 공간은 1초가 하루같이 느껴졌다.

* * *

회사를 향하던 진호가 걸음을 멈추었다. 옷의 색깔만 바뀌었지 어제 아침과 다르지 않은 모습으로 회사 앞에 서 있는 혜미의 모습이 보였다. 오늘도 운동을 하는 건가. 잠시 모른 척하고 지나갈까 생각하던 그때, 그녀와 눈이 정면으로 마주쳤다.

"출근하세요?"

역시나 어제와 다르지 않은 밝은 목소리.

"네. 오늘도 운동하시나 봐요."

"네. 운동 중이에요."

"근처에 공원 없어요? 아니면 운동장이라든가."

걸음을 옮기는 진호의 옆에 그녀가 바짝 붙어 걸음을 옮기며 말했다.

"있죠."

"운동하기에 그쪽이 더 좋지 않아요?"

"에이. 모르시는 말씀."

"그럼 운동 계속하세요. 저는 빨리 사무실에 들어가 봐야 해서."

진호의 말에 혜미가 다급하게 물어왔다.

"많이 바쁘신가 봐요?"

"네. 일이 많아서요."

"에이. 커피 한잔 사려고 했는데."

작게 속삭이는 혜미의 말에 진호가 걸음을 멈추고 혜미를 향해 몸을 돌렸다. 가만히 떨어지는 그의 시선에 혜미가 살며시 머쓱한 표정을 지으며 미소 지었다.

"혹시 지난번 일 고마워서 그러는 거면 커피 마신 셈 칠게요."

"에?"

"아무리 생각해도 운동은 공원 쪽이 좋을 거 같네요. 저는 이만 들어가 보겠습니다."

"아……."

예의 바르게 고개를 숙여 인사를 마친 진호가 망설임 없이 몸을 돌려 회사 안으로 들어갔다.

"뭐야……."

혜미는 그가 사라진 공간에 멍하니 서서 입술을 삐죽거렸다.

"누구는 아침부터 자기 얼굴 보려고 꾸미고 나왔는데."

대충 나온 듯 보이지만 새벽부터 일어나 드라이까지 하고 온 혜미다.

"근데 나 차가운 남자가 내 스타일이었나?"

왜 저렇게 멋있어 보이지.

"그래도 어쨌든 얼굴을 봤으니 됐지 뭐. 커피는 나중에 마시자고 해야지."

아쉬움을 빠르게 던진 혜미가 몸을 돌렸다.

"와. 너 진짜 왔어?"

놀라움을 금치 못하고 자신을 바라보는 인선의 모습에 혜미가 방긋 웃었다.

"제가 언제 말하고 안 한 적 있어요?"

하긴 주혜미 추진력이 보통이 아니지. 평소에 자신과 반만 섞었으면 좋겠다는 생각이 든 적이 한두 번이 아니다.

"박 비서님 오실 때가 됐는데."

"이미 들어갔어요."

"아, 그래?"

"네. 방금 만났어요."

혜미가 빙긋빙긋 웃어 보인다. 그 모습에 인선은 황당하기도 하고 우습기도 하고 부럽기도 하고 모든 것이 뒤섞인 웃음이 흘러나왔다.

"바쁜지 후다닥 들어가 버리던데요? 커피 한잔 사려고 했더니."

"응. 바쁠 거야."

"그냥 얼굴 봤으니 됐어요."

대수롭지 않다는 듯한 표정의 혜미를 가만히 바라보았다.

"내가 커피 한잔 사 줄까?"

아직 여유가 있는 출근 시간이었다.

"네. 저는 좋아요."

흔쾌히 답하는 혜미와 함께 회사 옆 카페를 향했다.

"아, 맞다."

테이블에 마주한 인선이 무언가 생각난 듯 눈꺼풀을 살며시 추어올렸다. 어제 선호의 말이 떠올랐다.

"대표님이 식사 한번 대접한다고 약속 잡으래. 고양이 돌봐 준 거 고맙다고."

"아, 괜찮아요."

"나도 괜찮다고 했는데. 예의가 아니라고 생각하나 봐."

"아? 그럼 박 비서님도 같이 볼까요?"

뻔히 들여다보이는 속내지만 그것도 나쁘지 않을 거라는 생각이 들었다.

"그래. 그러자. 내가 얘기해 볼게."

"오호. 신난다."

"신날 것도 많다."

"언제 먹을까요?"

물어오는 혜미의 모습에 인선이 살며시 눈동자를 올렸다.

"나 아마 다음 주까지 나올 거야. 그전에 먹자."

"진짜 그만두는 거예요?"

"당연하지. 내가 여기서 할 게 뭐가 있어. 한 달 치 월급 받는 것도 미안할 지경이야."

"뭐 언니가 생각 없이 행동할 사람은 아니니까. 그런데 앞으로 뭐 할 거예요? 회사도 정리한다면서요."

커피에 꽂힌 빨대를 빙빙 돌리던 인선이 천천히 입술을 움직였다.

"아직 고민 중이야. 내가 하고 싶은 일 찾고 싶은데. 이것저것 생각해 볼 것도 많고."

"언니 카페 하고 싶다면서요."

혜미의 말에 인선이 작게 웃었다.

"모든 여자의 꿈 아니니? 카페 하나 차려서 여유롭게 차 마시며 책 읽고."

"에이. 언니는 조금 더 구체적이었잖아요. 예전에 바리스타 자격증이랑 다 따지 않았어요?"

"응. 그랬었지."

학생 때 학교 앞 작은 카페에서 잠시 아르바이트를 한 적이 있었다. 유명 프렌차이즈 카페는 아니었지만, 매주 주인이 직접 바리스타 강의를 열면서 운영할 정도로 열정이 가득한 사람이었다. 주인의 배려로 인선도 강의에 참여했고, 즐겁게 배우는 인선의 모습에 시작한 김에 자격증을 따 보라는 주인의 권유로 자격증까지 취득했다.

"그게 대체 언제야. 너무 오래됐어."

사실 기억도 제대로 나지 않았다.

"다시 배우면 기억나겠죠. 언니 카페 열면 내가 가서 아르바이트해야겠다."

헤헷. 해맑게 웃는 혜미의 모습에 인선도 밝게 웃었다.

"그래. 내가 카페 열면 꼭 너 써 줄게. 시급 제대로 챙겨 주마."

"네. 고마워요. 언니 들어가 봐야 하지 않아요?"

"응. 그래야지."

자리에서 일어난 혜미가 인선에게 빠르게 다가와 팔짱을 끼며
빙긋 웃었다.

"그리고 언니 날 빨리 잡아요."

"응? 무슨 날?"

"무슨 날은. 우리 밥 먹는 날. 빨리 잡아요. 네?"

안 먹자고 했으면 어찌할 뻔했니.

"그래. 오늘 가서 물어볼게."

"저는 아무 때나 좋아요. 주말도 괜찮고 새벽도 괜찮고 시간 아
주 많아요."

너를 어쩌면 좋으니. 밀려오는 웃음을 참으며 인선이 고개를 끄
덕였다.

혜미와 헤어지고 사무실을 향했다. 이미 출근을 했다던 혜미의
말과 다르게 진호의 모습도 선호의 모습도 보이지 않았다. 책상
에 앉은 인선이 가방에서 핸드폰을 꺼내었다.

"문자가 와 있었네."

진호의 문자였다.

[급하게 일정 바뀌어서 지금 대표님이랑 회의 가는 길이에요. 하
셔야 할 업무 체크해 놨으니 잘 부탁드립니다.]

핸드폰을 내려놓고 앞에 놓인 서류들을 하나씩 들춰 보았다.

가만히 서류를 들여다보던 시선을 선호의 사무실로 옮겼다. 오
늘도 마주치면 역시 어색하겠지? 담았던 생각과 다르게 오히려
마주치지 않으니 이상한 기분이 들었다.

* * *

"오늘 하루 종일 회의인 건가?"

지익지익. 인선의 손에 잡힌 볼펜 끝이 의미 없이 하얀 종이 위에 흔적을 남겼다. 한참을 움직이던 인선의 손이 볼펜을 내려놓았다.

"사무실 안 오고 바로 퇴근하려나?"

이미 퇴근 시간이 얼마 남지 않은 시간. 진호가 남겨 둔 업무도 이른 시간에 끝내 버린 인선의 머릿속은 이상하리만큼 오늘 그의 행적을 쫓고 있었다. 평소 같으면 진호가 전화라도 한 통 해 줄 만한데 오늘은 영 소식이 없다. 전화를 걸어 볼까 하다가, 왜 했냐고 물어보면 딱히 할 말도 없기에 다시 내려놓기를 여러 번.

지이이잉.

혹시 진호의 문자인가. 진동하는 핸드폰을 빠르게 손에 넣었다.

"아. 아니네."

[내일 약속 잊지 않았지? 너는 무조건 꼭 와야 한다! H 호텔 5시야.]

대학교 동창 은희의 문자였다.

"아. 완전 잊고 있었네."

한 달 후 결혼을 앞둔 친구였다. 2년 전쯤 자신이 소개해 준 남자와 결혼을 하는 그녀. 자신을 비롯한 대학교 동기들 몇 명에게 식사 대접을 하겠다고 마련한 자리다. 그동안 동창회가 있거나 모임이 있어도 자주 참석하지 않았었다. 여유도 없었고, 마음도 내키지 않았기에.

[그래. 꼭 갈게. 내일 보자.]

하지만 이번에는 거절할 수 없는 자리였다. 퇴근 시간을 넘긴 시계를 바라보다 인선이 자리에서 일어났다.

[저 먼저 퇴근하겠습니다. 내일 뵐게요.]

퇴근한다고 진호에게 전화를 걸려다가 혹시나 바쁜데 방해가 되지 않을까 싶어 간단하게 문자를 남겼다. 모든 정리를 마치고 엘리베이터 앞에 서서 버튼을 눌렀다.

띠링. 엘리베이터 문이 열리고 시선을 내린 채 아무 생각 없이 걸음을 옮기던 인선의 몸이 빠르게 멈추었다. 눈앞을 가로막는 커다란 그림자.

"히익!"

넋 놓고 있던 인선의 어깨가 빠르게 들썩였다. 짧은 소리를 내뱉은 인선이 고개를 번쩍 들었다. 뒷걸음질 치느라 휘청였던 몸이 빠르게 손목을 낚아채는 커다란 손에 겨우 안정을 찾았다.

"아직 안 갔네요."

작게 숨을 내쉬며 빙긋 웃어 보이는 선호의 모습이 보였다.

"하아……."

놀란 마음에 한숨 먼저 터졌다.

"놀랐어요?"

"네!"

"그러게 왜 앞을 안 봐요."

손목을 놓아주며 살며시 자신을 향해 고개를 기울이는 그의 모습에 이번에는 안도의 한숨을 내쉬었다.

"지금 오시는 거예요?"

"네."

급하게 온 건지 자잘한 숨을 몰아쉬는 그를 가만히 바라보았다.

하아. 숨을 내쉰 그가 빙긋 웃었다.

"박 비서님은요?"

"그냥 바로 퇴근하라고 했어요. 그동안 일을 너무 시켰더니 쓰러지기 일보 직전인 거 같아서."

알긴 아시네. 인선이 피식 웃었다.

"할 일 더 있으세요? 도와 드릴까요?"

숨을 몰아쉴 정도로 급하게 올 만큼 바쁘게 처리해야 할 일이 있나 생각했다.

"아니요. 다시 나가 봐야 해요. 오늘 저녁 모임이 있어서요."

"아, 그러면……."

뭘 챙기러 온 건가? 그가 왜 온 것인지 궁금증을 담은 그녀의 눈빛에 그가 바로 답했다.

"하마터면 못 만날 뻔했네요."

"저요?"

"네. 인선 씨 말고 여기 누가 있어요."

적당히 가라앉은 호흡을 내쉬며 그가 다행이라는 듯한 표정으로 미소 지었다.

"잠깐 얼굴 보러 왔어요."

"네?"

"오늘 안 보면 잠이 안 올 거 같아서요."

"……."

"왜요? 그만할까요?"

북 치고 장구 치고 사물놀이 패가 온 듯 이것저것 다 치고 빙긋 웃는 그의 모습에 말문이 막혔다. 얼굴을 안 붉히려고 아무리 노력해 봐도 그럴 수가 없는 상황이었다. 그 역시 하루 이틀 본 것이 아니니 이제는 익숙하겠지 싶어 그저 한숨을 내쉬었다.

"가요. 데려다줄게요."

그가 다시 엘리베이터 버튼을 눌렀다.

"혼자 간다는 말은 하지 말고요. 안 그러면 여기까지 온 이유가 사라지니까. 알겠죠?"

미리 그녀의 거절을 거부한 그를 따라 걸음을 옮겼다.

퇴근 시간 꽉 막힌 도로. 평소 같으면 정적이 흐르는 공간에 둘이 있음이 어색해 몸부림치고 남았을 상황임에도 평소와 다르게 평온한 상태가 유지되었다.

'이것도 적응이 되는 건가?'

평소와 마찬가지로 편안한 표정을 머금은 그를 넌지시 바라보았다.

"내일 주말인데 뭐 할 거예요?"

왜 안 묻나 했다.

"친구들 모임 있어요. 대학교 동기들."

이제는 그런 그의 질문이 익숙한 듯 그녀가 빠르게 대답했다.

"어디서요?"

점점 구체화되는 질문에 인선이 작게 웃었다.

"제 일정표를 작성해서 대표님 드릴까요?"

그럼 저야 고맙죠. 그가 장난스럽게 웃었다.

"제가 몇 년 전에 소개해 준 커플이 결혼해요. 잘 만난다고 생각은 했는데 얼마 전에 청첩장 보냈더라고요."

"와. 인선 씨한테 크게 한턱내야겠네요."

"네. 그래서 겸사겸사 모이는 자리예요."

"어디서요?"

놓치지 않겠다는 듯 그가 물어왔다.

"H 호텔. 5시. 됐어요?"

포기한 인선이 술술 답했다.

"아……."

짧은 소리와 함께 그가 고개를 끄덕였다.

"거기 레스토랑 맛있어요."

"네. 비싸더라고요."

"내일 가서 많이 먹어요."

"네. 그러려고요."

가만히 정면을 바라보던 인선이 흘깃 선호를 바라보았다. 묵묵히 다물고 있던 입술을 천천히 움직였다.

"대표님은. 내일 뭐 하세요?"

선호의 시선이 빠르게 인선의 얼굴에 닿았다. 물어 놓고 나니 괜히 민망해져 입술을 꾹 눌러 물었다.

"왜요. 궁금해요?"

한층 올라간 그의 목소리.

"아니요. 자꾸 묻기만 하시는데 답만 하는 게 예의가 아닌 거같아서요."

인선의 대답에 그가 맥 빠진 웃음을 뱉었다.

"에이. 난 또 궁금해서 물은 줄 알고 좋아할 뻔했네."

차라리 가만히 있을걸. 늦은 후회에 인선이 살며시 눈매를 찌푸렸다. 그 모습에 선호가 부드럽게 눈매를 휘며 웃었다.

"나도 내일 친구들 모임 있어요."

"아, 그러시군요."

"어디서 만나는지도 궁금해요?"

"아니요. 괜찮아요."

"혹시 궁금하면 물어봐요. 답해 줄게요."

"아닙니다. 괜찮습니다."

역시 괜히 물었어. 인선이 입술을 꾹 다물었다. 인선의 정색을 끝으로 대화가 단절되었다. 하지만 금세 분위기는 편해졌다. 하늘을 예쁘게 물들이는 붉은 노을이 창문으로 따스하게 번졌다. 인선이 고개를 살며시 내밀어 예쁜 광경을 눈동자 가득 담았고, 선호는 그런 그녀를 보며 말없이 미소 지었다.

* * *

다음 날 H 호텔. 주차장에 차를 세운 선호가 전화를 받으며 차에서 내렸다.

―야. 너 왜 갑자기 장소를 바꿔.

윽박지르는 목소리에 핸드폰을 잠시 귀에서 떼어 냈던 선호가 피식 웃었다.

"여기 밥 맛있어. 내가 쏜다니까."

―그래도 갑자기 하루 전에 바꾸는 게 어디 있어.

"에이. 거기서 얼마나 멀다고. 천천히 와."

―야. 토요일이라 아무리 가까워도 차 엄청 막히는 거 몰라?

"내가 거하게 쏠 테니 조용히 와라."

─아무튼, 가서 보자. 나 좀 늦는다. 먼저 먹고 있어.

"그래. 이따가 보자."

어젯밤 갑자기 장소를 바꾼 선호 덕에 친구들의 원성이 가득했다. 그러든지 말든지 선호는 그저 즐거웠다. 혹시나 그녀를 볼 수 있지 않을까. 기대감에 가슴이 설렜다.

엘리베이터를 기다리는 선호의 옆에 두 명의 여자가 다가왔다. 진하게 풍기는 향수 냄새. 대수롭지 않게 핸드폰을 바라보며 엘리베이터를 기다렸다.

"오늘 누구누구 온대?"

"지인이랑, 인선이랑. 너랑 나. 그리고 더 오려나?"

익숙한 이름에 선호의 시선이 흘깃 그녀들에게 닿았다.

'친구들인가?'

딱 봐도 고급스러운 명품으로 머리끝부터 발끝까지 차려입은 한 명의 여자. 어딘가 낯익은 얼굴이었다.

'어디서 봤더라.'

다시 시선을 돌린 선호가 천천히 기억을 더듬었다.

"인선이가 소개해 준 거라고?"

"응. 그렇다더라고."

오늘 그녀가 만나는 친구들임이 확인되자 선호가 그녀들의 이야기에 귀를 기울였다.

"남자 뭐 하는 사람이래?"

"의사래."

"아아…… 잘됐네."

그저 흔한 이야기가 오갔다. 엘리베이터가 도착하고 선호의 뒤를 따라 그녀들이 엘리베이터에 올라탔다.

"인선이는 오랜만이다."

"그러게. 그동안 바빴나 봐."

"우진 선배는 아직 만난대?"

불쾌한 이름에 선호의 미간이 저도 모르게 살며시 찌푸려졌다.

"헤어졌다더라고. 직접 들은 건 아닌데 내 친구가 우진 선배랑 같은 회사거든. 얼마 안 된 거 같던데?"

"그래? 오래 만나지 않았나?"

"그러게. 꽤 됐지?"

"우진 선배 사람 괜찮은데. 왜 헤어졌지?"

밀려오는 불쾌함에 선호의 시선이 자신의 앞에 서 있는 그녀들에게 닿았다.

"하긴. 인선이 걔가 은근히 차갑잖아. 학교 다닐 때도 자기 얘기하는 걸 못 봤어. 뭐 할 게 없어서 그럴 수도 있지만."

"아……. 그랬나?"

"남자들이 딱 싫어할 스타일이야."

"에이 뭐. 그 정도는 아니지. 그냥 안 맞아서 헤어졌겠지. 우리 인선이 얘기는 그만하자. 유나. 넌 만나는 사람 없어?"

민망한 듯 한 명이 말을 돌렸다.

"만나긴 하는데. 그냥저냥 그래. 아빠가 만나라고 해서 만나는데 왜 그렇게 매력들이 없는지. 돈만 있지. 도통 호감이 안 간다니까."

"그럼 뭐 하러 만나."

"그냥. 심심하잖아. 괜찮은 남자 나타나면 안녕해야지."

거슬릴 정도로 진하게 빨간 립스틱을 칠한 입술이 살며시 밀려 올라갔다.

띠링. 엘리베이터 문이 열리고 멀어져 가는 두 사람을 가만히 바라보던 선호가 피식 웃었다.

"생각났다. 최유나."

언제인지 제대로 기억은 나지 않지만, 그녀와 선을 봤다. 유명 전자 회사 사장의 딸. 소개해 준 사람의 얼굴을 생각해 예의상 매너를 갖추었던 자리. 다소곳한 표정과 행동으로 식사를 하는 동안 그다지 거슬림이 없었던 그녀였다. 그리고 번거롭다 싶을 정도로 몇 번의 연락이 왔지만 단호하게 거절했던 선호다.

"진짜 세상에 쓰레기들 많네."

'우진 선배 사람 괜찮은데.'

그녀의 말을 곱씹자 짜증이 밀려왔다.

"쓰레기 눈에는 쓰레기가 다 좋아 보이나."

모양 좋은 눈매가 순식간에 일그러졌다.

'남자들이 딱 싫어할 스타일이야.'

헛웃음이 절로 나왔다. 아무래도 최유나는 남자를 잘 모르는 것 같다. 그러면 깨닫게 해 줘야지. 그저 우연히 그녀를 만나야겠다고 생각했는데. 생각이 바뀌었다. 오늘 꼭 그녀를 만나야겠다.

* * *

"인선아. 어서 와. 오래간만이야."

"어. 유인선. 이게 얼마만이야!"

레스토랑에 도착하자 이미 도착한 친구들이 인선을 향해 손을 흔들었다. 그중에 가장 밝게 인사를 건넨 은희를 바라보며 인선이 미소 지었다.

"결혼 축하해. 은희야."

"고마워. 다 네 덕분이야."

"내가 무슨. 둘이 잘 맞아서 결혼하는 거지."

"어서 앉아. 음식은 그냥 코스로 시켰어. 괜찮지?"

"응. 그럼."

"잘 지냈어?"

가벼운 인사가 끝났다. 인선보다 자주 얼굴을 본 친구들이 자연스럽게 자신들의 이야기를 시작했다. 공통분모가 많지 않은 인선은 말을 많이 하기 보다는 그저 그녀들의 말에 귀를 기울였다. 결혼 때문에 모인 자리이다 보니 대부분의 이야기가 그쪽으로 흘러갔다.

"너는 지금 남친이랑 결혼할 거야?"

"나는 그러고 싶은데. 도통 말을 안 하네. 먼저 물어보기도 그렇고."

"얼마나 만났지?"

"지금 2년 조금 넘었지."

"남자 친구가 아직 어려서 그런 거 아니야?"

"그런가. 괜히 아무 말도 안 하니 서운하기도 하고 그러네."

"그냥 흐지부지하게 굴면 확 헤어지고 다른 남자 만나."

"그래야 하나? 연하로 만날까?"

그녀들의 말에 인선도 함께 웃었다.

"인선아. 나 괜찮은 남자 소개 좀 해 줘. 응?"

물어오는 친구를 바라보며 인선이 빙긋 웃었다.

"남자 친구 있으면서 무슨."

"그럼 헤어지고 오면 해 줄 거야?"

"아니. 안 해 줘. 아니다, 못 해 줘."

"왜에?"

"사실 나 이제 그 일 안 해."

"진짜?"

인선의 말에 은희가 놀란 듯 물었다.

"응. 이제 정리했어."

"왜? 사업 잘되지 않았어?"

"그냥. 이것저것 문제도 조금 있고. 사업이 그렇게 쉽지는 않잖아."

대수롭지 않게 답하는 인선의 말에 친구들이 고개를 끄덕였다.

"야. 그럴 거면 빨리 소개 좀 받을걸. 은희가 부럽다."

"그러게. 나는 다행이네. 덕분에 우리 남편 만났으니 말이야. 인선이 너도 거기서 괜찮은 남자 좀 만나지 그랬어. 고객 중에 잘나가는 남자들 많았을 거 아니야."

"그럴 걸 그랬나?"

인선이 가볍게 답했다.

"인선이 남자 친구 있잖아."

"아……."

물 잔을 입술로 가져가던 인선의 손이 살며시 멈칫거렸다.

"우진 선배. 아직 만나지 않아?"

그녀들의 시선이 동시에 인선에게 닿았다. 자연스럽게 물을 한 모금 마신 인선이 살며시 미소 지었다.

"헤어졌어. 우진 오빠랑."

"진짜? 언제? 왜?"

동시에 터지는 친구들의 질문에 인선이 천천히 손에 든 물 잔을 내려놓았다.

"조금 됐어."

"꽤 오래 만나지 않았어?"

"응. 그냥 그렇게 됐어."

듣고 싶지도, 담고 싶지도 않은 이름. 더는 이야기가 하고 싶지 않은 인선이 빠르게 말을 끊었다.

"하긴. 여자 남자가 헤어지는 데 이유가 뭐가 필요해. 그냥 인연이 아닌가 보다 해야지."

충분한 이유가 있는 이별이었지만 굳이 말할 이유도 없었고 말하고 싶지도 않았다. 그저 남의 입에 농담처럼 오르내리기만 할 뿐일 테니까.

"인선아. 너 그럼 소개 좀 받아 볼래?"

분위기를 바꾸려는 듯 은희가 밝은 목소리로 물어 왔다. 은희의 말에 인선보다 다른 친구들의 관심이 집중되었다.

"나?"

"응. 그래. 인선이 너. 우리 사촌 오빠인데. 해외에서 쭉 살다가 이번에 한국 들어왔어."

"진짜? 나이는 몇인데?"

"지금 뭐 하는데?"

입을 다물고 있는 인선을 대신해 친구들이 질문에 열을 올렸다.

"나이는 서른두 살이고 이번에 JK 한국 지사에 스카우트돼서 들어왔거든. 괜찮지 않아?"

"JK? 거기 아무나 못 들어가던데."

"응. 어려서부터 워낙 똑똑하고. 외모도 나쁘지 않아. 너만 괜찮으면 내가 오빠한테 이야기해 볼게."

아니라고 답하려는 순간. 괜찮네. 만나 봐. 여기저기서 동요가 일었다.

"그런 사람이 인선이가 성에 차겠어?"

불쑥 튀어나온 유나의 목소리에 순식간에 정적이 찾아왔다. 가만히 듣고 있던 인선의 시선이 한쪽 입꼬리를 살며시 밀어 올린 유나에게 닿았다.

"기분 나빠지라고 한 말은 아니고. 그냥 그렇잖아. 그렇게 잘난 남자가 평범한 사람을 좋아할 리가 없잖아."

"야. 인선이 정도면 괜찮지. 얼굴도 예쁘고 착하고 똑똑하고 뭐가 어때서?"

차갑게 식어 버린 분위기에 은희가 안절부절못하며 인선의 눈치를 살폈다. 괜찮다는 듯 은희를 향해 인선이 살며시 미소 지었다. 천천히 고개를 돌려 유나를 똑바로 바라보았다.

'최유나.'

학창 시절부터 잘났던 그녀였다. 워낙 잘난 집안의 딸이다 보니 모든 사람이 자신의 앞에서 비위를 맞추기를 원했다. 무조건 열심히 사는 자신과는 다른 분류의 사람이었다. 평소에 그녀에게 살갑게 굴지 않는다는 이유로 자신을 눈엣가시처럼 여긴다는 사실을 한참이 지나서야 인선은 알게 되었다. 작은 한숨이 인선의 입술 사이로 흘러나왔다. 인선의 시선이 은희에게 닿았다. 좋은 일로 만난 자리의 분위기를 망치는 것이 그녀에 대한 예의가 아니라는 생각이 들어 한마디 던지려던 말을 꾹 참았다.

"아무래도 반대 같은데요?"

갑자기 뒤에서 들리는 목소리에 인선의 눈이 순식간에 커졌다. 고개를 돌리기도 전에 이미 자신의 뒤로 친구들의 시선이 쏟아지고 있었다. 대체 이 목소리가 왜 여기서. 요즘 너무 자주 들어서 환청이 들리는 걸까. 인선이 빠르게 고개를 돌렸다.

"밥 맛있게 먹었어요?"

꿀이 뚝뚝 떨어질 것 같은 눈빛을 머금고 부드러운 미소를 짓는 선호의 모습이 보였다. 아니. 이 남자가 대체 왜 여기에. 인선의 휘둥그레진 눈동자가 그를 향했다. 마치 공식 석상에 나가듯 단정하고 깔끔한 블랙 정장을 잘 차려입은 그가 넉넉한 미소와 함께 천천히 다가왔다.

"대체…… 왜 여기……."

인선의 자리까지 한 걸음 남기고 멈춰 선 그가 천천히 상체를 숙이며 인선의 어깨를 두 손으로 부드럽게 감아쥐었다. 놀라지 말라는 듯 그의 손이 꾹 어깨를 눌렀다. 고개를 인선의 얼굴 가까이 조금 더 내린 그가 부드러운 목소리로 귓가에 속삭였다.

"왜긴요. 인선 씨 보고 싶어서 왔죠."

세상에. 차마 소리를 내지도 못한 입술이 동시에 벌어졌다. 그녀들의 눈동자가 정신없이 선호와 인선의 얼굴 위를 오갔다. 빙긋 웃어 보인 그가 천천히 상체를 일으켰다.

"죄송합니다. 제가 엿들으려고 한 건 아닌데. 아무래도 우리 인선 씨가 소개를 못 받을 거 같은데. 어쩌죠?"

은희를 바라보며 선호가 느긋하게 말을 마쳤다.

"아…… 저…… 그게. 아. 네. 괜찮아요."

당황한 나머지 말을 버벅거리는 은희를 바라보던 선호가 천천히 유나를 향해 시선을 옮겼다.

"저 때문에 인선 씨가 웬만한 남자는 아마 성에 안 찰 거 같은데."

"……."

"안 그래요? 인선 씨?"

빨리 대답하라는 듯 살며시 어깨를 주무르는 그의 손에 인선이 어색한 미소를 지으며 친구들을 바라보았다.

"아. 네……."

미치겠다. 인선이 차마 뱉지도 못하고 속으로 중얼거렸다. 아무래도 안 되겠다. 인선이 재빨리 고개를 돌렸다.

"저. 대……."

하마터면 대표님이라고 뱉을 뻔한 인선이 찌를 것 같은 시선을 쏘아 오며 어깨를 꾹 잡는 선호의 행동에 입을 닫았다.

"저. 선호 씨. 여기는 무슨 일이에요. 오늘 약속 있다고 하지 않았어요?"

당신 그 뭐냐. 친구들 모임 있다면서.

"모임이 뭐가 중요해요."

"그럼 집에서 쉬지 왜…… 왔어요."

"말했잖아요. 보고 싶어서 왔다고."

이 남자 몰래 양봉을 하시나. 너무나도 끈적끈적하게 뚝뚝 떨어지는 달달한 눈빛에 인선의 말문이 막혔다.

"차……선호?"

두 사람을 살피느라 정적이 흘렀던 테이블 위로 유나의 목소리가 흘렀다. 여전히 인선을 바라보던 선호가 살며시 고개를 들었다.

"저 부르셨나요?"

선호가 태연하게 물었다.

"혹시, 차선호 대표. 맞죠?"

"네. 맞습니다."

"저 기억 안 나세요?"

살며시 찌푸린 눈으로 그녀를 바라보던 그가 천천히 입술을 움직였다.

"네. 전혀 기억이 안 나는데. 혹시 우리 만난 적이 있던가요? 언제였죠?"

불쾌함이 순식간에 유나의 얼굴에 내려앉았다. 비웃듯 코웃음을 뱉은 그녀가 입술을 살며시 밀어 올렸다.

"기억 안 난다는데 굳이 제가 기억을 찾아 드릴 이유는 없겠네요."

아마도 자존심이 가득 상한 모양이다. 그런 그녀를 부드럽게 휘어진 눈매로 바라보던 그가 천천히 입술을 움직였다.

"아아. 이제 기억나네요."

둘이 아는 사이인가? 친구들과 마찬가지로 인선도 선호의 말에 귀를 기울였다.

"예전에 저랑 선보셨었죠?"

"이제 기억나시나 보네요."

자존심이 가득 상한 그녀가 퉁명하게 답했다.

"그날 헤어지고 며칠 동안 계속 연락 주셨었는데. 답변 못 드려서 죄송했습니다."

순식간에 유나의 얼굴색이 변했다. 여기저기서 닿는 시선에 불쾌함이 번진 그녀가 뾰족해진 목소리로 말했다.

"아니에요. 바쁘시면 그럴 수 있죠. 옛날 일이니 이제 그만 이야기하죠. 인선이도 있는데. 딱히 기분 좋은 얘기는 아니지 않을까요?"

배려심이 갑자기 흘러넘치는 그녀의 모습에 인선이 황당한 표정을 지었다. 모양 좋게 뻗은 선호의 눈썹이 살며시 비틀렸다. 흠흠. 목소리를 가다듬은 선호가 유나를 똑바로 바라보며 천천히 입술을 움직였다.

"바쁘기도 했지만, 사실대로 말씀드리면 그쪽 분이 딱히 제 성에 차는 스타일은 아니라서요. 아. 기분 나빠지라고 말씀드린 건 아닙니다. 사람이 각자 취향이 다르잖아요?"

인선과 친구들의 표정이 흠칫거렸다. 어쩌면 저런 강력한 독설을 저런 부드러운 말투로 할 수 있을까. 빨간 립스틱을 칠한 유나의 입술이 굳게 닫혔다. 말로는 표현하지 못할 만큼 짜증 섞인 그녀의 표정에 인선이 더는 안 되겠다는 생각이 들었다. 자리에서 벌떡 일어난 인선이 재빨리 선호를 향해 몸을 돌렸다.

"네. 인선 씨 왜요?"

허리를 부드럽게 감싸는 선호의 손길에 인선이 숨을 흡 하고 삼켰다.

"저…… 대, 아니 선호 씨. 우리 이제 가요."

"아, 그래도 될까요?"

"네. 그러는 게 좋겠어요."

"인선 씨 괜찮다면 그래요. 안 그래도 둘이 있고 싶어서 못 견딜 참이었거든요."

하아. 죽겠다. 내가 더는 못 견디겠다. 입술을 꾹 눌러 물었던 인선이 부드럽게 입술을 밀어 올리며 친구들을 향해 몸을 돌렸다.

"얘들아, 미안해. 나 먼저 가 봐야 할 거 같아."

"어. 어. 그래. 그게 좋겠다."

인선의 시선이 은희를 향했다.

"은희야, 미안해. 결혼 축하하고. 내가 전화할게."

자리에서 일어난 은희가 오히려 미안한 표정을 지었다.

"아니야. 괜찮아. 빨리 가 봐. 결혼식 때 보자. 선호 씨. 오늘 반가웠어요. 다음에 또 봬요."

"네. 저도 반가웠습니다. 결혼 축하드려요. 결혼식 때 뵐게요."

더는 놀랄 것도 없는 인선의 시선이 선호에게 닿았다. 지금 대체 어디를 가겠다는 거야. 왜 그런 눈으로 보시죠? 묻는 듯 능청스러운 눈동자가 인선에게 떨어졌다.

"네. 꼭 오세요."

선호의 시선이 다시 은희에게 돌아갔다.

"네. 꼭 가겠습니다. 그럼 다른 분들도 실례가 많았습니다. 다음에 기회 되면 또 뵙죠."

"선호 씨. 우리 빨리 가요. 얘들아. 다음에 보자."

더는 지체하면 안 되겠다는 생각에 재빨리 선호의 옆에 선 인선이 빠르게 선호의 손목을 잡아당겼다. 여전히 냉랭한 얼굴로 시선조차 완벽히 내려 버린 유나의 얼굴 위로 선호의 시선이 닿았다. 살짝 미소를 지은 선호가 자꾸만 자신을 당기는 인선의 동작에 빠르게 몸을 돌렸다.

"가요. 우리."

다시 그의 손이 부드럽게 허리를 감아 왔다. 살며시 허리를 비틀어 보았지만 어림없다는 듯 당기며 걸음을 옮기는 선호였다.

"저, 대표님. 허리는 좀 놓아주세요."

인선이 복화술 하듯 작게 속삭였다.

"가만히 있어요. 친구들이 아직도 보고 있을 걸요?"

"그래도……."

"시작을 했으니 완벽히 끝을 내야죠."

대체 뭘 시작하고 뭘 끝내겠다는 소린지. 우겨 봐야 소용없을 것을 알기에 그저 빠르게 걸음을 옮겼다.

"이제 좀 놓아주시죠?"

엘리베이터 앞에 도착해서도 여전히 자신의 옆에 딱 붙어 있는 그를 가만히 바라보았다.

"아, 그럴까요?"

넉살 좋은 웃음과 함께 그가 허리에 감은 손을 천천히 풀었다.

"사심 좀 채우려고 했더니. 안 넘어가네."

"참나."

어이가 없다는 듯 그녀가 헛웃음을 터트렸다.

"그런데 갑자기 여기는 왜 오신 거예요?"

"모임이요."

"친구들 모임이요? 장소가 여기였어요?"

"네."

바꾸긴 했지만, 거짓은 아니니까. 그가 당당하게 답했다.

"장소를 물어볼 걸 그랬네."

인선이 작게 읊조렸다.

"나한테 고맙죠?"

대뜸 선호가 물어왔다. 그의 말이 무슨 뜻인지 완벽히 이해한 인선이 작게 웃었다.

"네. 고맙네요. 타이밍이 아주 기가 막혔거든요."

"그러니까요. 내가 생각해도 완벽한 등장이었어요."

다시 생각해도 뿌듯하다는 듯 그가 당당한 표정을 지었다.

"원래 그 여자랑 사이가 안 좋았어요?"

"글쎄요."

애매한 대답에 선호가 살며시 고개를 기울였다.

"괜히 그런 사람 있잖아요. 워낙 잘나서 자기 주변 사람들을 바닥같이 보는 사람. 그냥 제가 마음에 안 들었나 보죠."

"이렇게 예쁜 사람을 왜 싫어했을까? 예뻐서 싫어했나?"

인선의 미간이 살며시 찌푸려졌다.

"이제 연기 그만 하세요."

작은 한숨과 함께 인선이 엘리베이터 문으로 시선을 돌렸다.

"어? 방금 말은 연기 아닌데."

"연기 아니라도 그만 하세요. 요즘 너무 과하세요."

"그렇게 과하면 이제 받아 줄 때도 되지 않았어요?"

"뭘를요?"

문을 향했던 인선의 시선이 선호에게 다시 닿았다.

'내 마음.'

소리 내지 않고 입술을 벙긋거린 그가 부드럽게 미소 지었다. 화가 나는 것도 아니고 민망해서도 아니고 황당해서도 아닌데 웃음이 났다. 그동안 예상하지 못했던 그의 말과 행동에 설레었다면, 지금은 그저 그가 하는 말과 행동 모든 것에 가슴이 설레었다. 톡톡 한 방울씩 떨어진 빗방울이 옷깃을 젖히듯. 조금씩, 조금씩 다가온 그의 마음이 인선의 마음을 조금씩 물들이고 있었다.

띠링. 엘리베이터 도착 음에 인선이 빠르게 눈을 깜빡였다. 가만히 자신을 바라보고 있던 선호가 가요, 작게 속삭였다.

"어디 갈까요?"

물어오는 그를 가만히 바라보았다.

"어디 가시고 싶은데요?"

"어? 거절할 줄 알았는데 안 하네요."

"덕분에 약속이 빨리 끝나서요. 그냥 거절할까요?"

"물론. 아니죠."

가만히 생각에 빠졌던 선호가 빙긋 웃었다.

"술이나 한잔하러 가죠?"

"술이요?"

인선의 얼굴 위로 꺼림칙한 표정이 내려앉았다. 얼마 전 자신의 인생에 추가된 흑역사가 고스란히 떠올랐다.

"왜요? 술 별로예요?"

"아니. 별로라기보다는."

"그냥 간단하게 한잔해요."

"……."

여전히 고민이 가득한 그녀의 표정에 선호가 소리 내 웃었다.

"오늘도 술 마시고 청혼할까 봐 걱정돼요?"

"아니요! 그날은 분위기 때문에 너무 많이……."

아차. 인선이 빠르게 입술을 닫았다.

"기억이 나기는 나나 봐요."

네. 안타깝게도.

"간단하게 마시려고 했는데 거하게 마셔야겠어요."

"네?"

"그리고 오늘도 청혼하면 덥석 받아 버려야지."

"술 말고 다른 거로 하죠. 그냥 커피나 한잔 마시는 게 좋겠어요."

단호하게 말하는 인선을 바라보며 선호가 부드럽게 말했다.

"술 한잔하러 가요. 보여주고 싶은 데가 있어서요."

"어디요?"

"가 보면 알아요."

호텔을 나온 선호의 차가 어두운 도로를 한참 내달렸다. 어느새 도로를 가득 메우던 차들이 사라지고 한층 한산해진 도로. 어디를 가는지 궁금하기는 했지만 묻지 않았다.

"거의 다 왔어요. 저기 바다 보이네요."

선호의 말에 인선이 천천히 창문으로 고개를 돌렸다.

"어. 진짜네요."

오랜만에 보는 바다였다. 살며시 미소 짓는 인선의 모습에 선호가 창문을 열었다. 시원하게 밀려드는 바닷바람과 귓가에 스미는 선명한 파도 소리. 기분 좋은 표정을 머금고 창밖을 바라보는 인선의 모습에 선호가 말없이 미소 지었다.

"여기예요. 나 왔어!"

바다가 보이는 그림같이 예쁘고 아기자기한 카페. 눈앞에 펼쳐진 예쁜 모습에 인선이 만족스러운 표정을 지었다. 조금 떨어진 곳에서 선호의 모습을 발견한 남자가 밝게 웃으며 두 사람에게 다가왔다.

"친구가 하는 곳인데 낮에는 카페인데 밤에는 맥주랑 간단한 칵테일도 팔아요."

선호의 설명에 인선이 작게 고개를 끄덕였다.

"왔어? 이게 얼마만이야. 죽은 줄 알았다."

가깝게 다가온 그의 친구가 반가운 듯 짧은 포옹과 함께 선호의 어깨를 툭툭 두드렸다.

"그래. 너무 오래 안 왔지?"

선호와 반갑게 인사를 나눈 친구가 인선을 바라보았다.

"안녕하세요. 선호 친구 이승준이에요."

"안녕하세요. 유인선이에요."

"네. 반갑습니다. 이 녀석이 웬일로 온다고 했나 했더니 이런 미인과 함께 오는 거였군요."

나쁜 자식. 작게 속삭이는 승준의 모습에 인선이 웃었다.

"손님이 없네?"

그러든지 말든지 카페를 여기저기 살핀 선호가 물었다.

"닫을 시간 다 됐잖아. 방금 다 빠졌어."

"그래?"

두 사람의 대화에 인선의 시선이 승준과 선호에게 번갈아 닿았다. 닫을 때가 다 됐는데 여기는 왜 왔죠? 표정을 읽은 승준이 웃으며 말했다.

"원래 친구들이 밤에 자주 와요. 그냥 편하게 마시다 알아서 가라고 하거든요."

"너 집에 오늘 가야 해?"

"어. 애기 아파. 열난다."

"고생이다."

"왜? 그냥 있을까?"

"아니. 그냥 가 줘. 방해 말고."

선호의 대답에 승준이 피식 웃었고 인선은 괜히 민망해 어색하게 웃었다.

"오늘 가게 하루 빌렸다고 생각하고 편하게 놀다가 가세요. 저는 애가 아파서 아무래도 가 봐야 할 거 같아요."

"네. 감사합니다."

"제수씨 고생이 많다. 가서 빨리 네가 도와줘."

"말은 쉽지. 술 어디 있는지 알지? 알아서 꺼내 먹고 병만 잘 정리하고 가라."

"그래. 들어가 봐."

아무 걱정 하지 말고 놀다 가라고 다시 한번 인선에게 말한 승준이 집으로 향했다.

"들어가죠."

주인이 없는 가게에 자신의 집인 것처럼 들어가는 선호를 따라 카페 안을 향했다. 외관과 마찬가지로 예쁘게 꾸며진 카페. 이것저것 시선을 빼앗는 아기자기한 실내 장식에 인선이 흡족한 표정으로 내부를 천천히 살폈다.

"좋아할 줄 알았어요."

벽에 기대어 자신을 바라보는 선호에게 고개를 돌린 인선이 천천히 고개를 끄덕였다.

"네. 여기 예쁘네요."

웬만하면 다 예쁘다고 하는 그녀이지만 평소보다 조금 더 좋아하는 표정에 괜한 뿌듯함이 밀려왔다. 반짝이는 눈동자로 행복한 표정을 머금은 그녀의 모습에 눈을 떼기가 싫어 한참 동안 말없이 그녀를 바라보았다. 만족스러울 만큼 구경을 끝낸 인선이 선호를 바라보았다. 빙긋 웃어 보이는 그녀를 보며 선호도 부드럽게 미소를 지었다.

"맥주? 괜찮죠?"

"네. 좋아요."

그제야 걸음을 옮긴 선호가 냉장고에서 맥주와 잔을 꺼내 인선에게 다가왔다.

"밖에서 마실까요?"

"네. 그래요."

"이거 들고 먼저 나가 있어요."

인선은 그가 건네는 맥주와 잔을 들고 바다가 잘 보이는 야외 테라스에 앉았다. 잠시 후 조용한 공간에 밀려드는 파도 소리와 함께 잔잔한 음악 소리가 들려왔다. 밖으로 나온 선호가 인선의 옆 의자에 앉았다.

"음악 좀 틀고 왔어요."

인선이 여전히 바다를 응시한 채 고개를 끄덕였다. 말없이 그가 건네는 잔을 받았다. 짧게 잔을 부딪친 그가 인선과 마찬가지로 바다를 바라보며 조용히 맥주잔을 입으로 가져갔다. 어두운 공간, 예쁘게 조명이 켜진 카페. 잔잔하게 불어오는 바람을 타고 흐르는 파도 소리와, 거기에 어우러져 은은하게 퍼지는 음악 소리. 그리고 시원한 맥주 한 잔. 아무것도 부족한 것이 없게 느껴지는 공간.

"좋다."

진심이 고스란히 느껴지는 한마디가 인선의 입술 사이로 터져 나왔다.

"저도요. 좋네요."

다르지 않다는 그의 말에 인선이 부드럽게 미소 지었다. 가만히 바다를 바라보던 인선이 작은 목소리로 말했다.

"제가 딱 하고 싶은 일이네요."

"뭐가요?"

"이런 예쁜 카페. 바다가 보이는 곳에 이런 작은 카페 차려서 밤마다 이렇게 여유롭게 맥주 한잔하고 싶다는 생각 많이 했었거든요."

"그랬어요?"

"네."

"하면 되잖아요."

그게 뭐 어렵냐는 듯 답하는 선호를 흘깃 노려보았다.

"말이 쉽죠. 그냥 이것저것 여건이 안 되면 힘들잖아요."

"앞으로 하면 되잖아요."

"진짜 쉽게 말씀하시네."

그녀의 핀잔에 선호가 잠시 다물었던 입을 다시 열었다.

"하긴. 이것도 생업이 되면 힘들 거예요. 손님들 오면 이것저것 차려야지. 할 일도 좀 많아요? 그냥 하지 말아요."

크큭, 인선이 소리 내 웃었다.

"지금 약간 그 느낌이신 거 알아요?"

"뭐요?"

"동심 파괴자. 물론 동심은 아니지만, 지금보다 많이 어렸을 적에 했던 생각이라."

대체 무슨 대답을 하라는 거야. 작게 읊조리는 선호를 흘긋 바라보며 인선이 웃었다.

"예전에는 꿈만 꾸면 다 할 수 있는 줄 알았어요. 그런데 살다 보니 그게 아니더라고요."

웃음을 머금은 그녀가 나지막하게 속삭였다.

"사실 욕심이 많았던 것도 아니었거든요. 과한 꿈을 꾼 것도 아니고요. 그런데 그것마저 허락해 주지 않는 세상이 미워서 참 원망도 많이 했던 거 같아요. 남들은 그저 평범하게 할 수 있는 일."

힘들었던 시간이 고스란히 느껴지는 그녀의 목소리에 선호의 눈동자가 살며시 흔들렸다.

"그런데 언제부턴가 원망 같은 거 안 하게 되더라고요. 어쩌면 내가 놓지 못해서 잡고 있었던 것들이 나를 더 힘들게 만들지 않았을까. 되돌아 생각해보니 그런 부분이 적지는 않더라고요."

이제는 털어 버렸다는 듯 덤덤하게 이야기하는 그녀.

"그래서 이번에 다 정리하고 새롭게 시작하려고요. 조금 늦은 감이 있지만, 그동안 제가 하고 싶었던 일도 찾아보고 저를 위해서 많이는 아니지만 조금은 넉넉하게 시간을 주고 싶어요."

"그렇게 해요."

"물론 대표님 일이랑 회사 일은 죄송하게 생각하고 있어요."

어쩌다가 제가 그랬을까요? 인선의 작은 속삭임에 선호가 피식 웃었다.

선호가 바다로 시선을 돌렸다. 멍하니 바다를 응시하던 그가 천천히 속삭였다.

"지금보다 조금 더 자신을 위해 살아 봐요."

"······."

"나는 인선 씨가 행복했으면 좋겠어요."

"······."

"응원할게요."

살며시 고개를 돌린 그가 옅게 미소 지었다.

"어떤 선택을 하더라도 행복할 수 있게. 내가 옆에서 응원해 줄게요."

감미로운 속삭임과 함께 그가 다시 고개를 돌렸다. 여전히 그의 얼굴에 번진 옅은 미소를 가만히 바라보던 인선이 살며시 미소 지었다.

"대표님은 꿈이 뭐였어요?"

"꿈이요?"

생각해 본 적 없다는 듯 선호가 살며시 눈동자를 추어올렸다.

"꿈이라고 하면 너무 그런가? 그냥 하고 싶었던 일."

"글쎄요."

"지금 하는 일을 하고 싶었던 일이에요?"

"뭐. 다르지는 않죠?"

인선이 천천히 고개를 끄덕였다.

"왜요? 궁금해요?"

선호의 말에 인선이 픽 소리 내며 웃었다.

"네. 그거는 궁금하네요."

선호가 답하지 않고 천천히 맥주잔을 기울였다. 대답하지 않는 그를 바라보던 인선도 고개를 돌려 맥주를 마셨다. 어느새 비어 버린 잔을 인선이 다시 채웠다. 그리고 그 잔이 다시 비워질 때까지 침묵이 이어졌다. 조금 전과 다르게 그저 바다만 응시할 뿐 사뭇 말이 없어진 선호의 모습에 인선이 그를 향해 살며시 고개를 돌렸다. 고요하게 바다를 담고 있는 짙은 눈동자. 무슨 생각을 하는지 읽을 수 없는 그의 표정을 한참을 바라보던 인선이 천천히 입술을 움직였다.

"대표님."

"아, 네."

초점이 흐트러졌던 눈동자가 인선을 향했다.

"무슨 생각 하세요?"

"아, 미안해요. 잠깐 다른 생각 좀 하느라."

"괜찮아요. 저는 괜히 저 때문에 심각해지신 줄 알고 걱정했잖아요."

"유인선 씨 때문에요?"

"네. 괜히 제가 신세타령해서 그러시나 했죠."

살며시 테이블 위로 턱을 괸 인선이 빙긋 웃었다.

"하긴. 유인선 씨 때문이기도 하죠."

어느새 평소의 표정으로 돌아온 그가 장난스럽게 웃었다.

"뭐가 저 때문이에요?"

"유인선 씨가 내 마음 안 받아 줘서 요즘 내가 아주 힘들잖아
요."

"또 시작이다."

선호가 그녀와 마찬가지로 테이블 위로 턱을 괴었다. 옅디옅은
미소가 번진 그녀의 얼굴을 바라보니 저절로 미소가 번진다.

"좋아해요."

듣기 좋은 음성을 나지막하게 뱉었다. 수백 번 수천 번 되뇔 수
있는 말.

"아직도 못 믿겠어요?"

가깝게 마주한 눈동자가 피하지 않고 서로를 바라보았다. 그녀
의 눈동자가 미세한 움직임으로 천천히 그를 살폈다. 작게 숨을
들이마신 인선이 천천히 입술을 움직였다.

"진심……인 거 같아요."

조심스럽게 흘러나온 그녀의 목소리에 선호의 눈동자가 짧게
일렁였다.

"처음에는 그냥 당황스러워서 피하기만 해야겠다고 생각했는
데."

"……."

"어느 순간인가부터 진심이 아닐까 조금씩 생각이 들었어요."

"그리고요?"

어르듯 자상한 목소리로 그가 물어왔다.

"그냥 그렇다고요."

뒤늦게 민망함이 올라온 그녀가 살며시 시선을 내리며 웃었다.

"그 정도만 해도 많이 발전했네요. 노력한 보람이 있는데요?"

싱긋 웃어 보이는 그의 모습에 그녀의 눈매가 예쁘게 휘었다.

"그러게요. 대표님 노력 덕분인지 자꾸 의도하지 않아도 하루에 몇 번씩 생각이 나더라고요. 참 신기하게도."

"그랬어요?"

살며시 벅차오르는 감정이 티가 날까 봐 애써 태연하게 그가 답했다.

"대체 나한테 무슨 짓을 한 거예요?"

그녀의 물음에 선명하게 즐거움을 담은 선호의 웃음소리가 퍼졌다.

"매일 밤 물 떠 놓고 촛불 켜 놓고 밤새 빌었죠. 제발 내 생각 좀 하게 해 달라고. 제발 나한테 궁금한 것 좀 생기게 해 달라고."

"거짓말도 적당히 하세요."

"티 나요?"

장난스러운 그의 표정에 인선이 못 말리겠다는 듯 웃으며 살며시 시선을 하늘로 돌렸다.

"좋아해요."

조금 전 고백보다 조금 더 또렷한 목소리. 달빛을 살며시 머금었던 인선의 눈동자가 이끌리듯 그에게 닿았다.

"이건 거짓말 아니에요."

잘 알아 둬요. 빙긋 웃으며 그가 바다로 시선을 돌렸다. 눈 앞에 펼쳐진 아름다운 장소와 어울리는 아름다운 미소를 짓는 남자. 고백을 전할 때 그는 항상 아름답게 웃고 있었다. 지금 이 순간처럼. 끊임없이 마음을 전하지만, 서둘러 물어 오지 않았다. 마치 언제까지 기다려 주겠다는 듯.

호텔에서 오늘 그를 만난 순간부터 조금씩 번지는 설렘이 좀처럼 사라지지 않았다. 이제는 조심스럽게 답해도 되지 않을까?

살짝 벌어진 인선의 입술 사이로 떨리는 숨결을 미세하게 흘렸다. 살며시 고개를 돌리는 그와 시선이 맞닿았다. 스치는 바람이 좋았다. 들리는 파도 소리도 그와 어우러진 잔잔한 음악도. 그리고 자신을 사랑스럽게 바라보는 그의 모습도. 이 모든 것이 이유가 되어 지금 자신의 마음을 솔직히 전하고 싶어졌다. 마주한 그녀가 살며시 미소 지었다. 그런 그녀의 모습에 그가 얼굴을 기울였다.

"왜요?"

"궁금해서요."

"이제 나한테 궁금한 게 생겼나 봐요? 물어봐요."

똑바로 바라보던 그가 어서 말해 보라는 듯 살며시 눈의 크기를 키웠다.

"키스……해도 돼요?"

자연스럽게 아래로 떨어지던 그의 눈꺼풀이 천천히 다시 밀려 올라갔다. 그녀를 향한 눈동자가 그녀의 얼굴을 흐르듯 하나하나 훑어 나갔다. 아마도 당황할 자신의 반응을 예상한 듯 조심스럽게 자신을 살피는 긴장된 그녀의 눈빛. 잠시 멎었던 숨을 천천히 내쉬었다. 조심스레 움직인 그의 손이 바람에 흐트러진 그녀의 동그란 이마 위 머리카락을 부드럽게 쓸어내렸다. 귓가를 스치고 흘러내려 온 손끝이 붉게 물든 그녀의 볼 위에 멈추었다. 그의 손끝을 따라 움직이던 그녀의 시선이 다시 그를 마주했다. 달빛이 번진 유난히 짙고 촉촉한 눈동자가 늘 그렇듯 자신만을 담았다. 대답 대신 미소를 머금은 입술 위로 그녀의 눈동자가 내려갔다. 며칠 전 입술에 닿았던 달콤한 감촉이 고스란히 되살아나 가슴이 뛰었다.

"왜 대답…… 안 하세요?"

결국, 그녀가 먼저 물었다.

"왜 나랑 키스하고 싶은데요?"

장난스럽지 않은 차분한 눈빛으로 그가 녹아내릴 듯 따스하게 물어 왔다. 붉게 채색된 얼굴로 그녀가 천천히 답했다.

"그냥……."

"……."

"그냥. 지금 제일 궁금해요."

"무슨 뜻이에요?"

"당신이랑 다시 하는 키스가 어떨지……."

"……."

"궁금해요."

누르기 힘든 감정이 밀려와 가슴이 벅찼다. 하지만 오히려 솔직히 뱉어 내니 마음이 편해져 그에게 머무는 시선이 편해졌다. 그가 어떤 답을 할까. 그도 나처럼 마음이 벅찰까. 기다림에 오히려 마음이 설레었다. 어루만지듯 스치는 그의 시선이 멈추고 그가 작게 웃었다. 왜 웃지? 내 말이 이상했나? 생각을 머금는 순간 얼굴 위에 닿아 있던 그의 손이 멀어졌다. 두 손으로 마른세수를 한 그가 손바닥으로 이마와 눈을 파묻었다. 예상치 못한 그의 행동에 인선의 시선이 얼은 듯 멈추었다.

"하아……."

크게 숨을 터트린 그가 얼굴을 감쌌던 손을 천천히 내렸다. 여전히 붉은빛이 감도는 얼굴로 자신을 바라보는 그녀. 시간이 멈췄으면 좋겠다는 생각이 들었다. 이 순간 눈앞에 꽃처럼 예쁜 그녀를 평생 바라만 보고 살아도 좋을 것만 같았다.

"그럼 안 되겠는데요?"

거절을 전하며 웃음을 머금은 그의 표정에 사뭇 심각했던 인선의 눈매가 살며시 찌푸려졌다.

"왜요?"

용기 내 물었더니 안 된다니. 그리고 거절하면서 왜 웃어? 살며시 마음이 상하려는 순간.

"나는 앞으로도 계속 유인선 씨가 나에 대해 궁금해 했으면 좋겠거든요."

벅차고 설레게 그가 답했다.

"참나. 그게……. 뭐예요."

민망함이 밀려오면서도 설레게 웃음이 번졌다.

"그럼 그냥 평생 궁금해 할래요."

괜히 물어봤어. 민망해 내뱉은 작은 읊조림에.

"그럴 수 있겠어요?"

그가 물어왔다.

"네. 뭐 못 할 거야……."

부드럽게 목덜미를 파고든 손길과 함께 숨결이 닿을 만큼 가깝게 다가온 얼굴. 지금껏 그에게서 보지 못했던 욕망이 서린 눈빛에 인선의 입술이 멈추었다.

"미안하지만…… 내가 안 될 거 같아요."

누르듯 숨을 삼킨 목소리가 번졌다.

"이제는 내가…… 더는…….."

못 참을 거 같아요. 뒷말을 삼킨 입술이 순식간에 겹쳐졌다.

속눈썹이 촘촘하게 박힌 눈꺼풀이 단숨에 밀려 올라갔다. 망설임 없이 밀고 들어오는 키스에 그녀의 몸이 뒤로 휘청였다. 도망가듯 멀어지는 그녀의 동작에 어림도 없다는 듯 그녀의 머리를 파고든 손끝에서 강한 힘이 느껴졌다. 달콤함과 뜨거움이 동시에 밀려왔다. 살짝 열린 입술 사이로 뜨거운 숨결이 파고들며 동시에 그의 혀가 깊숙이 들어왔다. 조금의 틈도 허용하지 않겠다는 듯 정신없이 파고드는 그의 입술에 모든 사고가 정지한 듯 멈춰 버렸다. 농도 깊은 움직임이 여린 살결 위로 번질 때마다 야릇한 감각이 온몸을 지배했다.

천천히 밀려 내려온 눈꺼풀에 그의 모습이 사라졌다. 오롯이 맞닿은 감촉만이 그와 내가 공존함을 알려 주었다. 시선이 차단되자 감각이 예민하게 곤두섰다. 떨어져 나가고 다시 감기는 입술 사이로 질척이는 소리가 번졌다. 정신없이 심장이 울리고 호흡이 달떴다.

"하아……."

그가 뜨거운 숨결을 뱉었다. 좀처럼 움직임을 멈추지 않을 것 같던 입술이 아주 미세한 틈을 남기며 떨어졌다. 살며시 올린 눈꺼풀 사이로 그녀가 보였다. 파르르 작게 떨리는 속눈썹. 사랑스럽게 달아오른 두 볼. 꿈처럼 달콤한 시간이 행복해 미소가 절로 번졌다. 자석처럼 이끌려 다시 그녀의 입술을 베어 물었다. 강하게 허리를 감은 손을 바짝 당기자 포근한 감촉이 가슴을 눌러 왔다. 터지는 욕심과 욕망을 애써 눌러 내렸다. 제어하지 않으면 어디로 움직일지 모르는 손을 묶기라도 하듯 그녀의 옷을 꼭 그러잡았다. 저돌적으로 파고들던 움직임이 아닌, 유리를 어루만지듯 섬세한 움직임. 작은 입술 위 어느 한 곳도 놓치지 않겠다는 듯 끈질기게 머금고 정성스럽게 살살 어루만졌다. 잡아당기고 밀어내자 따라오는 그녀의 입술. 짧은 시간에 학습이라도 된 듯 반응하는 그녀의 움직임에 그의 입술이 한없이 밀려 올라갔다. 가슴이 벅차서 멈춰진 움직임. 움직임이 멈추자 그녀의 눈꺼풀이 미세하게 움찔거렸다. 아쉽지만 완벽히 맞물린 입술을 천천히 떼어 냈다.

"아……."

인선이 짧은 탄식과 같은 소리를 뱉었다. 아무것도 아닌 작은 소리마저 예쁘다는 생각이 들어 다시 웃음이 번졌다. 그녀가 살며시 눈을 떴다. 평생 보아도 질릴 것 같지 않은 맑은 눈동자. 몽롱한 빛을 머금은 시선에 가슴이 간질거린다. 찰나의 침묵에도 키스로 젖어 든 공간은 따스했다. 어색함이 깃들기도 전에 미소를 머금은 그의 얼굴이 시선을 사로잡았다. 조금 더 다정하게, 그리고 따스하게. 마음을 열어 줘서 고마워요. 한 번 더 벅차게 미소지은 그가 말했다.

"이제 좀 덜 궁금해졌어요?"

그가 한쪽 눈을 찡긋거렸다. 장난스럽지만 자상한 물음에 인선이 웃었다.

"궁금해했던 것보다 훨씬 좋죠?"

예상했듯 얼굴은 붉게 물들었지만, 이제는 대수롭지 않은 일이라 여기며.

"네. 그러네요."

인선이 짧은 대답을 내뱉고 그를 눈에 담았다. 자신이 뭐라고 이렇게 행복하게 웃을까. 처음 느껴 보는 감정에 가슴이 벅찼다.

"와! 그렇게 좋았어요?"

기대감에 그의 눈이 반짝였다. 그 어느 순간보다 아름다워 보이는 남자. 아마 당신도 이런 이유 때문이겠지. 사실을 깨닫는 순간 그녀의 입술 위로 예쁜 미소가 번졌다. 천천히 입술이 움직였다.

"네. 생각하고 상상했던 것보다 훨씬 좋았어요."

예쁜 목소리에 마음을 담았다. 그와 함께 있는 시간 동안 절실히 깨달은 한 가지.

"아무래도 제가……."

마음을 숨기지 않고 보여준다는 건.

"대표님을 좋아하나 봐요."

생각보다 행복하고 아주 설레는 일이라는 사실.

* * *

"그냥 포기하세요."

인선의 목소리에 핸드폰을 귀에 댄 선호가 미세하게 눈매를 찌푸렸다.

"잠깐만요."

에효. 인선이 작은 한숨을 내쉬었다. 벌써 저러고 있기를 30분째. 바다가 아주 잘 보이고 전망이 이렇게 좋은, 도심과는 아주 먼 이곳에 대리 운전이 가당키나 한 말인가. 택시라도 부르겠다고 포기를 하지 않는 그를 그저 말없이 지켜보았다. 조금의 시간이 지난 후 그가 인선에게 다가왔다.

"어쩌죠?"

미안함이 묻은 얼굴.

"뭘 어쩌긴 뭘 어째요. 그냥 여기 있어야죠."

이미 포기를 한 인선이 가볍게 답했다.

"이러려고 한 건 아닌데. 예전에는 대리 불러서 갔었거든요."

"그건 그때 운이 좋았던 거겠죠."

탁탁. 아늑한 카페 한가운데 자리 잡은 인선이 자신의 옆 의자를 손바닥으로 내리쳤다.

"그냥 여기 앉으세요. 그렇게 자꾸 안절부절못하지 마시고요. 누가 보면 제가 잡아먹는 줄 알겠어요."

여전히 포기 못 하고 핸드폰에 머물던 선호의 시선이 흘깃 인선에게 닿았다. 무슨. 그 반대지. 결국, 그가 인선의 옆자리에 털썩 앉았다. 바닷바람과 희미하게 섞였던 감미로운 음악이 선명하게 울리는 카페 안. 걱정이 전혀 없어 보이는 인선의 표정에 선호가 물었다.

"너무 아무렇지 않은 거 아니에요? 남자랑 단둘이 밤을 새우게 생겼는데."

"내일 일요일이잖아요. 회사 안 가도 되고."

일차원적 답변에 선호가 고개를 살며시 기울였다.

"그걸 물은 게 아니잖아요."

"의도하신 것도 아니고 뭐 어찌하실 건 아니잖아요?"

"에……."

똑바로 시선을 마주한 인선이 그렇지 않나요? 당연하듯 미소 지었다.

"그러실 분도 아니란 거 잘 알고. 어차피 아침이 되려면……."

시간을 확인한 인선이 다시 말을 이었다.

"얼마 남지 않았잖아요. 그냥 여기 있다가 술 깨면 가요."

그러실 분이 아니라……. 확신에 찬 목소리에 기뻐해야 할지 슬퍼해야 할지. 내가 얼마나 참고 있는데. 남의 속도 모르고 옅은 미소를 머금고 창밖을 응시하는 그녀를 바라보았다.

어느 때보다 편안해 보이는 그녀. 그녀는 무슨 생각을 할까? 여전히 그녀의 모든 것이 궁금했지만 평온한 그녀의 공간을 깨고 싶지 않아 그저 말없이 지켜보았다. 천천히 시선을 돌린 그녀가 살며시 미소 지었다. 그리고 화답하듯 미소 짓는 그의 모습에 기다란 눈매가 부드럽게 휘었다. 작은 움직임에도 여전히 설렘이 밀려들었다.

"그런데 아까 왜 그러셨어요?"

"언제요?"

그녀가 말하는 시점이 정확히 언제인지 깨닫지 못한 그가 물었다.

"친구들이랑 있을 때요."

"아……."

"물론 유나가 심하게 말한 건 사실이지만, 대표님도 만만치 않으셨거든요."

그녀가 작게 웃었다. 웃는 얼굴로 침 뱉고 싶은 말을 던지던 남자.

"뭐 그다지 유쾌한 상황은 아니었잖아요."

시큰둥한 목소리로 돌아온 간단한 답변.

"그렇긴 했죠. 그렇다고 제가 거기서 똑같이 행동하면 은희가 불편해할 게 뻔하니까."

"그래서 참았어요?"

"네. 뭐 그렇죠."

"그래서 그랬어요. 어차피 참고 넘길 거 뻔히 아니까. 그럴 사람이라는 거 아니까. 나라도 나서야죠."

코웃음을 치며 답하는 그를 가만히 바라보았다.

"대표님이 왜요?"

"좋아하니까."

"……."

"좋아하는 사람이 그런 상황이면 당연히 그래야 하는 거 아니에요?"

당연하다는 듯 답한 그가 살며시 미간을 찌푸리며 말을 이었다.

"물론 사람이 참아야 할 상황도 있지만. 무조건 참는 게 답은 아니에요. 그러다 보면 그게 당연시 생각되고 남들도 또 자기 자신조차도 그게 당연한 일이 되어 버려요."

"……."

"난 당신이 그러지 말았으면 좋겠어요."

그의 말에 살며시 고개를 기울인 그녀가 지그시 바라보았다.

"왜요? 내가 뭐 잘못 말했어요?"

"아니요."

"그럼 왜요?"

"그냥. 고마워서요."

그의 품에 안겨 한없이 울었던 그 날이 떠올랐다. 그동안 참아 왔던 설움이 덧없이 터졌던 그 날처럼 그가 또 마음을 도닥여 왔다. 심각함이 사라진 표정으로 그가 천천히 몸을 돌려 다가왔다. 키스 이후 처음으로 가깝게 마주한 거리. 피하지 않고 그를 바라 보았다. 두근두근 작게 뛰는 심장.

"나한테 고맙죠?"

"네. 고맙다고 했잖아요."

"그럼 손잡아도 돼요?"

"크크. 뭐예요. 안 돼요!"

활짝 웃는 그녀의 모습을 보며 그가 다시 물어왔다.

"그럼 발은요?"

"뭐래. 발을 왜 잡아요. 됐어요!"

"왜요? 내가 손대면 막 설레고 그래요?"

이 남자가 진짜. 정확히 맞췄다. 조금만 다가와도 설레는데 손이 라도 닿으면 정신을 차리지 못할 것 같은 기분이다.

"아니거든요."

들킨 마음을 숨기려 재빨리 뱉은 인선의 말에 그가 의자에 등 을 털썩 기대었다.

"에이, 뭐야."

머리 뒤로 손깍지를 끼고 허공 어딘가를 바라보던 그가 흘깃 그녀를 바라보았다.

"그럼 보는 건 괜찮죠?"

"지금 보고 있잖아요."

"나 밤새 보고 있을 건데."

"마음대로 하세요."

보는 것도 설레지만, 그래도 만지는 것보단 낫겠지.

그와 마찬가지로 인선이 의자에 등을 편하게 기댔다. 민망함에 다른 곳을 향한 시선.

"너무 예뻐서. 밤새 보고 있어도 행복할 거 같아요."

역시나 견디지 못한 인선이 얼굴을 붉혔다. 작은 한숨을 내뱉은 인선이 가는 눈으로 그를 바라보았다.

"진짜……."

"왜요?"

"대표님 그런 말 정말 잘하는 거 같아서요. 사람 당황스럽게 하는 말."

가만히 바라보던 그가 고개를 갸웃거렸다.

"원래 사람 말을 듣는 그대로 잘 안 믿나 봐요?"

"……."

"나는 지금까지 당황하라고 말한 적 한 번도 없는데."

"그거야 당연히……."

"아니면 민망해서 그러는 건가?"

다 알면서 저런다. 인선이 그냥 입술을 닫았다.

"나처럼 잘생기고 멋진 남자가 그런 말 하면 약간 그럴 수는 있

72

다고 생각해요."

뻔뻔하기도 하시지. 잠시 생각을 담는 순간 손 위에 따뜻한 온기가 번졌다. 어느새 가깝게 다가와 빙긋 웃는 선호. 밀어내지 않는 인선의 손가락 사이로 그의 손가락이 천천히 하나씩 밀려들었다. 느릿한 그의 손가락 움직임에 온몸을 따라 전율이 흘렀다.

"그런데 이제는 익숙해져야죠."

유려하게 밀려 올라가는 입술. 그리고 부드럽게 떨어지는 눈꼬리.

"예뻐요."

듣기 좋게 퍼지는 목소리에 살며시 그녀의 눈이 커졌다.

"좋아해요."

"……."

"이런 말 이제 질리도록 들을 텐데. 이제 익숙해져요."

그녀가 작게 웃었다. 쪽. 밀려 올라간 그녀의 입술이 움직임을 멈추었다. 순식간에 다가와 짧은 감각을 남기고 멀어진 입술. 여전히 보기 좋게 휘어진 눈매로 그가 선하게 웃었다.

"그리고 이런 것도……."

"……."

"앞으로 더한 것도 많이 할 텐데. 익숙해지는 게 좋을 거예요."

되도록 빨리요. 빙긋 웃은 그가 손에 깍지를 낀 채 의자에 몸을 기대었다. 꼼지락거리는 그의 손가락 움직임에 여전히 온몸에 긴장이 흘렀다.

"좀 자는 게 낫지 않겠어요?"

그가 물어왔다.

"담요가 어디 있을 텐데."

그제야 손을 풀어 낸 그가 의자에서 몸을 일으켰다. 손끝에서 느껴지는 허전함에 인선의 시선이 자신의 손을 향했다. 살며시 주먹을 쥐었다가 폈다.

"찾았다."

멀리서 들리는 목소리에 인선의 시선이 그를 향했다.

"에이. 뭐야. 너무 더럽다."

담요 상태를 확인한 그가 투덜거렸다.

"저 괜찮아요. 춥지도 않아요."

"그래요?"

누구 덕분에 후끈하게 달아올라 더우면 더웠지 춥지는 않았다. 가깝게 다가온 그를 천천히 올려다보았다.

"혹시 추우면 안아 줄게요."

이러니 추울 리가 없지.

"됐습니다."

"안 넘어오네."

정색하는 그녀를 보며 그가 빙긋 웃었다.

"진짜 조금 눈 좀 붙여요. 피곤할 거 같아요."

그의 말에 그녀가 천천히 고개를 끄덕였다. 조금 마신 맥주 덕분에 온몸에 노곤함이 밀려왔다. 머리만 닿으면 잠이 들 것 같은 기분이었다. 그녀를 가만히 바라보던 그가 천천히 손을 뻗었다. 부드럽게 머리를 스치는 손길. 조심스럽게 머리카락을 쓸고 내려온 손길이 볼을 문질렀다. 자연스럽게 상체를 기울이는 그의 모습에 인선이 얼굴을 천천히 들었다. 쪽. 선명하고 부드러운 감촉에 인선이 눈을 감았다. 쪽. 쪽. 반대로 비스듬히 고개를 돌린 그의 입술이 다시 맞닿기를 여러 번. 짧았던 맞닿음이 점점 깊어졌다. 깊게 베어 물고 떨어져 나간 입술 사이로 온도가 높아진 숨결이 흘러나왔다.

"하아. 더는 안 되겠다."

선호가 인내심을 가득 담은 목소리를 흘렸다. 깊게 들이마신 숨에 들썩이는 가슴을 살며시 문지른 그가 빙긋 웃었다. 작게 숨을 토해 낸 인선도 멋쩍어 살며시 미소 지었다.

"빨리 자요."

부드럽게 휘어진 눈매 사이로 아쉬움을 담은 눈동자가 멀어졌다.

"대표님은요?"

"저는 밖에 정리 좀 하고 올게요. 불편하더라도 조금 눈 붙여요."

"네."

선호가 카페 밖을 향했다. 조금 전 그녀와 마셨던 병들을 정리한 선호가 난간을 손으로 잡고 멍하니 바다를 바라보았다. 선명한 미소가 얼굴에 자리 잡았다. 그리고 헤아릴 수 없이 밀려드는 벅찬 감정도.

살며시 고개를 돌렸다. 투명한 창문을 가운데 두고 자신을 바라보는 그녀와 눈이 마주쳤다.

"행복하게 해 줄게."

그녀를 향해 속삭였다. 알아듣지 못한 듯 고개를 기울이며 눈을 깜빡이는 그녀를 향해 환하게 웃었다. 언제까지 당신이 나를 보고 그렇게 웃을지. 기약하지 못하겠지만. 그때까지라도.

"내가 행복하게 해 줄게."

먹먹함이 묻은 목소리에 아무것도 모르는 그녀가 답하듯 해맑게 웃었다.

* * *

정신이 들었을 때 멀리서 번지는 파도 소리가 제일 먼저 그녀를 반겼다.

'아. 어제…….'

언제 잠이 들었지? 의자 여러 개를 붙여서 그가 만들어 준 자리에 누운 순간부터 기억이 사라졌다.

'피곤하긴 피곤했나 보다.'

천천히 눈을 떴다.

"어……."

그녀의 눈꺼풀이 단숨에 밀려 올라갔다.

"잘 잤어요?"

손바닥 한 뼘 정도의 거리나 될까. 마주 누워 부드럽게 미소 짓는 그의 모습. 눈을 뜨자마자 이렇게 심장이 뛰면 몸에 해롭지 않을까? 반듯한 얼굴로 자신을 이리저리 살피는 그의 모습을 말없이 바라보았다. 천천히 다가온 손끝이 부드럽게 흐트러진 머리카락을 넘겼다.

"큭."

갑작스러운 그의 웃음에 그녀의 눈이 커졌다.

"왜…… 왜 웃으세요?"

"아침부터 너무 예뻐서요."

순간 화장도 지우지 않고 잠들었다는 사실을 깨달았다. 자신의 상태가 심히 걱정되는 상황이었다.

"거짓말."

"어? 진짠데?"

"저 지금 얼굴 엉망이죠?"

"음…… 아니요. 예뻐요. 눈 밑이 조금 까맣기는 한데……."

"히익."

우당탕탕.

"히익! 대표님 괜찮아요!?"

갑작스럽게 상체를 일으키는 그녀의 행동에 이어 놓은 의자 끝에 매달리듯 누워 있던 선호가 굉음과 함께 바닥으로 떨어졌다.

"으으……."

"괜찮으세요?"

벌떡 일어선 그녀가 재빨리 그에게 다가갔다. 보통 소리가 컸던 게 아닌데. 허리를 잡고 고통스러운 신음을 뱉는 그의 모습에 인선의 얼굴이 점점 굳어졌다.

"대표님! 많이 아파요? 어디요? 여기요? 여기요?"

세상에! 허리가 얼마나 중요한데. 난색을 보인 그녀가 쪼그려 앉은 채 그의 손이 닿은 부위를 거침없이 주물렀다.

"괜찮으세요? 고개 좀 들어 봐요! 그러니까 왜 이상한 말을 해 가지고는……."

원망과 걱정이 가득 담긴 목소리로 허리를 툭툭 치다가 이제는 문지르는 그녀였다.

"하아……."

길게 내쉬는 그의 숨에 그제야 그녀의 손길이 멈추었다.

"괜찮…… 꺄악!"

둥실 몸이 뜨는가 싶더니 온몸을 감싸는 단단한 감촉이 번졌다. 어느새 바닥에 앉은 그의 위에 앉아 있는 상태가 되어 버린 인선이 당황해 빠르게 눈을 깜빡였다. 순식간에 멈춰진 숨을 꿀꺽 삼켰다. 다시 한번 숨을 크게 내쉰 그가 천천히 입술을 움직였다.

"아침부터 누구 죽이려고 그래요?"

"죄송해요! 일부러 그런 건 아니에요! 떨어지실지는 정말 몰랐어요!"

당황해 결백을 주장하는 그녀의 목소리가 점점 속도를 올렸다. 가깝게 맞닿은 눈동자에 심장이 심하게 뛰었다.

"누가 떨어진 것 때문에 그래요?"

즐거움이 가득 담긴 눈동자를 머금은 눈매가 살며시 휘었다.

"에, 그럼……."

"그렇게 만지면 나야 좋기는 하지만……."

"……."

"감당할 수 있겠어요?"

그제야 이해한 그녀의 얼굴 위로 붉은 열기가 번졌다.

"아침부터 예쁜 것도 힘든데."

창밖에 넘실거리는 파란 바다색과 어울리는 상쾌한 웃음이 번진 얼굴이 눈부셨다. 맞닿은 가슴 위로 콩닥콩닥 선명한 감각이 전해졌다. 이런 표정으로 나지막하게 속삭이면 그 누가 설레지 않을 수 있을까. 그것이 나이기에 행복하다는 기분.

"이게 다 인선 씨 때문이에요. 책임져요."

가볍게 다가온 입술이 부드럽게 파고들었다. 그것이 마치 지극히 당연한 일인 것처럼 살며시 벌어진 입술이 그를 반갑게 맞이했다. 맞닿고 떨어질 때면 입술 위로 미소가 번졌다. 누가 먼저 시작했다는 것은 중요하지 않다는 듯, 망설임 없이 숨결을 나누었다. 서로에게 느껴지는 떨림이 고스란히 행복이 되는 시간. 달콤한 아침의 시작이었다.

* * *

"오늘은 뭐 할 거예요?"

역시나 똑같은 질문. 하지만 확연히 다르게 다가오는 감정. 인선의 집 앞에 마주한 두 사람 사이로 따스한 바람이 번졌다.

"쉬어야죠. 내일 출근도 해야 하는데."

"피곤하죠?"

살며시 다가온 손이 그녀의 손끝을 어루만졌다. 당신과 헤어지고 싶지 않아요. 말하듯 어루만지는 손길과 아쉬움이 담긴 눈빛에 인선이 살며시 미소 지었다. 마음을 나눈 지 얼마나 됐다고 벌써 그와 헤어지기 아쉽다는 느낌이 드는 건지. 하지만 아쉬움을 접은 채 그녀가 말했다.

"네. 저 피곤해요. 오늘 하루 종일 집에서 쉴 거니까 대표님도 그렇게 하세요. 운전까지 했으니 힘들잖아요."

그나마 자신은 눈이라도 잠시 붙였지만, 그는 그러지 못한 듯 싶었다.

"나 하나도 안 피곤해요."

"거짓말."

"어? 진짠데."

"맨날 뭐가 진짜래. 제가 피곤해요. 빨리 집에 가세요."

단호한 그녀의 답변에 그가 금세 포기를 선언했다.

"알겠어요. 들어가서 쉬어요."

"네. 대표님도요."

"내일 봐요."

"네."

대화가 끊기고 아쉬움이 가득 담긴 눈빛만 남았다.

"혹시 보고 싶으면 저녁에 와도 돼요?"

"아니요."

"단호박이네."

기다란 손가락으로 볼을 긁적거린 선호가 피식 웃었다.

"오늘은 정말로 가서 쉬세요. 다음 주 일정 꽤 빡빡하던데."

이럴 줄 알았으면 비서를 시키는 게 아니었는데. 짧은 후회와 함께 그가 빙긋 웃었다.

"들어가요. 가는 거 보고 갈게요."

아무래도 자신이 가지 않으면 그가 움직이지 않을 것 같아 천천히 몸을 돌렸다. 집을 향해 내디딘 발걸음이 평소와는 완벽히 다른 느낌. 즐거움과 아쉬움. 뒤엉킨 감정이 고스란히 느껴졌다. 잠시 뒤를 돌아볼까 고민하다 묵묵히 집으로 향했다. 아마도 뒤를 돌면 애써 걸어온 거리만큼 되돌아가고 싶을 것만 같았다.

집으로 들어온 인선이 곧바로 창문을 향했다. 예상대로 그 자리에 머물러 있는 선호의 모습에 창문을 활짝 열었다.

"가요."

작은 손짓에 그가 환하게 웃었다.

"갈게요."

나지막하게 답한 그가 그제야 차에 올라탔다. 내리는 햇살을 가르고 그의 차가 멀어졌다.

"내일 봐요."

작게 속삭인 그녀의 얼굴 위로 화창한 햇살이 넘실거렸다. 내일이 빨리 왔으면……. 참 오랜만에 해 보는 생각이었다.

* * *

회사 정문을 향하던 진호의 발길이 우뚝 멈추었다. 무감한 표정을 머금고 천천히 주위를 살폈다. 살며시 고개를 갸웃거린 진호가 이마를 긁적였다.

"내가 왜 이러고 있지?"

예상치도 못한 자신의 행동에 살며시 당황한 표정이 번졌다. 참나. 작게 읊조린 그가 걸음을 옮기려는 순간.

"누구 찾으세요?"

"아오! 깜짝이야!"

헤헷. 짧은 웃음소리에 고개를 빠르게 돌렸다.

"출근하시나 봐요?"

"네. 그쪽은 운동하시나 봐요."

"그쪽 아니고 주혜미예요. 이름 정도는 외워 주세요."

놀란 표정을 재빨리 지우고 진호가 답했다.

"주혜미 씨. 부지런도 하시네요."

괜한 어색함에 빠르게 말을 던진 진호가 걸음을 옮겼다.

"혹시 저 찾으셨어요?"

"뭐라고요?"

"아니. 그냥 가만히 서서 여기저기 보시길래."

"아침부터 말도 안 되는 소리 하시려면 빨리 운동이나 하러 가세요."

"괜찮아요. 기대하지도 않았거든요. 커피 한잔하실래요?"

그가 다시 걸음을 멈추었다.

"제가 지난번에……."

"네. 알아요. 고마워서 사려는 거 아니에요. 그냥 같이 커피 한잔 마시고 싶어서 그러는 건데. 그럼 괜찮지 않아요?"

대체 뭐가 괜찮다는 걸까. 그녀의 얼굴에 똑바로 닿았던 진호의 시선이 점점 아래로 내려갔다. 주변에 꽃잎이 날려도 하나도 이상하지 않을 정도로 화사하게 차려입은 그녀. 예쁘다. 잠시 머리에 머무른 생각에 놀란 진호가 재빨리 고개를 들었다. 뭐가 그리 좋은지 여전히 방실방실 웃고 있는 그녀였다.

"그쪽한테 관심 있는 여자가 커피 한잔하자고 하는 건, 괜찮아요?"

"……."

"아. 그쪽이 아니라 박진호 씨한테요."

여전히 해맑게 웃는 그녀. 그래서 더 당황스러웠다. 보통 저런 말을 저런 표정으로 하는 게 맞는 걸까? 32년 살아오면서 처음 보는 진귀한 광경에 그가 얼음처럼 굳었다.

당황한 그의 표정을 바라보던 혜미가 살며시 고개를 내려 자신의 복장 상태를 점검했다. 나름 예쁘게 보이려고 입고 온 건데. 이 남자 스타일이 아닌가? 잠시 고민하는 사이 그의 목소리가 들려왔다.

"그러니까 나한테 관심이 있다, 이 말인가요?"

혜미가 고개를 번쩍 들었다.

"네."

거침없이 답하는 그녀의 모습에.

"왜요?"

그가 바로 물어왔다. 똑바로 그를 바라보던 혜미가 살며시 고개를 갸웃거렸다. 잠시 생각을 하듯 이리저리 시선을 돌린 그녀가 다시 그를 마주 보았다.

"질문이 너무 어려워요."

"네?"

"관심이 생겨서 관심이 있다고 하는데 뭐라고 답해야 할지……."

세상에서 제일 어려운 문제를 맞닥뜨린 사람처럼 그녀가 난감한 표정을 머금었다. 가만히 그녀를 들여다보던 진호가 살며시 눈매를 찌푸렸다.

"혹시 심심해요?"

"저요?"

누가 심심하다고 아침부터 이런 꽃단장을 하고 찾아와. 여전히 같은 표정으로 자신을 바라보는 그의 모습에 혜미의 눈매가 작게 꿈틀거렸다. 여전히 굳은 표정으로 혜미를 살피던 진호가 천천히 입술을 움직였다.

"여기 회사예요. 이상한 장난치려거든 다른 곳 알아보세요."

"에?"

한겨울 칼바람처럼 차갑게 말을 던진 진호가 냉정하게 몸을 돌렸다. 혜미는 당황한 표정으로 뭐라고 답해야 하나 입술을 벙긋거리기만 할 뿐 회사 문을 통과해 멀어지는 그를 잡지 못했다. 살짝 내밀었던 발끝을 멈추었다. 회사에서 장난치지 말라는데 회사로 들어갈 수도 없고. 가만히 바라보던 혜미가 몸을 돌렸다. 다시 그녀의 고개가 아래로 떨어졌다.

"뭐래. 누가 이렇게 입고 장난을 쳐."

실망이 가득 담긴 목소리가 울려 퍼졌다.

* * *

"아. 아침부터 정신이 산만해."

두통이 밀려드는 것 같은 느낌에 진호가 얼굴을 가득 구겼다. 아무 답 하지 못하고 당황한 표정을 머금었던 혜미의 얼굴이 떠올랐다.

"너무 정색하면서 얘기했나?"

도무지 이해가 되지 않는 당황스러운 그녀의 행동과 발언에 순간 자신이 너무 지나치게 이야기한 게 아닐까 하는 생각이 살며시 들었다. 가느다란 한숨을 길게 내쉬며 천천히 느린 걸음으로 사무실을 향했다.

"박 비서님. 오셨어요?"

싱긋 웃으며 자신을 반기는 인선의 모습에 구겨졌던 인상을 살며시 폈다.

"네. 일찍 오셨네요."

"네."

평소와 비슷한 것 같으면서도 어딘가 달라 보이는 인선의 모습에 진호가 지그시 그녀의 얼굴을 살폈다.

"주말에 잘 쉬셨나 봐요?"

"네?"

"아니면 무슨 좋은 일 있으세요?"

어쩐지 환해 보이는 그녀의 얼굴이 눈에 띄었다. 평범하게 건네는 질문에 괜히 당황한 인선이 어색하게 미소 지었다.

"아니요. 좋은 일은 무슨. 왜요?"

혹시나 티가 난 게 아닐까 마른침을 꿀꺽 삼켰다.

"그냥. 기분이 좋아 보이셔서요."

다행히도 대수롭지 않게 답한 진호가 자신의 자리에 털썩 가방을 던져 놓았다. 이제는 인선이 진호를 살폈다.

"박 비서님은 잘 못 쉬셨어요?"

아침부터 유난히 피곤해 보이는 얼굴이었다.

"아니요. 잘 쉬었는데 갑자기 피곤하네요."

"무슨 일 있으셨어요?"

걱정스럽게 물어오는 인선의 모습에 진호가 피식 웃었다. 아침에 자신을 당황스럽게 만들었던 존재에 관해 물어봐야 하나 말아야 하나 고민하던 진호가 살며시 미소를 지었다.

"아니에요. 아무 일도 없었어요."

"좋은 아침입니다."

평소보다 유난히 밝으면서도 듣기 좋은 목소리가 울려 퍼졌다.

"오셨습니까?"

"오셨어요……."

헤어진 지 채 스물네 시간이 되지 않아 만난 그이지만 유난히 그가 반가운 아침. 혹시나 표정 관리가 안 되면 어떡하지. 밀려든 생각에 인선이 입술을 꾹 눌러 물었다. 천천히 그녀의 앞으로 다가온 선호가 진호를 스쳐 인선의 얼굴 위로 시선을 멈추었다.

"유인선 씨. 무슨 좋은 일 있어요?"

"네?"

당황한 인선의 시선이 진호에게 닿았다. 조금 전 진호가 자신에게 했던 것과 똑같은 질문이었다.

"네. 잘 쉬어서 그런가 봐요."

인선의 두 볼이 살며시 붉어졌다. 장난기가 서린 웃음이 선호의 얼굴에 번졌다. 아무래도 이 남자 일부러 이러지 싶다. 애꿎은 입술만 지분거리는 그녀의 모습에 그가 작게 웃으며 시선을 거두었다.

"진호야. 잠깐 보자."

"네."

두 사람이 사무실을 향했다. 문이 닫히자 인선이 참았던 숨을 내쉬었다.

"괜히 민망하네."

붉어진 볼 위를 살며시 손으로 쓰다듬었다. 민망함이 가득 묻었던 얼굴 위로 살며시 미소가 번졌다. 평소와 다름없는 모습인데 오늘 조금 더 근사하고 상냥해 보이는 건 기분 탓일까. 잠시 꿈꾸듯 몽롱한 기분에 잠겼던 인선이 빠르게 고개를 저었다.

'정신 차리자. 유인선.'

하루아침에 확연히 달라진 자신의 모습이 낯설면서도 우스워 피식 웃음이 났다. 서랍에 있는 손거울을 재빨리 꺼내 혹시나 실없는 표정을 짓고 있는 게 아닐까 빠르게 얼굴을 살폈다. 문이 열리는 소리에 인선이 재빨리 손을 내리고 입꼬리를 내렸다.

"유 비서님. 잠깐 들어오시래요."

"네."

진호의 말에 인선이 사무실로 걸음을 옮겼다. 평소에 아무 감정 없이 드나들던 곳이건만. 아니 오히려 왜 부르나 걱정이 더했던 장소였는데. 괜히 가슴이 두근거려 티 나지 않게 작은 숨을 내쉬었다.

"부르셨어요?"

그녀의 목소리에 그가 미소로 답했다. 멀뚱히 문 앞에 멈춰 선 그녀에게 천천히 선호가 다가왔다. 살며시 고개를 기울이며 그녀를 살폈다.

"어제는 뭐 했어요?"

"크크."

버릇처럼 물어오는 그의 질문에 살며시 고개를 숙이며 웃었다.

"아마도 내 생각은 평소보다 많이 했을 거 같고……."

"잘 아시네요."

그녀의 대답에 그가 설레게 웃었다.

"대표님은 어제 잘 쉬셨……."

묻기도 전에 그가 팔을 뻗어 그녀를 당겨 안았다. 조금은 익숙해진 그의 향기가 삼키는 숨과 함께 온몸에 은은하게 번졌다.

"향수 뿌렸어요? 좋은 향기 난다."

자신을 꼭 끌어안은 그가 어깨와 목덜미 사이로 얼굴을 묻으며 물었다.

"아. 저기…… 뭐더라……. 향수 이름이……."

당황한 나머지 뿌리지도 않은 향수 이름을 애써 머릿속에서 더듬거렸다. 여전히 놓아줄 생각이 없는 건지 어깨를 감싼 팔이 그녀를 더욱 가깝게 품으로 당겼다.

"저. 밖에 박 비서님도 계시고……."

"그게 뭐요?"

"혹시……. 들어오시기라도 하면."

"왜요? 문 잠글까요?"

찰싹. 등을 때리는 인선의 손길에 선호가 소리 내 웃었다.

"괜찮아요. 내가 잠깐 다른 데 보냈어요."

"어디요?"

"그냥. 뭐 좀 가져오라고. 지금 그게 궁금해요?"

"아니. 뭐 그런 건 아니지만……."

살며시 고개를 든 그가 코끝이 닿을락 말락 한 거리에 얼굴을 멈추었다. 또렷한 빛을 머금은 눈동자가 고운 선을 그리듯 인선의 얼굴을 천천히 스쳐 지나갔다.

"그거 말고. 오늘은 안 궁금해요?"

"뭐가요?"

"에이. 알면서 모르는 척한다."

인선이 입술을 꾹 다물었다. 언제부터 이 남자가 이런 성격이었지? 거침없는 것은 기본이요, 능글맞기까지 한 그의 모습.

말없이 자신을 살피는 인선의 모습을 결국 선호가 이기지 못했다. 턱 끝에서 그의 손길이 느껴짐과 동시에 입술이 겹쳤다. 어깨 끝을 감아쥐었던 손이 부드럽게 그녀의 등을 쓸어내렸다. 온몸에 퍼지는 야릇한 감각에 작은 몸이 작게 들썩였다. 부드럽게 빨아 당기고 밀려드는 입술이 한없이 달콤했다. 그녀의 등을 어루만지던 손이 허리를 부드럽게 감아 당겼다. 하나로 겹쳐진 몸 위로 다른 박자의 심장 소리가 선연하게 퍼졌다. 여름이 다가와 무더워진 날씨가 무색하게 느껴질 만큼 뜨거운 열기가 퍼졌다. 이래도 괜찮을까 싶을 정도로 가슴이 설레어 와 손끝에 닿은 그의 셔츠를 꼭 말아 쥐었다. 터지는 숨결이 고스란히 그에게 삼켜졌다.

이제는 멈춰야 하지 않을까? 좋기는 한데. 너무 아침부터……

전혀 멈출 생각이 없는지 조금만 떨어져도 입술을 겹쳐 오는 그의 행동에 인선의 몸이 점점 더 뒤로 달아났다.

"아……!"

작은 쿵 소리와 함께 입술이 떨어졌다. 감았던 눈이 동시에 떠졌다. 언제 여기까지 온 거야? 문에 등이 닿아 있다는 사실을 인식한 인선의 얼굴 위로 민망함이 밀려들었다. 그 역시 마찬가지인 듯했다. 몽롱함을 담았던 그의 눈빛이 조금씩 또렷한 빛을 담았다.

"그만……해요."

"네. 그러려고 했어요."

대답하면서도 여전히 허리를 감은 손을 풀어 주지 않는 남자.

"이것도 좀…… 놔주세요."

"네. 그럴 거예요."

작게 숨을 내쉰 그가 그녀를 놓아주고 한 걸음 거리를 넓혔다. 붉은색으로 예쁘게 채색된 그녀의 얼굴에서 좀처럼 시선이 떼어지지 않는다. 욕심내지 말아야지 하면서 제어가 되지 않는다. 민망함을 머금은 그녀의 입술이 천천히 움직였다.

"아침부터 너무……."

"좋았어요?"

"아니요!"

"황홀했다고요?"

말을 말아야지. 다시 한번 숨을 내쉰 그가 부드럽게 그녀의 머리를 쓸어내렸다. 소중하게 어루만지는 손길. 미소를 머금은 그가 천천히 말했다.

"나 오늘 아마 사무실 다시 못 들어올 거예요."

아침에 사무실에 도착해 빽빽하게 차 있는 그의 일정표를 미리 확인한 인선이 고개를 끄덕였다.

"보고 싶어도 잘 참아요. 알겠죠?"

이런 말을 술술 어찌나 잘하는지.

"진짜…… 네. 알겠어요."

이제는 포기한 듯 작게 웃으며 답하는 그녀를 부드럽게 바라보았다.

"나도 잘 참아 보기는 할게요."

"네. 그러세요."

"그래도 혹시 못 참으면……."

"네. 그러면요?"

"밤에 잠깐 얼굴 보러 가도 되죠?"

안 된다고 할 이유도 없었지만, 허락을 구하는 선호의 목소리가 너무나 감미로웠다.

"뭐. 오지 말라고 해도 오실 거면서……."

"어? 아닌데."

눈을 동그랗게 뜨며 그가 답했다.

"우리 아버님 말씀이 여자 말을 잘 들어야 평생 편하게 살 수 있다더라고요. 나 앞으로 인선 씨 말 아주 잘 들을 생각인데. 갈까요? 말까요?"

또 일부러 이러지. 가만 보면 밀고 당기기를 아주 잘하는 남자다.

"네? 말해 봐요. 나 가요? 가지 마요?"

답변을 기다리며 장난스럽게 미소 짓는 그를 가늘어진 눈매로 바라보았다.

"오…… 오세요."

결국, 그가 원하는 답을 던졌다. 이게 뭐라고 민망한지.

"그렇게 원하면 당연히 가야죠."

잠시 멀어졌던 그의 손이 다시 뻗어 왔다. 부드럽게 당기는 힘에 자연스럽게 딸려 가 그의 품에 안겼다.

"이따가 봐요."

부드러운 음성과 함께 이마 위에 내려앉은 부드러운 입술 감촉.

"네. 이따가 봐요."

아마도 하루 종일 그가 기다려질 것 같은 느낌이다.

* * *

퇴근하고 집으로 돌아와 책상 위에 앉았다. 집중해 컴퓨터 모니터를 바라보던 인선이 한숨을 내쉬었다. 사무실에서도 종일 구인 정보 사이트를 여기저기 뒤져 보았지만, 딱히 마땅한 자리를 찾지 못했다. 마땅한 자리라기보다는 아마도 자신이 하고 싶은 일이 아니기에 눈에 들어오지 않음을 인선은 잘 알고 있었다.

'지금보다 조금 더 자신을 위해 살아 봐요. 나는 인선 씨가 행복했으면 좋겠어요.'

바닷바람을 머금고 부드럽게 밀려왔던 그의 목소리가 떠올랐다.

"나를 위해서……."

한 번도 생각해보지 않았기에 낯설기만 하다. 하지만 생각만으로 가슴이 작게 뛰었다.

'내가 옆에서 응원해 줄게요.'

많은 의미를 담지 않은. 가볍게 던진 말이라는 생각을 하면서도 그 순간 그가 고마웠다. 그러니 두려워하지 마요. 속삭이듯 머금었던 그의 미소가 떠올랐다. 살며시 고개를 돌려 핸드폰을 바라보았다.

"늦네……."

10시가 넘은 시간. 퇴근 조심히 하라는 문자 이후로 그에게서 연락이 없었다. 괜히 핸드폰을 손에 넣고 만지작거리다가 자리에서 일어나 방으로 향했다. 화장대 앞에 앉아 화장기 없는 자신의 얼굴을 가만히 들여다보았다.

"뭐라도 발라야 하나?"

갑자기 바빠진 손길이 화장대 위를 넘나들었다. 연한 분홍빛 립스틱을 바르던 인선의 분주한 손길이 멈추었다. 멍하게 거울을 바라보다가 피식 웃음이 났다.

"나 지금 뭐 하냐?"

한 번도 해 본 적 없는 행동. 그리고 즐거움이 묻어나는 거울 속 자신의 모습. 그를 처음 만났을 때도 이런 생각이 들었었다.

"진짜 신기한 남자야."

* * *

얼굴에 닿는 포근한 감촉에 미소가 지어졌다.

"아……."

감았던 눈이 번쩍 떠졌다.

"뭐야……."

그를 기다리며 잠시 누워만 있으려고 했는데, 어느새 잠이 들었나 보다. 벌떡 상체를 일으킨 인선이 침대 위에 놓인 핸드폰을 재빨리 잡았다.

[부재중 전화 한 통.]

역시 선호였다.

"벨 소리도 못 들었네."

그가 전화를 건 지 한 시간 남짓 지나 있는 시간이었다. 작게 한숨을 내쉰 인선이 그에게 전화를 걸었다.

―여보세요.

몇 번 울리지 않은 신호음 뒤로 기다린 듯 그가 빠르게 전화를 받았다.

"미안해요. 제가 깜빡 잠이 들었나 봐요."

나지막한 웃음소리가 들려왔다.

―그런 거 같았어요.

"벨 소리도 못 들었나 봐요."

―괜찮아요. 그냥 자지 왜 일어났어요?

넉넉한 목소리로 그가 물어왔다.

"그냥 깼어요."

―나 보고 싶어서 깬 건 아니고요?

또 시작이다.

"네. 너무 보고 싶어서 눈이 번쩍 뜨였네요."

―기쁜데요?

"근데 어디예요?"

민망해 재빨리 말을 돌렸다.

―집 앞이요.

"아, 지금 들어가시는 거예요?"

조금만 일찍 일어날걸. 작은 아쉬움이 번졌다.

―들어가게 해 줄 거예요?

무슨 뜻인지 이해가 되지 않아 잠시 머뭇거리는 사이 그가 다시 말을 이었다.

―지금 인선 씨 집 앞인데. 나 들어가게 해 줄 거냐고요.

"네에?"

침대에서 벌떡 일어난 인선이 뛰다시피 창문을 향했다. 가로등 불빛이 은은하게 번진 골목길. 한 손을 살며시 들어 보이며 미소를 짓는 그의 모습이 보였다.

'내려와요.'

조용한 골목길에 작게 울리는 그의 목소리에 가슴이 천천히 뛰기 시작했다.

"오셨으면 전화하지 그랬어요."

"했잖아요."

짧은 거리를 단숨에 달려 나온 인선이 작게 숨을 몰아쉬었다.

"천천히 오지. 그렇게 보고 싶었어요?"

부드럽게 머리를 쓸어내리는 손길에 따스한 미소가 절로 번졌다.

"일이 늦게 끝났어요. 전화 안 받길래 자는구나 했죠."

"그럼 집에 가지 왜 오셨어요. 제가 안 일어났으면 어쩌려고."

이렇게 봐서 좋기는 하다만 안 일어났으면 어쩌려고.

"일어났잖아요. 그럼 된 거 아니에요?"

"그래도 다음부터 그러지 마세요. 내일 보면 되잖아요."

"그런 말 들으려고 온 건 아닌데."

가만히 미소 짓던 그가 천천히 손을 내밀었다. 가슴팍 정도에 머문 그의 손으로 떨어졌던 인선의 시선이 다시 그와 마주했다.

"손."

치. 뭐야. 작게 속삭인 그녀가 못 이긴 척 손을 내밀었다. 따뜻한 온기를 머금은 커다란 손이 작은 손을 꼭 감아쥐었다.

"나름 설레는 시간이었어요."

"뭐가요?"

손안의 작은 손을 만지작거리며 그가 답했다.

"여기까지 오는 내내 설레고 즐거웠다고요."

"……."

"못 만날 확률도 높지만 그래도 혹시나 볼 수 있지 않을까. 1% 의 가능성에 희망을 걸었거든요."

"뭐예요. 어디 가서 내기 같은 거 하지 마세요. 딱 망하기 좋겠어요."

그녀가 작게 소리 내 웃었다.

"뭐야. 지금 무시하는 거예요?"

"제가 또 뭘 무시해요."

"1%의 가능성과 99%의 노력이면 불가능한 게 없는 거 몰라요?"

내 얼굴 보는 게 뭐 그렇게 대단하다고 저렇게 진지할까.

"네. 앞으로 잘 유념해 두겠습니다."

"착하네요."

말 잘 듣는 학생을 칭찬하듯 속삭인 그가 한 걸음 다가왔다. 스미는 좋은 향기와 함께 포근하게 그가 몸을 감싸 왔다. 말없이 그의 어깨에 턱을 기대었다. 토닥토닥 두드리는 손길과 함께 내쉬는 그의 숨결이 귓가에 고스란히 번졌다.

"이제 얼굴 봤으니 됐어요. 피곤할 텐데 들어가 봐요."

여전히 꼭 끌어안은 그가 말했다. 나보다 본인이 더 피곤할 텐데. 보내야 하는 것을 알면서 아쉬워 말없이 고개를 끄덕였다. 천천히 그가 감았던 팔을 풀었다. 맞닿은 감각이 사라지자 허전함이 밀려왔다.

"들어가요."

"오늘은 먼저 가세요."

"아니에요. 들어가는 거 보고 갈게요."

"매번 제가 먼저 들어가잖아요. 오늘은 먼저 가세요."

왜인지 물러서지 않는 그녀의 모습에 선호가 결국 고개를 끄덕였다.

"그럼 갈게요."

"네. 조심히 들어가세요. 내일 봐요."

살며시 손을 흔든 그가 차에 올라탔다. 차가 골목길을 완벽히 빠져나갈 때까지 인선은 움직이지 않았다. 조용한 정적이 찾아든 골목길.

"이건 또 이거대로 아쉽네."

인선이 작은 웃음을 내뱉었다. 매번 그가 떠나고 창문을 닫고 나면, 괜한 아쉬움이 오랫동안 남아 홀로 남겨진 공간을 채웠었다. 혹여나 덜 아쉬우려나. 우겨 봐도 이것도 아쉬운 건 매한가지였다.

"유인선. 진짜 웃겨."

아쉬움을 뒤로하고 몸을 돌리는 순간.

"인선아."

자신을 부르는 목소리에 인선이 고개를 돌렸다.

"어. 오빠."

자신을 향해 걸어오는 재준의 모습에 인선이 그를 향해 몸을 돌렸다.

"퇴근하는 거예요?"

물어오는 인선을 향해 고개를 끄덕인 재준이 선호의 차가 나간 쪽을 가만히 응시했다. 혹시, 본 건가? 괜한 민망함에 재빨리 입을 열었다.

"늦었네요?"

"응. 며칠 못 들어왔어."

"아, 역시. 바쁘구나."

"근데, 누구야?"

잠시 머뭇거린 인선이 천천히 입술을 움직였다.

"회사……."

"회사 직원?"

"네. 회사 직원이에요."

"아, 그렇구나."

대수롭지 않게 답하는 재준의 모습에 괜히 마음이 놓였다.

"너도 지금 온 거야?"

지금 왔다고 답하기에 너무나 편한 복장이었다.

"아니요. 일찍 왔는데 뭐 좀 전해 드릴 게 있어서 잠깐 나왔어요."

"아, 그랬구나."

별거 아닌 답변인데 괜히 얼굴이 붉어질 것만 같았다.

"근데……. 너 요즘 괜찮아?"

조심스럽게 물어오는 재준의 음성에 인선의 입술이 살짝 벌어졌다. 걱정스러운 눈빛으로 바라보는 그를 향해 부드럽게 미소 지었다.

"네. 오빠. 저 괜찮아요."

"다행이다."

대답과 다르게 여전히 걱정이 담긴 눈빛.

"진짜 괜찮아요. 오히려 너무 아무렇지 않아서 그게 더 이상한 걸요."

모든 것을 털어 버린 듯 답하는 인선의 모습에 재준이 그제야 편하게 미소 지었다.

"그래. 잘했다. 안 좋은 일은 빨리 잊는 게 나아. 괜히 마음에 담아 놔 봐야 시간만 아깝지."

"걱정해 줘서 고마워요. 오빠."

"당연한 걸 뭘 고마워해. 그러면 밥이라도 사든가."

"당연히 사야죠. 저 다음 주부터 시간 많아요. 회사 정리하고 잠깐 쉴 거거든요."

"아. 정리하는구나. 집은?"

"집도 팔렸어요."

아. 아쉬운 듯 작게 소리 내는 재준을 향해 인선이 빙긋 웃었다.

"그래. 잘됐다."

"네. 조금 쉬면서 제가 하고 싶은 일 찾아보려고요."

"집은 구했어?"

"아니요. 아직. 이제 구해 보려고요. 아직 날짜도 조금 남았어요."

"그래. 잘 정리해."

인선이 고개를 끄덕였다.

"정말 제가 밥 살게요. 오빠 시간 언제 괜찮아요?"

"글쎄. 한동안은 조금 바쁠 거 같고. 내가 시간 봐서 연락해도 될까?"

"당연한 걸 뭘 묻고 그래요."

그녀의 말에 그가 피식 웃었다.

"들어가 봐. 늦었다."

"네. 오빠도 피곤할 텐데 빨리 들어가서 쉬어요."

"그래. 들어가자."

동시에 걸음을 옮겼다. 가볍게 손을 흔든 인선이 집으로 들어갔다. 가만히 그녀가 사라진 곳을 바라보던 재준이 골목 끝을 넌지시 응시했다. 골목길에 들어서자 멀리서 인선이 차를 향해 손을 흔드는 모습이 보였다. 스치듯 지나가는 자동차 안에 어쩐지 낯이 익은 남자가 타고 있었다.

"어디서 봤더라?"

Chapter 05

    그의 바쁜 일정과 함께 사무실에서 함께하는 일주일이 빠르게 흘렀다. 마지막 날. 오늘도 여전히 바쁜 선호의 일정에 묵묵히 사무실을 지키는 것으로 인선의 마지막 날이 지나가고 있었다. 챙길 짐도 많지 않았기에 손도 가벼웠지만, 마음이 가장 가벼웠다. 그를 만나게 된 좋은 기회이기는 했지만, 아무것도 하지 않는 것에 그동안 마음이 무거웠던 인선이다.

    선호에게 물어 받았던 선금을 주하에게 돌려주었다. 괜한 민망함에 둘 사이의 일은 절대 이야기하지 말라고 선호에게 일러두었다. 모든 것을 정리한 인선이 혜미에게 문자를 보냈다.

    [오늘 저녁에 잊지 않았지?]

    금세 답변이 왔다.

[응. 걱정하지 마. 이따가 만나.]

마지막 날이다 보니 그냥 보내기 서운하다는 이유로 진호와, 선호와 함께 저녁 식사를 약속했다. 선호가 혜미에게 밥을 사기로 약속한 것도 있고, 혜미를 부르는 것이 어떠냐는 물음에 두 사람 모두 흔쾌히 괜찮다고 답했다. 그러고 보니 며칠 동안 혜미가 회사를 찾아오지 않았다. 뭐 찾아오는 게 극히 정상은 아니지만, 워낙 불붙기 시작하면 열정적인 그녀이기에 행보가 궁금하기는 했다.

"아직 박 비서님은 아무것도 모르는 거겠지?"

저는 상관없습니다. 가볍게 답하던 진호의 모습이 떠올랐다. 가만히 혜미를 떠올리던 인선의 얼굴에 미소가 번졌다. 화려한 외모와 다르게 순수함이 넘치는 그녀였다. 자꾸만 그녀의 사랑을 응원하고 싶어진다.

* * *

"일찍 오셨네요."

약속 장소인 레스토랑에 도착하자 이미 자리에 앉아 있는 선호와 진호의 모습이 보였다.

"왔어요?"

자리에서 일어나며 부드럽게 미소 짓는 선호의 모습에 인선의 시선이 흘깃 진호에게 닿았다. 한 걸음 다가온 그가 살며시 손을 내밀었다.

"어……."

당황한 인선의 눈동자가 이리저리 움직였다. 지금 뭐 하는 거죠? 물어오는 눈동자에 선호가 살며시 고개를 기울였다.

"손이요."

"네?"

당황한 기색을 지우기도 전에 그의 손이 빠르게 다가와 인선의 손을 덥석 잡았다.

"저, 대표님."

"괜찮아요. 이제 회사도 그만두는데 숨겨서 뭐 해요."

내가 지금 뭘 보고 있는 거지? 잠시 당황해 커졌던 진호의 눈이 금세 제 크기를 찾았다. 인선은 그의 손에 이끌려 그의 옆자리에 나란히 앉았다. 손을 꼭 잡은 채로 완벽히 자신에게 몸을 돌린 선호의 모습에 등줄기를 따라 땀이 흐르는 느낌이 들었다.

"오늘은 뭐 했어요?"

"그냥. 일했습니다."

"내 생각은 많이 했어요?"

"아, 저기 대표님."

정색하는 인선의 모습에 큭큭. 진호가 웃음소리를 흘렸다. 민망함에 얼굴이 후끈거려 차마 어디를 봐야 할지 감조차 잡지 못한 인선이 선호를 흘깃 노려보았다.

"왜 웃어?"

퉁명스럽게 묻는 선호의 물음에 진호가 웃음을 멈추고 빙긋 웃었다.

"어쩐지 두 분 요즘 기분이 좋아 보인다 했더니 다 이유가 있었군요."

그렇게 티가 났나? 꽤 아무렇지 않아 보이려고 애썼는데. 어색하게 웃음을 머금은 인선이 진호를 바라보았다.

"부러우면 너도 연애해."

툭 던지는 선호의 말에.

"네. 제 일은 제가 알아서 하겠습니다."

진호가 퉁명스럽게 답했다.

"죄송해요. 박 비서님. 사실 말씀드리기가 조금 민망해서……."

"아니요. 괜찮습니다. 대표님 상태를 보니 오히려 마지막 날 알게 되어서 다행이라고 생각 중입니다."

어느새 자신을 향해 완벽히 몸을 돌려 바라보는 선호의 모습에 인선이 살며시 미간을 찌푸렸다.

"대표님. 똑바로 좀 앉으세요."

"그럴까요?"

대답하면서도 여전히 미동조차 없는 그였다.

똑. 바. 로. 좀. 앉. 으. 시. 라. 고. 요.

인선의 강력한 눈빛에 그제야 그가 천천히 몸을 바르게 돌렸다.

"혜미가 조금 늦네."

왠지 이마에 땀이 났을 것 같은 기분에 손바닥으로 이마를 훔치며 괜히 레스토랑을 둘러보았다. 마침 멀리서 혜미의 모습이 보였다. 그녀를 바라보던 인선의 얼굴에 작은 웃음이 걸렸다. 평소에 발랄해 보이던 모습은 온데간데없고, 여성스러움이 넘쳐흐르는 블라우스에 단정하게 스커트를 입고 걸어오는 그녀의 모습.

"혜미 왔네요."

인선의 말에 두 사람의 얼굴이 혜미를 향해 돌아갔다. 선호는 자리에서 일어났고, 진호는 고개를 다시 원상태로 돌렸다.

"안녕하세요. 차선호입니다."

예의 바르게 인사를 건네는 선호의 모습에 혜미가 밝게 웃었다.

"안녕하세요. 주혜미예요. 이야기만 많이 들었지 오늘 처음 뵙네요. 반가워요."

역시나 쾌활한 목소리에 진호의 시선이 흘깃 그녀에게 닿았다.

"덕분에 출장 걱정 없이 잘 다녀왔습니다."

"에이. 제가 뭐 한 거 있나요. 덕분에 재미있는 경험했어요."

재미까지 있을 게 있나? 잠시 생각한 선호가 빙긋 웃었다.

"박 비서님. 잘 지내셨어요?"

밝은 웃음과 함께 자리에 앉은 혜미가 진호를 향해 몸을 돌렸다.

"네. 잘 지냈습니다."

"저도 잘 지냈어요."

"네. 그러시군요. 주문할까요?"

가만히 두 사람을 지켜보던 선호가 천천히 물었다.

"두 분이 원래 아는 사이예요?"

"뭐로 시키실래요?"

조용히 하라는 듯 진호가 말을 끊었다.

"네. 어쩌다 보니 그렇게 됐어요."

그러든지 말든지 답하는 혜미의 모습에 살며시 선호의 눈썹이 휘었다. 왠지 상황이 흥미진진해 밀려 올라오는 웃음을 꾹 누른 인선이 재빨리 입을 열었다.

"여기 뭐가 맛있어요? 혜미야, 먹고 싶은 거 없어? 대표님은요?"

메뉴판을 펼치고 메뉴를 훑고 있는 인선의 눈이 살며시 커졌다.

선호가 조금만 움직여도 볼이 닿을 거리까지 다가와 메뉴판을 바라보고 있었다.

"대표님. 저기 메뉴판 하나 더 있어요."

"알아요. 그냥 인선 씨한테 좋은 향기가 나서요."

인선의 말에 메뉴판을 향해 다가가던 혜미의 손이 공중에 멈추었고, 진호는 앞에 놓인 물 잔을 들었다. 얼어 버린 분위기에 선호의 시선이 살며시 올라갔다. 선호의 시선이 혜미를 스쳐 진호에게 닿았다.

"너 지금 그거 뿌리려는 건 아니지?"

"뿌리고 싶지만 참겠습니다."

벌컥 물을 한 모금 마신 진호가 물 잔을 내려놓았다.

"어머. 이게 대체 무슨 분위기야?"

"보면 몰라요?"

"진짜요? 언제부터?"

짜증스러운 진호의 말에 혜미가 신난 듯 물어왔다.

"묻지 마세요. 나도 오늘 알았으니까. 빨리 주문하세요."

"네. 알겠어요. 박 비서님 뭐 좋아하세요? 저도 똑같은 거로 먹을래요."

신기한 광경에 잠시 놀라기는 했지만, 혜미의 모든 포커스는 진호에게 맞춰져 있었기에 금세 잊고 상냥하게 물었다. 가만히 혜미를 바라보던 진호가 포기한 듯 피식 웃었다.

"저는 이거요."

"네. 저도요. 언니. 대표님 빨리 정하세요. 우리는 정했어요."

우리라……. 다시 흘깃 진호의 시선이 혜미에게 닿았다. 그녀를 회사 앞에서 만나 차갑게 말을 던졌던 그 날. 너무 심하게 말을 했나 걱정을 했던 진호다. 걱정할 필요가 없었던 걸까? 여자의 마음은 원래 알기 힘든 거라는 걸 잘 알지만. 도무지 감조차 잡히지 않는 여자다.

"박 비서님 집은 어디예요?"

"삼성역 근처입니다."

"그럼 부모님이랑 같이 사시는 거예요?"

"부모님은 미국에 계십니다. 지금 누나랑 같이 살고 있습니다."

"아, 누나가 있으시구나. 저는 외동이예요."

끊임없는 혜미의 질문에 의외로 꼬박꼬박 답하는 진호의 모습에 선호와 인선이 차마 음식도 먹지 못하고 두 사람을 바라보았다.

"두 사람 지금 뭐 하는 겁니까?"

얼굴을 기울여 속삭이는 선호의 물음에 인선이 고개를 모로 저었다.

"그냥. 우리 가는 게 낫지 않을까요?"

마지막 날이라 아쉽다. 출장 갔을 때 신세 진 것이 고마웠다. 이런 마음을 전할 상황이 아님을 두 사람은 깨달았다. 테이블 위에 올려놓은 인선의 손 위로 선호의 손이 겹쳤다.

"우리는 먼저 일어날게요."

갑작스러운 선호의 말에 혜미와 진호가 고개를 돌렸다.

"왠지 방해하는 기분이 나도 모르게 들어서."

"어머. 방해는요? 전혀 그렇지 않은걸요."

영혼 좀 담고 말해 주세요. 초면부터 던질 말은 아니기에 꾹 눌러 내린 선호가 자리에서 일어났다. 당기는 힘에 인선도 몸을 일으켰다.

"인사는 짧게 하죠. 혜미 씨. 다음에 또 뵙겠습니다."

자리에서 일어난 진호가 인선을 바라보았다.

"오늘이 마지막이라 아쉬웠는데. 자주 뵐 것 같다는 생각이 드네요. 조심히 들어가서요. 유 비서님."

"네. 박 비서님. 그동안 감사했어요."

"방해 그만하고 갑시다. 나 간다."

"네. 조심히 들어가세요."

카운터 앞에 서서 직원에게 카드를 건넨 선호의 시선이 여전히 이야기를 나누고 있는 두 사람에게 닿았다.

"간다고 그러는데 말리지도 않네. 어이가 없어서."

코웃음을 치며 말하는 선호의 모습에 인선이 웃었다.

"왜요? 서운해요?"

"네? 무슨 그런 말도 안 되는. 나야 둘이 있게 됐는데 당연히 좋죠."

부드럽게 어깨를 감싸며 언제 그랬냐는 듯 그가 웃었다.

"그동안 바빠서 얼굴 한번 제대로 못 봐서 내가 얼마나 힘들었는데."

"그런 말은 좀 사람들 없을 때 하면 안 될까요?"

흘깃흘깃 닿는 직원의 시선이 부담스럽다. 카드를 빠르게 건네받은 선호가 부드럽게 허리를 감아 왔다.

"그럼 둘만 있을 수 있는 조용한 장소로 갈까요?"

"뭐래요. 좀 조용히 좀 해요."

손으로 입을 막아야 하나 고민하다가 결국 빠르게 자리를 벗어

나기로 한 인선이 걸음을 재빨리 옮겼다. 멀어진 거리만큼 빠르게 다가와 포근하게 감싸 오는 손길. 제법 무더워진 날씨에 번지는 온기가 싫을 법도 한데 오히려 기분이 좋아진다.

"술 마실 거 같아서 차 놓고 왔어요. 조금 걸을까요?"

"네. 그래요."

한참을 말없이 걷던 그가 고개를 돌려 인선을 바라보았다. 그리고 이내 작은 한숨을 내쉬었다. 왜 그러냐는 듯 물어오는 인선의 표정에 선호가 천천히 말했다.

"내일부터 사무실에 없다고 생각하니까 슬퍼서요."

"크크. 그게 뭐예요. 사실 저 사무실에 남겨 놓고 맨날 바빠서 나가 있던 사람이 누군데."

"아, 그랬나?"

"네. 그러셨거든요."

"그래서 외로웠어요?"

늘 대화가 이 방향으로 흐르지.

"네. 뭐 그렇다고 해 줄게요."

탐탁지 않은 대답에 살며시 미간을 찌푸렸던 선호가 금세 표정을 바꾸며 물어 왔다.

"내일부터 뭐 할 거예요?"

생각은 좀 해 봤어요? 부드럽게 그가 물었다. 잠시 생각에 잠겼던 인선이 천천히 입을 열었다.

"정말로 카페 해 볼까 생각 중이에요."

"아……."

선호가 말없이 고개를 끄덕였다.

"사실 아무것도 모르는 상황이라 준비도 많이 해야 할 거 같아
요. 맨땅에 헤딩하는 상황이긴 한데 그래도 시간이 있으니 천천
히 준비해 보려고요."

"그래요. 너무 급하게 가려고 하지 말고 맘 편하게 천천히 준비
해요."

고민이 많았던 그녀임을 알기에 도닥이듯 조용히 마음을 전했
다. 살며시 미소 지은 인선이 고개를 끄덕였다. 그런 그녀를 바라
보던 선호가 살며시 눈을 크게 떴다.

"왜요?"

물어오는 인선의 모습에 선호가 비스듬히 입술을 밀어 올렸다.

"혹시 내가 좀 도와줄까요?"

선호의 말에 입술을 밀어 올린 인선이 고개를 갸웃거렸다.

"내가 서빙을 좀 잘해서요."

"뭐래요."

이내 웃음이 터졌다.

"아니면 설거지? 테이블 치우는 것도 잘할 수 있을 거 같은데."

"회사는 이제 접으시려고요?"

"오래 했죠. 이제 그만둘 때도 된 거 같네요."

"농담 그만 해요."

옆구리를 쿡 찔러 오는 인선의 행동에 선호가 소리 내 웃었다.

"농담은 이제 여기서 끝. 진짜로 혹시 도움이 될까 해서 묻는 거
예요."

진지해진 목소리에 인선이 그를 바라보았다.

"그 지난번 카페 하는 친구. 승준이한테 부탁해 볼게요."

"뭐를요?"

"뭐긴요. 당연히 카페 오픈 준비죠."

"아……."

"원래 회사 다니던 친구예요. 카페 차린 지 이제 3년 정도밖에 안 됐는데. 제법 잘 운영하는 거 같더라고요. 거기 가서 이것저것 배워보는 거 어때요?"

"저야 물론 좋지만……."

괜히 방해되는 게 아닐까 걱정이 들었다.

"인선 씨는 가서 일 배워서 좋고, 승준이는 바쁜데 일손 생겨서 좋고. 아르바이트를 안 쓰더라고요."

"그런가?"

여전히 고민이 담긴 인선의 얼굴.

"인선 씨만 괜찮다면 내가 물어볼게요. 거절할 친구가 아니에요. 오히려 좋다고 하겠지."

"정말 그래도 될까요?"

"네. 제가 얼굴도 잘생겼지만, 인맥 관리도 제법 잘하거든요."

어련하시겠습니까. 웃으며 고개를 절레절레 저었다.

"좋은 친구예요. 믿을 만한 친구고. 내일 한번 얘기해 볼게요."

* * *

띠링. 작게 울리는 핸드폰 문자 소리에 천천히 눈을 떴다.

[승준이가 좋다네요. 오늘 승준이가 전화할 거예요.]

아침 댓바람부터 도착한 선호의 문자. 9시가 조금 되지 않은 시간.

"뭐가 이렇게 속전속결이야."

작게 웃음이 났다.

[아침에 회의 있다면서요. 그런데 아침부터 알아본 거예요?]

[나한테 인선 씨 일보다 더 중요한 게 어디 있어요. 당연히 그래야죠. 내가 지금은 바빠서 안 되겠고 회의 끝나면 전화할게요. 내생각 많이 하고 있어요.]

어쩐지 음성 지원이 되는 것같이 느껴지는 문자. 직접 목소리로 듣고 싶다는 생각이 밀려 올라왔다.

'회의가 대충 세 시간이면 끝나려나?'

가만히 시계를 바라보던 인선의 얼굴 위로 예쁜 미소가 번졌다. 앞으로 세 시간 동안 그의 전화를 기다리며 설렐 것을 알기에. 기다림이 행복하게 느껴졌다.

─안녕하세요. 저 이승준이에요. 혹시 기억나세요?

"네. 안녕하세요."

─선호한테 이야기 들었어요. 빨리 전화하라고 어찌나 닦달하던지.

생각보다 빠르게 전화가 걸려 왔다고 생각했더니 역시 선호 때문이었다. 번지는 웃음을 삼키고 천천히 입술을 움직였다.

"죄송해요. 그렇게 급한 건 아닌데. 제가 괜히 번거롭게 하는 거아닌지 모르겠어요."

─아니요. 전혀요. 저야 와서 도와주시는 게 되니까 언제든지 환영이죠.

"좋게 말씀해 주셔서 감사해요."

－인선 씨 준비되는 대로 오세요. 저는 아무 때나 괜찮습니다.

"네. 제가 다시 연락드려도 괜찮을까요?"

－그럼요. 언제든지 연락 주세요.

전화를 끊은 인선이 소파에 앉아 생각에 잠겼다. 당분간 며칠 편하게 쉬어야겠다고 생각했는데, 그가 쉴 틈을 주지 않는다. 우선 해야 할 일들을 머릿속에 나열하기 시작했다. 집부터 구해야겠다는 생각에 일단 외출 준비를 시작했다.

* * *

"인선 씨 어때? 마음에 드는 곳은 있었어?"

"네. 괜찮기는 한데……."

하루 종일 여러 곳을 둘러보았다. 제법 마음에 드는 곳은 생각했던 가격과 맞지 않았고, 가격이 괜찮으면 날짜가 맞지 않았다. 혹여나 카페를 시작하게 될 경우에 드는 자금과 집을 구해야 하는 자금을 함께 생각하지 않을 수 없는 상황이라 쉽게 결정이 되지 않았다.

"며칠 조금 더 볼게요."

"빨리 결정 안 하면 날짜 못 맞춰."

틀리지 않은 말이었다.

"금방 결정할게요. 연락드릴게요."

부동산을 나와 어느새 해가 지고 있는 거리를 터덜터덜 걸어 집을 향했다.

Rrrrr. Rrrrr.

핸드폰에 뜬 선호의 이름에 지쳤던 얼굴 위로 미소가 번졌다.

–어디예요?

전화를 받자마자 울리는 좋은 목소리.

"집에 가고 있어요. 대표님은 어디예요?"

–지금 그쪽으로 가고 있어요.

"벌써 끝났어요?"

–네. 오늘 생각보다 일이 일찍 끝났어요. 어디 갔다 오는 길이에요?

"집 좀 알아보느라 부동산 갔다가 가는 길이에요."

–아. 집……. 나 거의 다 와 가요. 더운데 집에 들어가 있어요. 전화할게요.

인선의 집 앞 골목길에 들어선 선호의 눈이 살며시 커졌다.

"들어가서 기다리라니까."

집 앞에서 자신을 바라보는 그녀의 모습에 선호의 입가에 잔잔한 미소가 번졌다. 차에서 내리자 인선이 다가와 빙긋 웃었다.

"오늘 진짜 일찍 끝나셨네요."

"왜요? 그렇게 좋아요?"

"네. 생각보다 좋네요."

"말도 예쁘게 하네."

고개를 살며시 내려 짧게 입을 맞춘 그의 시선이 그녀의 손에 닿았다.

"그건 뭐예요?"

그녀의 손에 들린 커다란 쇼핑백.

"원이 집이요."

"아, 집."

"지난번에 드린다고 하고 계속 잊고 있었어요. 받으세요."

그녀의 손에서 쇼핑백을 건네받은 선호가 뒷좌석 문을 열고 쇼핑백을 넣었다.

"대표님. 저녁 안 먹었죠? 뭐 먹으러 갈래요?"

종일 밥도 못 먹고 돌아다닌 터라 심하게 허기가 느껴져 뭐라도 먹어야겠다는 생각이 머릿속에 가득 찼다.

"뭐 먹고 싶은데요?"

"저 아무거나 좋아요. 지금 그릇도 먹을 수 있을 거 같아요."

큭큭 소리 내 웃은 선호가 다시 말을 이었다.

"그러면 거기 갈래요?"

"어디요?"

"우리 집이요."

"대표님 집이요?"

그가 빙긋 웃으며 고개를 끄덕였다.

'밥 먹자니까 갑자기 왜 집을.'

못 갈 이유야 없지만, 마음을 확인한 이후 사무실을 제외하고는 아무도 없는 공간에 둘만이 함께한 적이 없었다.

"왜요? 싫어요? 맛있는 거 시켜 줄게요."

물론 배가 고프기야 하지만, 누가 먹는 것 때문에 고민하는 줄 아나.

"그리고 원이 선물도 직접 주면 좋잖아요."

핑계가 참 그럴싸하다.

"네. 그래요."

생각해보니 그다지 고민할 문제가 아니었다. 순수하게 밥만 먹고 올 수도 있는 일이고, 무슨 일이 있더라도 전혀 이상할 관계가 아니었다.

"가요. 대표님 집으로."

차에 올라탄 선호가 흘깃 인선을 보며 물었다.

"집은 좀 봤어요? 마음에 드는 곳은 있고요?"

"네. 많이 보기는 봤는데……."

"그런데요?"

"그냥 이것저것 따져 보니 딱 맞추기가 어려워서요."

"어떤 게요?"

잠시 생각하듯 침묵했던 인선이 다시 말을 이었다.

"가격이랑 마음에 드는 것도 문제지만, 혹시 카페를 하게 되면 위치나 이런 게 조금 애매해질 거 같아서요. 아직 아무것도 정해진 게 없는데."

"그렇겠네요."

나지막하게 답을 한 선호가 빙긋 웃을 뿐 더는 묻지 않았다.

그의 집에 도착하자마자 인선이 빠르게 고개를 두리번거렸다.

"원아. 어디 있니. 어!"

소파 구석에 웅크리고 앉아 자신을 바라보는 원이의 모습이 보였다.

"원아. 이리 와."

얌전하던 꼬리가 살랑살랑 흔들렸다. 경계의 의미였다.

"내가 너 집도 가져왔어. 이리 와."

물량 공세로 밀어붙여 보았지만 어림도 없는 눈빛이었다. 가깝게 다가가자 재빨리 몸을 돌려 풀썩 소파 위로 도망가는 원이. 포기한 인선이 피식 웃었다.

"벌써 잊었나 보네. 근데 엄청 컸어요."

얼마 지나지 않았는데 부쩍 몸집이 커져 있는 원이를 신기한 듯 바라보았다.

"주인이 엄청 사랑해 주거든요."

"밥을 잘 줬겠죠."

"그게 그거 아니에요?"

맞네. 작게 속삭인 그녀가 원이를 향해 다가가는 선호를 바라보았다.

"원아. 이리 와."

경계심이라고는 전혀 찾아볼 수 없는 동작으로 그의 품에 안기는 모습.

"원아. 오빠 많이 보고 싶었지? 안아 주니까 좋아?"

낯을 가린다며 심각하게 물어 오던 그의 모습이 아직도 눈에 선한데. 둘이 좋다고 저러고 있는 모습을 보니 저절로 미소가 번졌다.

'그러고 보니 웃을 일이 아니네.'

얼마 전까지 다르지 않았던 두 사람의 상황. 고양이와 자신의 상황이 다르지 않음이 왠지 우스워 웃음이 났다. 그러고 보면 참 대단한 남자다. 조금씩, 조금씩 다가오는 그의 마음에 끌리듯 마음이 움직였다. 가만히 웃고 있는 인선의 모습에 선호가 살며시 미소를 지었다.

"왜요?"

"그냥. 보기 좋아서요."

"혹시 질투해요?"

참 나. 작게 내뱉은 인선이 식탁 의자에 앉았다. 원이를 바닥으로 내려놓은 선호가 인선에게 다가왔다.

"잠깐 이리 와 봐요."

손을 잡고 이끄는 그를 따라 걸음을 옮겼다. 닫혀 있던 방문을 활짝 연 그가 살며시 비켜섰다. 뭐가 있나? 잠시 방을 들여다보는 사이.

"그냥 쓸 일이 없어서 창고처럼 쓰고 있는 방이에요."

"네."

그런데요? 물어오는 인선의 시선에 선호가 다시 말을 이었다.

"방마다 에어컨도 설치되어 있고, 모든 가전제품이 옵션으로 다 들어와 있어요."

난데없이 집 자랑에 나선 선호를 멀뚱멀뚱 바라보았다.

"네. 좋으시겠네요."

인선의 대답에 선호가 큭큭 소리 내며 웃었다. 왜 웃지? 잠시 후 웃음을 지운 선호가 다시 말을 이었다.

"무슨 뜻인지 모르겠어요?"

여전히 알아듣지 못한 인선이 눈을 천천히 깜빡였다.

"여기서 지내는 거 어때요?"

장난스럽지 않은 진지한 선호의 눈빛에 인선의 입술이 살며시 벌어졌다.

"여기……서요?"

"네. 어차피 집을 구해야 하는데 아직 결정된 게 없잖아요. 당장 집은 팔렸고, 살 집을 구하려니 여건이 이것저것 꼬여 있는 거 맞지 않아요?"

"……."

"다른 의도는 없어요. 그냥 조금이라도 인선 씨가 편하게 준비했으면 좋겠어요. 이건 내가 해 줄 수 있는 아주 작은 배려고."

작은 배려라고 치기에 너무나 크게 느껴졌다.

"혹시 나랑 같이 지내는 게 불편하면 내가 잠깐 본가에 가 있어도 괜찮아요."

"아니에요. 그런 거보다는……."

"그럼 같이 지내죠. 뭐. 인선 씨가 괜찮다는데."

어느새 장난스럽게 미소를 짓는 그를 살며시 흘겨보았다.

"그런 문제가 아니잖아요."

한 걸음 다가와 허리를 부드럽게 감싸는 그의 행동에 말이 멈추었다.

"그거 아니면 생각하지 말아요. 미안하다거나. 부담스럽다거나. 이런 쓸데없는 생각은 그냥 하지 말았으면 좋겠어요."

"어떻게 안 해요."

"그리고 공짜 아니에요."

그의 말에 인선이 떨어져 있던 눈꺼풀을 밀어 올렸다.

"아침에 키스 세 번, 저녁에 키스 세 번. 더 진한 걸 해도 좋고요."

"정말 다른 의도 없는 거 맞아요?"

"그 부분은 다시 생각해볼게요. 분명히 여기 오기 전까지 그랬는데 조금씩 생각이 달라지는 거 같기는 해요."

툭 하고 가슴을 치는 인선의 손을 꼭 잡았다.

"정말로 생각해 봐요."

따스한 눈빛을 바라보며 인선이 작게 고개를 끄덕였다.

"되도록 빨리 짧고 간단하게. 알겠죠?"

"네. 알겠어요."

웃음이 묻은 인선의 답변에 선호가 빙긋 웃었다.

"배고프죠? 우리 뭐 시켜요."

인선이 소파에 앉자 소파 위에서 놀던 원이 후다닥 방으로 도망갔다.

"아직 친해지려면 멀었네."

소파로 다가온 선호가 중얼거리는 인선의 옆에 나란히 앉았다.

"피자 시켰는데. 괜찮죠?"

"너무 괜찮죠."

"30분쯤 걸린대요."

"네. TV 봐도 되죠?"

리모컨을 향해 뻗어 나가던 인선의 손을 선호가 순식간에 공중에서 낚아챘다.

"왜요?"

"잠깐 할 일이 있어서요."

"……."

"30분이면 좀 짧기는 한데. 그래도……."

"뭐요? 엄마야!"

갑작스럽게 밀려드는 힘에 푹신한 소파의 감촉이 등 뒤로 선명하게 느껴졌다. 자신의 머리 옆으로 두 팔을 뻗은 채 자신을 내려다보는 선호의 모습에 마른침을 삼켰다. 부드럽게 휘어진 눈매 사이로 또렷하게 번지는 시선. 천천히 몸을 내리는 그의 행동에 가슴이 선명하게 뛰었다.

"사실 오늘은 의도가 있어서 데려온 거라서요."

쪼옥. 맞닿은 입술이 부드럽게 파고들었다가 감질나게 떨어져 나갔다.

"이러려고요."

잠시 닿았다 떨어진 그의 입술 사이로 뜨거운 숨결이 느껴졌다.

"하루 종일 키스하고 싶어서 미치는 줄 알았어요."

아무것도 거르지 않고 고스란히 진심을 털어놓는 그의 말에 온몸이 녹아내릴 듯 떨렸다.

"혹시 싫으면 말해요. 물론 내가 멈출 수 있을지 모르겠지만……."

인내심이 느껴지는 그의 음성에 인선이 살며시 미소 지었다. 천천히 손을 뻗어 아래로 떨어진 그의 머리를 부드럽게 넘겼다.

그리고 이내 목을 감아 오는 그녀의 손길에 짙은 색을 머금은 눈동자가 작게 일렁거렸다. 미소가 얹어진 예쁜 입술이 천천히 움직였다.

"싫을 리가…… 없잖아요."

부드럽게 속삭인 그녀가 살며시 고개를 들어 그의 입술을 머금었다. 자연스럽게 당겨진 몸이 틈 없이 맞물렸다. 걷잡을 수 없이 커졌던 선호의 눈이 천천히 감겼다. 맞닿은 입술 사이로 혀끝이 밀려들어 야릇하게 여린 살을 훑어 나갔다. 자신을 누르는 단단한 몸의 무게도 뜨겁게 입술을 탐하는 움직임도 그저 좋았다. 감은 그의 목을 조금 더 세게 끌어안았다. 맞닿은 혀끝이 엉기고 누구의 것인지 알 수 없는 타액이 섞이며 만들어 낸 질척한 소리가 거실을 가득 채웠다. 아무것도 머릿속에 담지 않은 채 두 사람 모두 그저 본능에 모든 것을 맡겼다. 달아오른 숨결이 터지고 작았던 움직임이 점점 거세졌다. 그녀의 주변을 맴돌기만 하던 손길이 망설임 없이 그녀의 티셔츠 속으로 밀려 들어왔다.

"하아……."

그녀가 작게 터트린 숨결에 잠시 멈추었던 손길이 이내 깊숙이 파고들어 여린 살결을 쓸어내렸다. 손끝에 닿는 부드러운 촉감과 귓가에 터지는 뜨거운 숨결. 그리고 간간이 흘러나오는 옅은 신음 소리. 자꾸만 짓누르는 욕망이 터질 것같이 꿈틀거렸다. 멈추고 싶지 않은 욕망과 멈춰야 한다는 이성적 생각이 하나로 뒤엉켰다. 자신의 마음도 모르고 품 안에 갇혀 작은 숨결을 터트리며 자신을 고스란히 받아들이는 그녀가 원망스러우면서도 한없이 사랑스럽게 느껴졌다. 겨우겨우 힘겹게 입술을 떼어 내자 그녀가 고스란히 입술을 겹쳐 왔다.

"하아……."

그의 입술 사이로 깊은 한숨이 터지자 꼭 감겼던 인선의 눈이 살며시 떠졌다. 몽롱한 빛을 머금은 눈동자가 이리저리 선호의 얼굴 위를 살피듯 스쳤다. 맞닿은 단단한 가슴이 잠시 들썩이더니 그가 풀썩이며 얼굴을 그녀의 어깨 위로 묻었다.

"진짜……."

귓가에서 들리는 작은 속삭임에 인선이 살며시 고개를 돌렸다.

"왜 이렇게 예뻐서는……."

"……."

"사람 심란하게."

천천히 고개를 돌린 선호가 볼 위로 부드럽게 입을 맞췄다. 여전히 남아 있는 거친 호흡을 자잘하게 뱉어 낸 그가 살며시 미소 지었다. 그녀의 몸 위에서 천천히 내려와 옆으로 누운 그가 손을 뻗어 품으로 그녀를 당겨 안았다. 토닥토닥. 자신을 진정시키듯 그녀의 등을 부드럽게 토닥였다. 뜨거워진 공기가 조금 사라질 때까지 조심스럽게 그녀의 등을 토닥이며 쓸어내렸다. 내쉬는 숨이 한층 가벼워진 그가 천천히 입술을 움직였다.

"아무래도 여기서 멈추지 않으면 더는 멈추지 못할 거 같아요."

솔직한 그의 심정을 들은 인선의 얼굴이 살며시 붉어졌다.

"사실 잠깐 후회했어요."

붉어진 얼굴을 살며시 들어 그를 바라보았다. 대체 뭘 후회했다는 걸까. 진지함을 담은 인선의 눈빛이 선호에게 닿았다.

"피자를……. 괜히 시켰다고."

풉. 저도 모르게 터진 웃음에 인선이 빠르게 손바닥으로 입술을 가렸다. 큭큭. 멈추지 않고 웃음이 흘러나왔다.

"취소해야 하나. 내가 몇 번을 고민한 줄 알아요?"

몸까지 떨어 가며 웃는 그녀를 꼭 껴안으며 그가 많은 의미가 담긴 한숨을 크게 터트렸다.

"그만큼 좋았다고요."

부드럽게 머리를 쓰다듬는 손길에 웃음을 멈춘 인선이 살며시 미소 지었다.

"저도 좋았어요."

그녀의 솔직한 고백에 선호가 옅게 미소 지었다.

"우리 다음에는 꼭 밥 먹고 시작해요."

그녀의 입술 사이로 멈췄던 웃음이 다시 터져 나왔다.

그의 원망을 가득 샀던 피자가 도착했다. 배가 고프다더니 야무지게 먹는 인선의 모습에 선호가 피식 웃었다.

"취소했으면 큰일 날 뻔했네."

흘깃 눈을 흘기며 피자를 먹는 인선을 가만히 바라보던 선호가 물었다.

"승준이랑 통화했어요?"

피자를 한입 베어 문 인선이 고개를 끄덕였다.

"언제부터 갈 거예요?"

그의 질문에 콜라를 한 모금 마신 인선이 천천히 입을 열었다.

"언제부터 갈까요?"

물어오는 인선의 모습에 선호가 고개를 살며시 기울였다.

"승준이는 아무 때나 좋다고 했어요. 그러니 인선 씨가 편할 때부터 시작해요."

"아무것도 모르는 상태라. 막상 가도 되려나 싶어서요."

"알면서 시작하는 사람이 어디 있어요. 아니면 일단 가서 얘기해 보고 정해도 되고요."

그의 말에 인선이 고개를 끄덕였다.

"차라리 그게 좋을 거 같아요."

"그럼 내일 갈래요?"

"내일이요?"

너무 빠른 일정에 인선의 눈이 살며시 커졌다.

"내일은 내가 오전에 조금 시간이 남아서 데려다줄 수 있을 거 같은데. 이번 주 다른 날들은 워낙 바쁠 거 같아서요."

"아……. 저 혼자 가도 괜찮아요."

"내가 싫어요. 괜찮으면 내일 데려다주고 저녁에 데리러 갈게요."

"네. 그럴게요."

* * *

차에서 내린 인선이 환한 미소를 지었다. 아침 일찍 도착한 바닷가는 그날처럼 아름다웠다. 여전히 그림같이 예쁜 카페. 그곳에서 그와 나누었던 키스가 떠올라 괜히 마음이 설레었다.

"오셨어요? 왔어?"

차에서 내린 선호가 승준을 향해 살며시 손을 들었다.

"죄송해요. 너무 일찍 왔죠?"

인선의 말에 승준이 괜찮다는 듯 미소 지었다.

"어차피 아침에 일찍 나와요."

"혼자 있어?"

"아니."

승준의 대답에 선호가 주변을 둘러보았다. 선호를 따라 고개를 돌린 인선의 눈이 한곳에 멈추었다.

"아저씨!"

여섯 살쯤 됐을까. 원피스를 예쁘게 입은 작은 아이가 선호를 향해 환하게 웃으며 뛰어왔다.

"야. 너 온다고 아침부터 옷 고른다고 난리도 아니었다."

승준의 말에 선호가 피식 웃으며 아이를 향해 걸음을 옮겼다.

"우리 아가씨. 잘 지냈어?"

품 안에 폴짝 뛰어든 아이를 선호가 번쩍 들어 안았다.

"그동안 왜 안 왔어요?"

"아저씨. 바빴지."

"피이. 지아가 얼마나 기다렸는데요."

"그랬어? 이제 자주 올 거야."

"정말요?"

또박또박 예쁘게 말을 이어 나가던 아이의 얼굴에 환한 미소가 걸렸다.

"이름이 지아인가 봐요."

"네. 우리 지아가 아빠보다 선호를 더 좋아해요."

마음에 들지 않는다는 듯한 승준의 목소리에 인선이 살며시 미소 지었다. 조금 떨어진 거리에서 아이를 안고 고개를 돌린 선호가 승준을 바라보며 물었다.

"제수씨는?"

"저기 오네."

승준의 말에 인선과 선호가 고개를 돌렸다. 아담한 체구의 여자가 환한 미소를 지으며 세 사람을 향해 다가왔다.

"와. 미인이시네요."

내리쬐는 환한 햇살처럼 예쁜 미소를 가진 그녀. 어느새 선호의 앞에 다가온 그녀를 멍하니 바라보던 인선의 눈이 살며시 커졌다. 지아를 내려놓은 선호가 그녀를 마주 보며 천천히 손을 움직였다.

'수화.'

그리고 여전히 환하게 웃으며 수화로 이야기하는 그녀.

"지아 엄마가 말을 못해요. 잘 듣지도 못하고요. 같이 가요. 인사하게."

옆에서 들리는 승준의 목소리에 작게 고개를 끄덕인 인선이 천천히 걸음을 옮겼다. 인선과 승준이 옆으로 다가오자 선호가 시계를 보며 살며시 미간을 찌푸렸다.

"아무래도 나는 지금 가 봐야 할 거 같아요. 혹시 차 막힐 거 예상해야 하니까."

"네. 대표님 가 보세요."

"저녁에 데리러 올게요. 편하게 지내고 있어요."

"네. 걱정하지 마세요."

"유미 씨. 이따가 올게요."

선호의 입술을 가만히 바라보던 유미가 천천히 고개를 끄덕였다.

"잘 부탁해요."

환하게 미소를 머금은 그녀가 빠르게 손을 움직이며 고개를 끄덕였다.

"지아야. 아저씨 저녁에 올게."

맑은 눈동자로 자신을 바라보는 지아를 향해 선호가 천천히 수화로 이야기했다. 그의 말에 활짝 웃는 지아의 모습. 무슨 뜻이지? 궁금증을 담은 인선의 눈이 선호를 향했다.

"야, 야. 그런 말은 인선 씨한테나 하고 빨리 가 봐."

승준의 말에 다시 한번 지아에게 인사를 건넨 선호가 차를 향해 빠르게 걸음을 옮겼고 승준이 그 뒤를 따랐다.

운전 조심해서 가야 할 텐데. 살며시 걱정을 담으며 선호를 바라보던 인선이 유미와 지아를 향해 고개를 돌렸다. 빤히 자신을 바라보던 지아가 맑은 목소리로 말했다.

"아저씨가 나 여전히 예쁘대요."

"아⋯⋯."

그런 뜻이었구나. 웃음이 번진 인선의 눈이 유미와 마주쳤다. 예쁘게 미소 지은 그녀가 손을 움직였다. 살며시 당황하기도 잠시.

"엄마가 반갑대요."

지아가 옆에서 또랑또랑한 목소리로 말했다.

"저도 반가워요."

다시 손을 움직이는 그녀.

"편하게 있어도 된대요."

"감사해요."

그리고 다시 움직이는 그녀의 손짓에 지아가 이마를 찌푸렸다.

"아줌마. 아저씨 여자 친구예요?"

"어? 어?"

순간 당황한 인선의 모습에 유미가 환하게 웃으며 지아를 향해 빠르게 손을 움직였다. 둘 사이에 무슨 이야기가 오가는지 전혀 알지 못하는 인선이 그저 두 사람을 번갈아 바라보았다. 둘의 대화가 끝나고 입술을 삐죽거리며 자신을 바라보는 지아의 모습이 귀여워 저도 모르게 미소가 번졌다.

"인사는 했어?"

어느새 다가온 승준을 바라보며 유미가 고개를 끄덕였다.

"들어가요. 더워요."

"네."

"우리 들어가서 얘기 좀 할게. 지아 엄마랑 놀고 있어."

승준의 말에 손을 맞잡은 유미와 지아가 고개를 끄덕였다.

"잠깐 앉아 계세요. 커피 드릴게요."

카페에 들어와 이곳저곳을 살피던 인선이 승준의 말에 고개를 끄덕였다. 바다가 한눈에 들어오는 창가 자리에 앉아 가만히 창밖을 바라보았다. 예쁘게 떨어지는 바닷가 모래 위에 쪼그려 앉아 마주 보고 웃고 있는 유미와 지아의 모습에 인선의 입가에 환한 미소가 번졌다.

"드세요. 아이스 괜찮죠?"

"네. 감사합니다."

커피를 테이블 위에 놓아 준 승준이 인선의 앞에 마주 앉아 창문 너머로 유미와 지아를 바라보았다.

"너무 예뻐요."

"그래요?"

"네. 아이도 엄마도."

작게 웃은 승준이 천천히 말을 이었다.

"걱정이 많았죠. 혹시나 지아도 말을 못하면 어쩌나 걱정했는데. 지금은 저렇게 커서 엄마 옆에 든든하게 있는 게 어쩌나 기특한지."

"진짜 그러네요. 지아 몇 살이에요?"

"여섯 살이요."

사랑스러운 미소를 지으며 엄마에게 수화로 이야기하는 지아를 가만히 바라보았다.

"수화를 잘하네요."

"네. 자기가 엄마랑 많이 이야기하고 싶다고 엄청 열심히 배우더라고요."

인선의 입가에 잔잔한 미소가 번졌다.

"정말 예쁘고 기특하네요."

"선호가 지아 엄마에 대해서 아무 말 안 했나 봐요?"

"네. 전혀요."

"하긴 굳이 할 필요는 없죠. 혹시 당황하시지는 않았죠?"

"아니요. 전혀요."

손사래를 치며 답하는 인선의 모습에 승준이 부드럽게 미소 지었다.

"걔는 그래도 귀띔이라도 해 주지."

"대표님이 수화하는 것도 오늘 처음 알았는걸요."

수화는 언제 배운 걸까? 작은 궁금증이 떠올랐다.

"예전에 선호 동생이 말을 못 했어요. 지아 엄마랑 똑같이. 그래서……."

승준을 바라보던 인선의 눈이 살며시 커졌다. 그 모습에 말을 이어 가려던 승준의 입술이 멈추었다.

"아, 이거 내가 괜한 말을 한 건가?"

아차 싶은 생각에 승준의 얼굴 위로 난감한 표정이 깃들었다.

"제가 괜한 말을……."

"아니에요. 사실 가족 얘기는 잘 안 하셔서. 조금 놀랐어요."

"……."

"그런데, 혹시 예전이라면……."

조심스럽게 물어오는 인선을 바라보던 승준이 작게 숨을 내쉬었다.

"그냥 선호한테 직접 들으시는 게 좋을 거 같긴 한데."

"괜찮다면 알려 주실 수 있을까요?"

당혹스러운 표정의 승준이 침착한 눈빛으로 자신을 응시하는 인선을 바라보았다. 잠시 고민하던 승준이 천천히 입술을 움직였다.

"선호 동생이 장애가 있었어요. 지아 엄마처럼요."

"……."

"그리고 어렸을 때 차 사고가 나서 그 동생이 세상을 떠났어요."

"아……."

승준을 바라보던 인선의 눈매가 미세하게 떨렸다.

"선호가 수화할 줄 아는 이유예요. 그냥 거기까지만 말씀드릴게요. 나머지는 나중에 선호한테 직접 들으세요."

"……."

"워낙 가족 이야기를 안 하는 앤데. 제가 괜히 아침부터 입방정을 떨어서."

여전히 후회와 당혹감이 가득 담긴 승준의 모습에 인선이 천천히 입술을 움직였다.

"제가 물어봐서 말씀해 주신 거잖아요. 그냥 아무것도 못 들은

걸로 할게요."

"……."

"직접 얘기해 주시겠죠. 시간이 지나면. 괜히 저 때문에 곤란한 상황 안 만들게요."

"네. 그래 주세요."

다시 한번 한숨을 내쉰 승준이 자리에서 일어났다.

"제가 카페 준비하면서 모아 둔 자료가 있어요. 그것 좀 가지고 올게요. 잠시 계세요."

"네."

승준이 자리를 떠나고 멍하니 창밖을 바라보았다. 예전에 사무실에서 보았던 가족사진이 떠올랐다. 환하게 웃고 있던 여자아이. 아마도 승준이 말한 그녀의 여동생일 것이라는 생각이 들었다. 그저 행복해 보이는 가족사진이라고 생각했는데. 이상하리만큼 혼자인 자신에게 가족에 관해 물어오지 않는 그였다. 아마도 자신처럼 아픈 과거를 끄집어내고 싶지 않은 마음일지 모른다는 생각이 들었다. 자신과 마찬가지로 힘들었을 시간을 견디며 꾹꾹 참아냈을 그를 생각하니 마음 한쪽이 살며시 아려왔다.

* * *

"왔어요?"

환하게 웃으며 달려오는 인선을 마주한 선호가 밝게 웃었다.

"차는 안 막혔어요?"

"네. 전혀요. 잘 있었어요?"

살며시 팔짱을 껴 오는 인선의 머리를 부드럽게 쓸어내렸다.

"아주 편하게 잘 있었어요. 편하게 대해 주셔서."

"다행이네요. 얘기는 많이 했고요?"

"이것저것 준비하면서 가지고 계시던 자료도 많이 주고 얘기도 많이 들었어요."

"그랬어요?"

부드럽게 물어오는 선호를 바라보며 인선이 환하게 웃었다. 가만히 그를 올려다보던 인선이 천천히 입술을 움직였다.

"보고 싶었어요."

밀려 올라가던 선호의 입술이 살며시 멈추었다가 걷잡을 수 없이 길게 밀려 올라갔다.

"와. 여기 좋네요."

"뭐가요?"

"보고 싶다는 말 인선 씨가 먼저 나한테 한 거 처음인 거 알아요? 공기가 좋아서 그런 건가."

"그런 건가?"

반짝이는 눈동자를 살짝 올리며 모른 척 고개를 갸웃거리는 인선의 모습이 사랑스러워 절로 웃음이 묻어났다. 멀리서 선호의 모습을 발견한 지아가 작은 걸음으로 빠르게 뛰어왔다.

"아저씨!"

인선이 팔짱을 살며시 풀자 선호가 자세를 낮춰 달려오는 지아를 향해 두 팔을 벌렸다.

"웃차. 우리 공주님 잘 놀았어?"

발그레해진 볼로 예쁘게 고개를 끄덕이는 지아의 모습에 선호의 얼굴에 웃음이 번졌다.

"언니가 재미있게 놀아 줬고?"

"언니? 아. 아줌마?"

지아의 말에 선호가 큭큭 웃었다.

"그래. 아줌마랑. 잘 놀았어?"

흘깃 인선을 바라보는 선호를 향해 인선이 살며시 눈을 흘겼다.

"왜요. 아줌마 맞죠. 나도 아저씨인데."

"네. 저도 알아요. 양심은 있거든요."

"앞으로 아줌마 자주 올 테니까. 지아가 이것저것 잘 알려 줘. 알겠지?"

입술을 쭉 내밀고 뾰로통한 표정을 지은 지아가 못 이긴 척 고개를 끄덕였다.

"왔어? 저녁 안 먹었지? 들어가자."

다가온 승준이 선호의 품에서 지아를 받아 안았다.

"인선 씨. 저녁 먹고 가도 괜찮죠?"

"저야. 물론 좋죠."

잠시 시선을 나눈 두 사람이 손을 꼭 맞잡고 카페로 향했다.

승준의 부부가 특별히 준비해 준 맛있는 저녁을 먹고 집을 향해 출발했다.

"그럼 다음 주부터 시작하는 거죠?"

"네. 그러기로 했어요. 지낼 곳이 걱정이었는데 집에서 함께 지내도 괜찮다고 하셔서요. 카페에서 지내야 하나 고민 중이었거든요. 왔다 갔다 하기도 너무 먼 거리고."

"카페에서 지낸다고 했으면 내가 반대했을 거예요. 여자 혼자 너무 위험해요. 얼마 정도 생각하고 있어요?"

"한 달 정도?"

"한 달이나요?"

한 톤 높아진 목소리로 물어오는 선호를 향해 인선의 시선이 닿았다.

"네. 한 달 정도 생각하고 있어요."

"맨날 출근하게 생겼네."

"네?"

"아니. 한 달이나 나랑 떨어져 있어도 아무렇지 않아요?"

무슨 뜻인지 이해한 인선이 소리 내 웃었다. 상상도 할 수 없는 일이라며 불만스럽게 중얼거리는 선호를 가만히 바라보던 인선이 살며시 미소 지으며 말을 이었다.

"그리고 카페에서 다시 돌아가면 대표님 말대로 할게요."

"제 말이요?"

물어오는 선호를 바라보며 천천히 고개를 끄덕였다.

"대표님 집에서 지낼게요."

"아……."

천천히 닿은 선호의 시선에 인선이 부드럽게 미소 지었다.

"생각보다…… 빨리 결정했네요."

"생각해보니 거절할 이유가 없더라고요. 더구나 공짜잖아요."

작게 코웃음을 친 선호가 말을 이었다.

"공짜 아니라니까요."

"네. 생각해보니 세 번은 너무 많은 거 같고 두 번으로 줄일까 생각 중이긴 해요."

"와. 생각보다 박하시네. 유인선 씨."

큭큭. 소리 내 웃는 인선의 얼굴 위로 진지해진 선호의 눈동자
가 닿았다.

"무슨 일 있었던 건 아니죠?"

"무슨 일이요?"

"그냥. 생각보다 너무 빨리 결정해서."

"대표님이 최대한 짧고 빠르게 결정하라면서요. 아무것도 생각
하지 말고."

"그러긴 했죠."

여전히 진지한 표정으로 정면을 응시하는 선호를 바라보며 잠시
침묵했던 인선이 천천히 입술을 움직였다.

"같이 있고 싶어서요."

잔잔하게 퍼지는 목소리에 살며시 커진 선호의 눈이 천천히 인
선을 향했다.

"대표님이랑 같이 있고 싶어요."

깊게 숨을 들이마신 선호가 다시 정면으로 시선을 옮겼다. 잠시
가슴 위로 느껴지는 설렘에 뭐라고 답해야 할지 아무것도 생각
이 나지 않아 그저 멍하니 헤드라이트 불빛이 퍼지는 도로를 응
시했다.

"이 정도면 이유가 됐나요?"

웃음이 묻은 그녀의 목소리에 입꼬리가 살며시 올라간다.

"충분해요."

그보다 더 행복한 이유가 어디 있을까.

"그렇죠?"

"네. 충분하다 못해 차고 넘쳐서 지금 키스하고 싶어 죽겠어요."

"에……. 말이 왜 그리로 튀어요?"

"더한 것도 할 수 있는데."

"뭐래요."

"집에 안 가면 안 돼요?"

"안 돼요. 가서 할 일 많아요."

단호한 답변에 선호가 살며시 미간을 찌푸리다 이내 웃었다. 솔직한 감정을 털어놓은 인선이 편하게 미소 지었다. 아무렇지 않은 얼굴로 웃으며 하루를 지냈지만 어쩌면 머릿속이 하루 종일 그의 생각으로 가득 차 있었을지 모른다. 그에게 직접 전해 듣지 않은 이야기에 이런 감정이 드는 것이 어쩌면 그에게 실례일 수도 있다는 생각이 들면서도. 그의 곁에 있어 주고 싶다는 생각이 이상하리만큼 하루 종일 마음을 파고들었다.

* * *

카페에서의 생활은 예상했던 것보다 눈코 뜰 새 없이 바빴지만, 그 어느 때보다 행복했다. 자신이 하고 싶은 일을 할 때 느껴지는 즐거움이라는 것이 이런 것이구나. 지금껏 느껴 보지 못했던 설렘과 가슴 벅참이 종일 인선을 행복하게 만들었다. 그리고 그곳에서 깨달은 또 다른 행복 한 가지.

"왔네. 왔어. 아주 출근을 해라."

승준의 말에 카운터에 서 있던 인선의 고개가 빠르게 창문을 향했다. 꾹 다물어진 예쁜 입술이 화사하게 밀려 올라갔다.

한여름 보석같이 반짝이는 햇살이 부서져 내리는 아름다운 바닷가. 그보다 더 가슴을 설레게 하는 미소를 머금은 선호의 모습이 보였다. 빠르게 카페 문을 열고 나간 인선이 따스한 미소를 머금었다.

"나 왔어요."

살며시 공기를 가르며 흔들리는 손끝에도 가슴이 설렌다.

"오늘 뭐 했어요?"

자상하게 물어오며 살며시 밀어 올리는 눈꺼풀이 보기 좋아 눈매가 예쁘게 휘어진다.

"나 많이 보고 싶었죠?"

누군가를 기다리는 일이 아주 행복하다는 사실.

"네. 많이 보고 싶었어요."

오늘도 그로 인해 깨닫는 하루. 행복한 하루가 오늘도 시작되었다.

* * *

"그동안 감사했어요."

"아니요. 제가 오히려 카페 일 많이 도와주셔서 감사했죠. 힘드셨을 텐데."

"전혀요. 정말 한 달 동안 너무 즐거웠어요."

낯선 사람의 방문이 편하지 않았을 텐데도 지내는 동안 미안한 마음이 들 정도로 그녀를 배려했던 승준의 가족에게 그저 고마운 마음이 들었다.

"가셔서도 혹시 궁금하거나 도움이 필요하면 연락 주세요."

"네. 그럴게요."

"지아야. 이리 와. 인사해야지."

멀찌감치 떨어진 테이블에 앉아서 획 하고 고개를 돌리는 지아의 모습에 인선의 눈매가 부드럽게 휘어졌다.

"그동안 인선 씨랑 정이 많이 들었나 봐요. 인선 씨 간다니까 어제부터 저러네."

"그러게요. 저도 많이 서운해요."

처음에 툴툴거리더니 어느새 다가와 귀여운 미소를 지으며 자신을 손을 끌어당기던 사랑스러운 아이. 가만히 바라보던 인선이 지아에게로 걸음을 옮겼다. 자세를 낮춰 맑은 눈동자와 눈을 맞추자 입술이 삐죽거린다.

"지아야. 아줌마 갈게."

달래듯 부드러운 목소리에도 여전히 뽀로퉁한 표정.

"네."

"아줌마도 아마 지아 많이 보고 싶을 거야."

"거짓말."

툴툴거리는 목소리에 살며시 미소가 번진다.

"어? 진짠데. 다음에 올 때는 지아 좋아하는 맛있는 것도 잔뜩 사 올 건데?"

흘깃 작은 시선이 닿았다.

"아줌마 오지 말까?"

"아니요. 와요."

"그래. 고마워. 다음에 지아가 꼭 초대해 줘. 알겠지?"

예쁜 얼굴이 천천히 끄덕여졌다.

"예쁘다. 이리 와. 아줌마 가는데 한번 안아 줘야지."

팔을 한껏 벌리니 의자에 앉아 있던 작은 몸이 못 이긴 척 다가와 포근하게 안긴다. 품 안에 감기는 감촉에 괜히 마음이 뭉클거린다.

"지금처럼 엄마, 아빠 말 잘 듣고 잘 지내고 있어? 알겠지?"

동그랗고 예쁜 머리를 부드럽게 쓰다듬었다.

"히이이이잉……."

결국, 지아가 참았던 눈물을 터트렸다.

"울지 마. 아줌마 놀러 온다니까. 응?"

"히이잉. 흐흐흑…… 아앙."

입까지 활짝 벌리고 엉엉 우는 모습이 귀여우면서도 마음이 짠하다. 토닥토닥 부드럽게 토닥이는 손길에도 지아의 울음은 쉬이 멈추지 않았다. 멀리서 바라보던 유미가 다가와 인선의 품 안에서 지아를 받아 안아 주었지만, 여전히 커다란 눈망울에서 눈물이 뚝뚝 떨어졌다.

"지아. 조금 있으면 괜찮아질 거예요. 빨리 타세요. 더워요. 선호야. 조심히 가라."

"네. 그럴게요."

"가요. 인선 씨."

선호의 말에 고개를 끄덕인 인선이 유미를 향해 몸을 돌렸다. 지아를 품에 안은 채 가만히 미소 짓는 유미를 바라보던 인선이 천천히 손을 움직였다. 그동안 고마웠어요. 조금은 어색하지만, 지아가 가르쳐 준 수화로 천천히 이야기를 건네자 유미가 고개를 끄덕이며 환하게 미소를 지었다.

"저 진짜 갈게요. 다음에 꼭 지아 보러 놀러 올게요."

"네. 조심히 가세요. 카페 오픈하면 꼭 연락해 주시고요."

"네."

여운이 가득 남아 쉽게 끝나지 않던 작별 인사를 마치고 차에 올라탔다. 천천히 출발하는 자동차 창문 너머로 한동안 눈 안에 가득 담았던 파란 바다가 예쁘게 넘실거렸다. 괜한 서운함이 밀려와 입술을 꾹 다물었다.

"서운해요?"

인선의 마음을 읽은 듯 선호가 물어왔다.

"네. 생각보다 많이 서운하네요."

"정이 많이 들었나 봐요. 특히 지아랑."

"그런가 봐요. 지아가 너무 많이 울어서 마음이 안 좋네요."

가라앉은 인선의 표정을 바라본 선호가 살며시 미소 지었다.

"다음에 놀러 오면 되잖아요. 근데 아마 그때는 지아가 기억을 못 하거나 시큰둥할지도 몰라요."

"에이. 설마요."

그동안 나랑 얼마나 친하게 지냈는데. 말도 안 된다는 인선의 표정에 선호가 피식 웃었다.

"애들을 잘 모르는구나. 우리 인선 씨가."

"그래도 지아는 안 그럴 거예요."

그러면 나 너무 섭섭할 거 같은데. 마음을 가득 담은 인선의 표정에도 선호가 꿋꿋이 말을 이었다.

"그럼 내기할까요?"

"뭘 내기까지 해요. 싫어요."

"애들은 그렇더라고요. 그러니 이제 다시 돌아와요. 괜한 데 마음 주지 말고."

돌아오라니. 무슨 소리지?

"내가 지아라서 참았는데. 이제는 안 참을 거예요."

"무슨 소리예요?"

"나 말고 다른 사람한테 마음 주는 거 꽤 기분이 안 좋더라고요."

또 이런다.

"나 말을 안 해서 그렇지 은근 질투 났던 거 알죠?"

"아무튼, 은근 웃기다니까."

"칭찬이죠?"

"네. 칭찬입니다."

"일단 칭찬이라니 기분 좋네요."

실없이 웃는 그를 바라보며 인선이 말을 이었다.

"대표님 내일부터 출장이죠?"

"네. 일주일이요. 조금 당겨 보려고 했는데 도저히 안 되더라고요."

"저는 괜찮으니 신경 쓰지 마세요."

"혼자 할 수 있겠어요?"

3일 후면 인선이 집을 비워야 하는 날이었다.

"어차피 가구 같은 건 오래돼서 거의 버릴 거고, 짐도 별로 없어요."

"아니면 내가 진호한테 부탁할게요."

"아니요! 전혀 그러시지 않아도 돼요!"

그럴 줄 알았다는 듯 선호가 피식 웃었다.

"혼자 할 수 있어요."

누군가의 도움 없이 혼자 하는 것이 익숙한걸.

"앞으로도 그럴 거예요?"

"뭐가요?"

"앞으로는 그러지 말아요."

"……."

"다 혼자 하려고 하지 말고 도움이 필요하면 말하라고요. 적어도 나한테는."

"이미 많이 도움받고 있는 걸요."

아마도 그가 없었으면 카페를 오픈하는 것도 막막했겠지.

"카페도 집도. 다 지금 도와주고 계시잖아요."

"도와주는 게 아니라, 내가 하고 싶어서 그런 거예요. 내가 즐거워서 하는 일이니까 미안해하지 말아요. 알겠죠?"

"네. 뻔뻔해 보이지만 그럴게요."

그녀의 대답에 선호가 만족스럽게 웃었다.

"하아……."

크게 숨을 내쉰 선호가 빙긋 웃으며 인선을 바라보았다.

왜 그러냐는 듯한 인선의 눈빛에 즐거움을 담은 목소리가 번졌다.

"생각만 해도 설레서요."

"뭐가요?"

"아침에 눈을 떠도 내 앞에 인선 씨가 있고, 집에 돌아갔을 때 인선 씨가 나 기다리고 있을 생각 하니까. 가슴이 너무 설레네요."

괜한 민망함이 밀려와 인선의 얼굴이 살며시 붉어졌다.

"누가 맨날 기다린대요? 잘 수도 있고, 내가 더 늦게 들어갈 수도 있잖아요."

"그럼 내가 기다리면 되죠. 그게 뭐 어렵다고."

"……."

"그것보다 행복한 일이 어디 있겠어요."

사랑하는 사람을 기다리는 행복. 자신이 고스란히 느꼈던 감정을 이야기하는 선호의 모습에 가슴속에 따스한 바람이 부는 것만 같다. 누구의 마음이 더 큰 것은 중요하지 않았다. 서로가 같은 마음으로 서로를 바라본다는 사실이 가장 소중한 의미가 되는 관계. 인선이 살며시 그를 향해 손을 내밀었다.

흘깃 자신의 앞으로 다가온 손끝을 바라본 선호가 살며시 미소 지으며 작은 손 위로 손을 얹었다. 손안의 작은 손이 조금씩 움직일 때마다 간지럽게 올라온 감정이 가슴을 간지럽혔다. 사랑스럽게 웃는 입술을 가득 삼키고 가녀린 몸을 마음껏 끌어안고 싶은 마음이 샘솟듯 밀려 올라온다. 그런 자신의 마음을 아는지 모르는지 그 어느 때보다 편안한 미소를 머금고 자신을 바라보는 그녀.

"대표님."

부드럽게 부르는 목소리에 잠시 담았던 마음을 숨기고 정면을 응시한 채 빙긋 웃었다.

"네. 왜요?"

"이야기 나온 김에 저 부탁 하나만 해도 될까요?"

"얼마든지요."

먼저 부탁을 해 온 적이 없는 그녀이기에 무슨 부탁일까 하는 궁금증이 가득 생겼다.

"저 혹시……."

잠시 머뭇거리는 그녀의 입술. 선호가 천천히 그녀를 향해 고개를 돌렸다. 맑은 빛을 담은 눈동자가 예쁘게 반짝거렸다. 살짝 벌어진 예쁜 입술이 천천히 움직였다.

"오늘 대표님 집에 가도 될까요?"

"……"

"엄마야!"

갑작스러운 그녀의 말에 하마터면 브레이크를 세게 밟을 뻔했다. 덜컹거림과 함께 단마디 비명을 지른 그녀의 눈이 걷잡을 수 없을 만큼 커졌다.

"아! 미안해요! 괜찮아요?"

괜찮냐고 물으면서도 정신이 혼미했다. 살며시 앞으로 숙였던 상체를 일으킨 인선이 선호를 향해 고개를 돌렸다. 처음이었다. 이렇게 당황한 그의 표정을 보는 것이. 웃어야 할지 미안해야 할지 순간 감이 잡히지 않아 애매한 표정을 지어 버렸다.

"근데……. 뭐라고요?"

선호는 자신이 잘못 들은 걸까 재확인이 필요한 순간이라 생각했다.

"오늘 대표님 집에 가도 되냐고 물었어요."

정확한 음성으로 또렷이 이야기하는 그녀.

"왜요?"

왜냐니……. 인선의 눈매가 살며시 찌푸려졌다.

"아니. 그러니까. 내 말은. 왜 갑자기…… 우리 집에 가려고 하는지."

"이유가 없으면 못 가요?"

"아니. 그런 건 아니지만."

여전히 당황스러움을 지우지 못한 표정에 밀려 올라오는 웃음을 꾹 눌렀다.

"그냥. 오랜만에 원이 좀 보고 가려고요."

아, 보고 가려고……. 간다고만 했지 그 이상 아무 말도 하지 않았음을 그제야 깨달았다. 혼자서 너무 앞서갔다. 여전히 놀라서 쿵쿵 뛰는 심장 소리가 괜히 민망하게 느껴졌다.

"못 본 지 오래됐잖아요."

"네. 그러네요. 오래됐죠. 아주 오래."

"시간이 너무 늦어서 곤란하시면 집으로 바로 갈게요."

"보고 가는 게 뭐 얼마나 걸린다고. 갑시다. 가요."

온몸에 힘이 쭉 빠진 느낌에 퉁명스럽게 답한 선호가 흘깃 인선을 바라보았다. 여전히 즐겁게 미소 짓고 있는 그녀. 갑시다. 가요. 이를 꾹 물고 작게 읊조린 선호가 자동차 엑셀을 꾹 눌러 밟았다.

* * *

"원이야. 언니 왔다."

"이모."

굳이 하지 않아도 되는 정정을 해 주는 선호를 흘깃 바라본 인
선이 피식 웃음을 터트렸다.

"어디 갔지?"

"어딘가에 있겠죠."

퉁명스러운 말투로 말하며 선호가 소파에 털썩 주저앉았다. 그
런 선호를 스쳐 인선이 방으로 향했다. 자연스럽게 방으로 향하
는 그녀의 뒷모습을 넌지시 바라보았다. 살며시 선호의 입가에 미
소가 번졌다. 자신의 공간에 그녀가 자연스럽게 존재한다는 사실
이 기분이 좋다. 그리고 앞으로 그 모습을 더욱 자주 볼 수 있다
는 사실도.

"원아. 여기 있었구나! 어머. 웬일이야? 대표님!"

다급하게 자신을 부르는 인선의 목소리에 후다닥 소파에서 일
어난 선호가 방으로 향했다.

"왜요?"

혹시 무슨 일이 있는 건가 놀란 표정을 머금은 자신과 다르게 활
짝 웃고 있는 그녀. 품 안에 원이를 안고 신기한 듯 자신을 바라보
는 인선의 모습에 작게 숨을 내쉬었다.

"오늘 오라고 하지도 않았는데 먼저 왔어요."

세상에 이런 신기한 일이 있냐는 듯 토끼 눈을 뜨고 자신을 바
라보는 인선의 모습에 웃음이 났다.

"그게 그렇게 좋아요?"

"네. 신기해요. 이런 적 처음이잖아요."

"걔가 사회생활을 좀 잘하거든요."

"응? 무슨 뜻이에요?"

"다음 주부터 밥 줄 사람을 잘 알아본다는 뜻이죠."

"에이. 뭐라는 거예요."

품 안의 보들보들한 털을 어루만지며 인선이 선호에게 다가왔다. 말없이 가만히 바라보자 그가 눈을 맞춰왔다. 이리저리 선호의 표정을 살피던 인선이 천천히 말했다.

"혹시 삐지셨어요?"

갑자기 들어온 질문에 선호가 눈을 빠르게 깜빡였다. 살짝 그렇긴 하지만, 모양 빠지게 그렇다고 할 수는 없는 노릇이었다.

"내가요? 왜요?"

"아니. 아까부터 계속 다른 데 보고 퉁명스럽게 말하는 거 같아서요."

"제가요? 아닌데요?"

"진짜요?"

"정말 아니라니까요. 삐질 이유가 없잖아요."

끝까지 발뺌하는 선호를 가만히 올려 보던 인선이 원이를 그의 품으로 넘겼다.

"잠깐만 계세요."

거실로 걸음을 옮기는 인선. 그녀를 따라 원이를 안은 채 선호도 거실을 향했다. 식탁 위에 놓인 자신의 가방을 열어 옷을 꺼낸 인선이 선호에게 다가왔다. 선호의 시선이 그녀가 들고 있는 옷에 닿았다.

"옷은 왜……."

"저 욕실 좀 써도 되죠? 씻으려고요."

살며시 선호의 눈이 커졌다. 왜 여기서 씻겠다는 거지? 물어오는 선호의 시선을 피해 답도 듣지 않은 인선이 욕실을 향했다. 쿵, 하고 닫히는 문과 함께 심장이 작게 들썩였다. 금세 들려오는 물 소리를 따라 조금씩 뛰던 심장이 걷잡을 수 없을 만큼 빠른 속도로 뛰기 시작했다. 원이를 바닥에 살며시 내려놓고 가슴을 손바닥으로 뭉근히 문질렀다.

"혹시 씻고 가려고 했다. 뭐 이런 거 아니야?"

의구심을 담은 눈길이 욕실 문을 향했다.

"아니면 진짜로……."

상상하기만 해도 온몸에 전율이 흐르는 것 같았다. 빠르게 고개를 절레절레 저은 선호가 애써 덤덤한 표정으로 소파를 향했다.

딸깍. 문이 열리는 소리에 선호의 고개가 욕실 문을 향했다. 문틈으로 번지는 어릿한 수증기와 함께 촉촉하게 젖은 머리 위로 수건을 얹은 그녀의 모습이 보였다. 씻고 나와서인지 유난히 반짝거리는 하얀 살결. 애써 이상한 마음을 담지 말자는 굳은 마음을 먹었다.

"대표님은 안 씻으세요?"

"저요?"

"네. 씻으셔야죠."

머리의 물기를 수건으로 털어 내며 자신을 향해 다가오는 그녀를 멍하니 바라보았다.

"TV 보고 있을게요. 씻고 나오세요."

자신의 옆에 편하게 자리 잡은 그녀가 리모컨 버튼을 꾹 눌렀다. TV를 통해 웅성웅성하는 말소리가 흘러나오자 머릿속이 더 복잡해졌다. 무감한 표정으로 TV를 보는 그녀. 욕실에 들어간 선호가 그 어느 때보다 정신이 애매한 상태로 샤워를 마치고 나왔다. 어느새 냉장고에 있는 맥주까지 꺼내어 마시고 있는 인선의 모습에 살며시 웃음이 나왔다.

"진짜…… 대체 무슨 생각이야."

작은 중얼거림에 인선이 살며시 고개를 돌렸다. 가깝게 다가온 선호가 인선의 옆에 털썩 주저앉았다. 그의 빠른 움직임에 그의 머리카락에 남은 물기가 얼굴 위로 톡 떨어지자 인선이 살며시 눈을 감았다가 떴다. 선호가 리모컨을 들어 TV를 껐다.

"응? 왜 꺼요?"

바짝 가깝게 앉은 선호가 팔을 뻗어 인선의 몸을 완벽히 자신을 향해 돌렸다.

"어? 어?"

휘청거리는 몸을 겨우 바로잡은 인선이 왜 그러냐는 듯 눈을 빠르게 깜빡였다.

"인선 씨."

"네?"

"지금 뭐 하는 거예요?"

살며시 웃음이 번진 입술 사이로 나지막한 목소리가 느릿하게 흘러나왔다. 그동안 덤덤했던 모습이 사라지고 두 볼이 살짝 붉게 물든 그녀가 천천히 입술을 움직였다.

"오늘 여기서…… 자고 가려고요."

혹시나 혹시나 했던 생각이 완벽히 맞아떨어지자 선호가 작게 숨을 삼켰다.

"왜냐고 물으면 얘기해 줄 거예요?"

달래듯 물어오는 목소리에 인선이 잠시 말을 멈추었다. 살며시 손끝이 다가와 여전히 물기가 남은 그녀의 머리카락을 넘겼다. 맞닿은 그의 작은 감각에도 옷을 꼭 그러잡은 손끝이 미세하게 떨렸다. 그녀의 대답을 기다리던 선호가 결국 먼저 입을 열었다.

"자고 간다는 게 어떤 뜻인지 모르겠지만."

"……"

"나 자신 없어요."

"……"

"오빠, 동생처럼 침대에 가만히 누워서 자는 그런 거. 생각하고 있는 거라면 다시 한번 잘 생각해 봐요."

미동조차 없는 눈동자로 그를 바라보던 인선이 갑자기 큭 소리를 내며 웃었다.

"왜 웃어요?"

조금 더 웃음소리를 뱉어낸 인선이 살며시 눈동자를 올려 그를 바라보았다.

"대표님."

"네."

"저 애 아니에요."

"……"

"제가 지금 나이가 몇인데. 좋아하는 남자랑 오빠 동생처럼 침대에 누워서 자는 거 생각하겠어요."

잔잔하게 미소를 머금은 인선이 눈동자를 천천히 움직여 그의 얼굴을 바라보았다. 그가 했듯 천천히 손을 뻗어 촉촉한 그의 머리카락을 부드럽게 넘겼다.

"같이 있고 싶었어요."

"……."

"저도 대표님이랑 똑같아요. 나도 키스하고 싶고, 안아 줬으면 좋겠고 사랑받았으면 좋겠다고 생각했어요."

"……."

"그러니까 오늘 여기 있게 해 줘요."

자신이 여기 있어 달라고 말해도 모자랄 지경인데. 여기 있게 해 달라고 부탁하는 그녀의 말에 대체 어떤 표정을 지어야 할지 감이 잡히지 않았다.

살며시 아래로 내려와 다시 제자리를 찾아 움직이던 선호의 눈꺼풀이 움직임을 멈추었다. 수줍게 다가와 살며시 입술을 맞대고 멀어지는 그녀. 새하얀 피부 위 오늘따라 유난히 붉게 반짝이는 예쁜 입술. 가만히 있어도 충분히 매혹적인 입술이 다시 한번 그를 향해 다가왔다.

"읍……."

온몸이 으스러질 정도로 강하게 그녀를 끌어안았다. 조금의 틈도 없이 맞물려진 입술 사이로 뜨거운 혀끝이 밀려들어 넘나들었다. 더 이상의 기다림은 참을 수 없다는 듯 그녀의 티셔츠를 빠르게 밀어 올리고 하얀 살결을 손으로 가득 쥐었다.

"흐읏……."

야릇한 신음이 터지고 가녀린 몸이 파르르 떨렸다. 질척한 소리를 내던 입술이 떨어져 나와 가느다란 목선을 타고 아래로 흘러내리며 하얀 살결 위로 붉은 자국을 남겼다. 포근한 살결을 입안 가득 머금고 탐했다. 멈추지 않는 손길과 움직임에 아찔함이 밀려와 그녀는 생명줄처럼 잡고 있던 그의 옷을 강하게 잡아당겼다. 한번 터져 버린 욕망은 걷잡을 수 없이 점점 커졌다. 그녀를 어루만지는 손끝은 점점 더 야해졌고, 점점 더 대담해졌다. 이제 겨우 시작일 뿐인데 뜨겁게 숨을 몰아쉬는 그녀의 모습에 온몸이 뜨겁게 달아올랐다.

"하아. 대표님……."

터지는 숨결과 함께 자신을 부르는 야릇한 목소리에 선호의 손길이 멈추었다. 하아. 하아. 숨을 몰아쉬던 그녀의 눈꺼풀이 천천히 밀려 올라갔다. 그녀와 마찬가지로 차오른 숨을 몰아 내쉰 그가 천천히 입술을 움직였다.

"안고 싶어."

욕망이 서린 목소리가 귓가를 파고들었다.

"당신도 원한다면……."

이제 더는 묻지 않을게, 혹시나 여기서 멈추고 싶다면 지금 이야기해 줘. 마지막 허락을 구하는 그의 목소리에 그녀가 잔잔한 미소를 머금었다. 미세한 떨림이 얹어졌지만 또렷한 목소리가 흘러나왔다.

"안아 주세요."

"……."

"나도…… 원해요."

그녀의 완벽한 허락이 떨어진 순간. 머릿속에 담겼던 쓸모없는 생각들을 완벽히 지워 버렸다. 오직 이 순간만큼은 그녀를 품에 안고 끝없이 사랑해 줘야겠다는 단 한 가지 생각만이 남았다. 살결을 어루만지던 손길이 밀려 올라간 티셔츠 사이를 빠져나왔다.

순식간에 느껴지는 허전함도 잠시. 허리를 강하게 감는 힘과 함께 인선의 몸이 공중으로 떠올랐다. 갑작스러운 자세 변화에 휘청거리며 그의 목을 꼭 끌어안았다. 커다랗게 뜬 눈이 부드럽게 어루만지듯 자신을 바라보는 눈동자와 마주쳤다.

"침대로 가요."

서두름이 없는 침착한 목소리였다. 인선이 천천히 고개를 끄덕였다. 성큼성큼 내딛는 그의 발걸음 소리와 함께 심장이 쿵쿵 뛰었다. 저 문을 통과하고 오늘 밤 자신과 그가 보낼 시간에 대한 기대감과 설렘, 그리고 조금의 두려움이 하나로 뒤엉켰다. 감은 그의 목을 조금 더 세게 끌어안자 걱정하지 말라는 듯 이마 위로 부드럽게 그가 키스했다.

방으로 들어오자 침대 옆에 누워 있던 원이 후다닥 거실로 뛰어나갔다. 그 모습에 피식 웃음을 보인 선호가 침대에 조심스럽게 그녀를 내려놓았다. 그녀와의 키스로 이미 한껏 달아오른 몸 위로 거추장스럽게 걸쳐진 티셔츠를 재빨리 벗어 던졌다. 시선을 피하지 않으면서도 조금씩 얼굴을 붉히는 그녀의 모습을 가만히 바라보던 선호가 손을 뻗었다. 방 안을 밝히던 빛이 사라졌다. 하나하나 그녀의 모든 것을 눈에 담고 싶은 욕심이 컸지만, 그녀를 위한 배려였다. 문틈 사이로 흘러들어 번지는 불빛이 만들어 낸 두 개의 그림자가 방안에 선명하게 번졌다.

침대 위로 올라오는 그를 가만히 바라보았다. 심장이 빠르게 뛰었지만, 정신은 그 어느 때보다 또렷했다. 자신을 늘 따스하게 안아 주던 단단한 그의 가슴. 마치 그려 놓은 듯 탄탄하게 잘 자리 잡은 근육 위로 만져 보고 싶을 정도로 매끈해 보이는 살결. 인선이 천천히 손을 뻗었다. 조심스럽게 다가온 손끝이 가슴 위에 닿자 그의 몸이 미세하게 움찔거렸다. 그러기도 잠시. 부드럽게 미소 지은 그가 가슴에 얹어진 그녀의 손 위로 손을 얹었다. 손바닥 아래 느껴지는 자신과 다르지 않은 빠른 심장 소리. 누군가와 함께 같은 마음으로 심장이 뛴다는 사실에 가슴속 어딘가에서 몽글몽글 따스한 감정이 피어올랐다. 그리고 그 사람이 눈앞의 당신이라는 사실이 기뻤다.

두 개의 그림자가 하나로 겹쳐졌다. 입술에서 시작된 그의 키스가 점점 더 범위를 넓혔다. 어느새 하나씩 벗겨진 옷과 속옷이 바닥으로 떨어졌다. 자신의 아래에서 작은 움직임에도 움찔거리며 뜨겁게 숨결을 뱉는 그녀를 집요하게 어루만졌다. 눈을 떼고 싶지 않을 정도로 아름다운 굴곡 위로 입술이 내려앉았다. 욕망이 서린 혀끝이 희롱하듯 여린 살을 문지르면 그녀의 입술 사이로 옅은 신음이 흘러나왔다.

온몸이 녹아내릴 것만 같았다. 살결 위로 쏟아 내는 그의 거친 숨결과는 다르게 살결을 어루만지는 입술과 손길은 유리를 어루만지듯 섬세했다.

"흐읏……"

깊숙이 파고든 손길에 온몸에 전율이 흘렀다. 느릿한 움직임에 맞추어 숨결이 토해지고 잇새로 신음이 흘렀다. 몽롱해지는 정신과 함께 살며시 추어올린 눈꺼풀 사이로 짙게 물든 눈빛으로 자신을 바라보는 그가 보였다. 일부러 서두르지 않는 것이 분명했다. 당장에라도 파고들고 싶은 욕망을 누르고 자신이 충분히 준비될 때까지 정성스럽게 어루만지고 있는 것이 고스란히 느껴졌다.

"하아…… 대표님……."

가녀린 팔을 뻗어 그의 목을 감아 당겼다. 가깝게 다가온 입술을 진하게 머금었다. 이제 더 기다리지 말고 나에게 와요. 적극적인 그녀의 행동에 애써 눌렀던 욕망이 단숨에 터졌다. 더 이상의 기다림은 없었다. 하나로 완벽히 겹쳐진 까만 그림자가 부드럽게 너울졌다.

때로는 천천히. 때로는 빠르게. 격렬한 움직임에 온몸을 타고 흘러내린 땀방울이 새하얀 이불 위를 적셔 갔다. 엇갈려 뱉어낸 신음이 끊임없이 서로의 귓가에 번졌고, 맞닿은 입술 사이로 삼켜지지 못한 뜨거운 숨결이 방안을 채워갔다. 서로를 원하는 간절한 마음과 사랑을 나누는 행위가 만들어 낸 기쁨에 모든 순간 가슴이 벅찼다. 뜨겁게 맞물려 일렁이던 움직임은 오랜 시간이 지나서야 멈추었다.

* * *

토닥토닥. 그녀의 몸을 부드럽게 감싸 안고 천천히 등을 토닥였다. 어느새 고르게 내쉬는 숨결과 함께 맞닿은 살결 위로 느껴지는 심장 소리도 크기를 줄여 갔다. 그의 가슴에 묻었던 얼굴을 살며시 들었다. 눈이 마주치자 누가 먼저랄 것도 없이 얼굴 가득 미소가 번졌다. 수줍음과 즐거움이 공존한 미소가 한없이 아름다워 작은 입술을 짧게 머금었다.

"괜찮아요?"

부드러운 목소리로 그가 조심스럽게 물어왔다. 살며시 고개를 든 그녀의 눈매가 예쁘게 휘었다. 말없이 고개를 끄덕이는 그녀의 머리를 부드럽게 쓰다듬었다. 그리고 한동안 정적이 흘렀다. 대화를 나누지 않아도 흐르는 공기와 느껴지는 분위기도 그저 모두 좋았다. 한참이 지나 살며시 고개를 든 인선이 물었다.

"대표님 이제 자야 하지 않아요?"

내일부터 출장이 잡혀 있음을 알기에 걱정스럽게 물었다.

"네. 자야죠."

"어디로 가시는 거예요?"

"일본이요."

"몇 시 비행기예요?"

"몇 시더라. 아무튼, 새벽에 나가야 해요."

갑자기 미안한 마음이 밀려들었다.

"그럼 빨리 자요. 저야 내일부터 쉬지만……."

"괜찮아요."

"제가 안 괜찮아요."

괜히 자고 간다고 했다. 하지만 이미 후회해 봐야 늦은 일. 심각해진 인선의 표정에 선호가 살며시 입술을 밀어 올렸다.

"왜요? 안 믿겨요? 그럼 보여줄까요?"

"네?"

"괜찮은지 안 괜찮은지 직접 확인하면 되잖아요."

찰싹. 등을 내리치는 찰진 소리와 함께 그가 소리 내 웃었다.

"알았어요. 잘게요. 나 근데 정말 괜찮은데."

"알겠으니까. 빨리 자요."

"네. 잘게요."

대답과 동시에 허리를 감아 당기는 손길에 조금의 공간만 남기고 떨어져 있던 몸이 야릇하게 맞닿았다. 작게 숨을 삼킨 인선이 눈을 크게 떴다. 그리고 이내 등을 따라 흐르는 야릇한 손길에 커다란 눈매가 살며시 찌푸려졌다.

"잔다면서요."

"네. 잘 거예요."

"그런데 이 나쁜 손은 뭐죠?"

나쁜 손이라는 그녀의 말에 그가 큭 소리 내 웃었다.

"정말 나쁜 손 맞아요?"

장난스러운 눈빛으로 물어왔다. 여전히 야릇하게 쓸어내리는 손길에 인선의 몸이 작게 움찔거렸다.

"좋아했던 거 같은데."

입술을 꾹 눌러 문 인선의 얼굴이 순식간에 붉어졌다. 점점 더 대담해지는 손길에 인선이 몸을 살며시 비틀었지만 어림도 없다는 듯 선호가 더욱 꼭 끌어안았다.

"아까 분명히 여기를 만지면……."

"악! 그만 해요."

그녀의 손바닥이 빠르게 다가와 그의 입술을 덮었다. 손바닥 아래로 그의 입술이 활짝 벌어지는 것이 생생하게 느껴졌다.

"짓궂어."

"짓궂긴요. 나쁜 손이라길래 아주 좋은 손이라고 알려 주려고 한 건데요."

"민망해요. 그만 얘기하세요. 저 잘래요. 대표님도 빨리 주무세요."

재빨리 그의 가슴에 얼굴을 묻었다. 그에게 매달려 정신없이 소리를 흘리던 자신의 모습이 떠올라 민망하기 그지없었다. 그와 몸을 섞는 순간만큼은 조금의 고민도 없이 자신의 솔직한 마음과 본능에 모든 것을 맡겼다. 하지만 그 뒤가 이렇게 민망할 줄이야.

"나 좀 봐요."

"……."

"인선 씨. 나 좀 봐요. 응?"

그의 품에 파묻었던 고개를 천천히 들었다. 상냥하게 얼굴을 기울이며 미소 짓는 그의 모습에 천천히 눈을 깜박였다.

"왜요?"

"보고 싶어서요."

그를 바라봐야 하는 충분한 이유였다. 정성스럽게 그녀를 눈 안에 담던 그가 천천히 입술을 움직였다.

"예뻐요."

세상의 모든 아름다운 단어를 나열하고 싶은 생각이 들 정도로 눈앞의 그녀가 사랑스러웠다.

"네. 너무 많이 얘기해 주셔서 알아요."

피식. 웃음을 짓는 그녀의 얼굴을 살며시 쓰다듬었다.

"지금까지도 예뻤지만."

"……."

"오늘은 그 어느 때보다 예뻐요."

마음을 솔직히 담은 음성을 뱉은 그가 그녀를 꼭 끌어안았다. 크게 들이마신 숨에 그의 가슴이 들썩였다. 잠시 말을 멈췄던 그가 천천히 다시 말을 이었다.

"그래서 자꾸 욕심나고 자꾸 만지고 싶고 가만두고 싶지 않은데……."

"에?"

"어쩌죠?"

어느새 등을 간질거리며 타고 내려온 손이 점점 더 아래로 내려간다. 번쩍 고개를 든 인선의 눈동자 위로 어느새 욕망이 번지기 시작한 눈빛이 내려앉았다.

"저. 대표님. 잠깐……."

잠은 대체 언제 자려고.

"내일 출장…… 읍……."

말린다고 쉬이 멈출 것 같지 않았지만 역시나였다. 아무 말 듣고 싶지 않다는 듯 입술이 겹쳐졌다. 순서도 없이 파고드는 입술과 손끝에 쉴 새 없이 전율이 흐른다. 한 번 몸을 섞었을 뿐인데, 자신의 몸을 모두 알고 있는 사람처럼 예민한 부분을 집요하게 파고들었다. 머릿속에 담았던 그에 대한 걱정이 순식간에 깨끗하게 사라졌다. 어느새 그녀의 몸 위로 자리 잡은 그가 상체를 내려 목덜미 위로 입술을 내렸다. 맛보듯 탐미하는 부드러운 감촉이 흘러내렸다. 침대 위에 놓여 있는 그녀의 손 위로 힘줄이 불거진 그의 손이 얹어졌다. 손가락 사이 하나하나. 단단한 손가락을 천천히 밀어 넣는 감각마저 표현할 수 없이 묘하게 느껴져 작게 숨을 뱉었다. 끊임없는 움직임이 잠시 멈추고 두 사람의 숨결이 뜨겁게 동시에 터졌다. 파고든 감각과 함께 그녀의 손가락이 그의 손을 꽉 움켜잡았다. 괜찮다는 말을 증명이라도 하듯 그녀를 품에 안은 그가 거침없이 움직임을 이어 갔다. 마지막 숨결을 터트린 그의 상체가 그녀의 위로 쏟아져 내렸고, 그녀는 그런 그를 기꺼이 끌어안았다.

* * *

눈을 뜨지 않아도 흐릿하게 너울지는 빛에 아침이 되었음을 깨달았다. 살며시 뻗은 손 위로 포근한 이불자락이 느껴졌다.

'갔나 보다.'

허전함도 잠시, 지난밤 그와 함께 보낸 시간이 떠오르자 저도 모르게 미소가 번졌다. 이불을 꼭 끌어안은 채 파묻은 얼굴이 살며시 붉어졌다. 아무도 보는 사람이 없는데 왜 이렇게 창피한지. 하지만 금세 창피함과는 비교가 되지 않는 행복함이 밀려와 입술이 활짝 벌어졌다. 천천히 상체를 일으켰다. 침대 옆 작은 테이블 위로 차곡차곡 잘 정리된 자신의 옷과 메모지.

[깨울까 잠시 생각했다가 그러면 더 가기 싫을 거 같아서 그냥 갑니다. 다녀올게요.]

정성스럽게 꾹꾹 적어 내린 글자를 보는 것뿐인데 가슴이 설레었다. 요즘 들어 살짝 아름다워 보이던 아침이 유난히 아름다워 보이는 날이다.

* * *

"네. 오시지 않아도 괜찮아요. 안 그래도 가구랑 이런 건 어제 싹 치웠어요."

전화기 너머로 걱정이 담긴 선호의 목소리에 인선이 피식 웃었다.

"네. 정리하고 바로 집으로 갈 거예요. 가서 전화할게요. 저 정리 중이라 끊을게요. 걱정하지 마세요!"

좀처럼 선호의 걱정이 끊이지 않아 재빨리 전화를 끊었다. 모든 계약 절차를 다 마치고, 이제는 남의 집이 되어 버린 공간의 마지막 정리 중이었다. 이제는 다시는 이 공간을 눈에 담을 수 없다는 것이 아쉬웠지만, 후회하지 않기로 했다.

선호의 집에 도착하자 구석에 앉아 자신을 바라보는 원이가 보였다.

"원아. 나 왔어."

자세를 낮추고 부르자 작은 울음소리가 답하듯 들려왔다.

"나, 이제 여기서 지낼 거야. 친하게 지내자."

빙긋 웃자, 앙증맞은 발바닥으로 사뿐사뿐 다가온 원이가 무릎에 얼굴을 비볐다.

"너 진짜 이제 내가 좋은가 보구나? 지난번에도 그러더니."

살며시 손을 뻗어 원이를 안았다. 두 팔로 번쩍 들어 눈을 똑바로 맞추었다.

"원아~"

작은 얼굴이 살며시 들리고 눈이 반짝인다.

"원아?"

이유 없이 부르는 목소리에 조용히 응시하는 까만 눈.

"널 부를 때마다 참 이상한 기분이 든단 말이야."

갑자기 바둥바둥하는 네 다리에 인선이 피식 웃었다.

"뭘 그렇게 버둥거려. 이름 예쁘다고."

바닥으로 원이를 내려놓은 인선이 천천히 집 안을 둘러보았다. 그러다 자신이 사용하기로 방으로 걸음을 옮겼다. 침대를 놓아 달라고 했는데.

"역시 들을 리가 없지."

피식 웃음을 지은 인선이 가방을 들고 방으로 들어갔다. 어느새 불필요한 짐들이 깨끗이 정리된 방.

"이럴 줄 알았어……."

그 많던 짐들이 대체 어디로 간 거야. 자신이 하겠다고 했는데, 그걸 가만히 보고 있을 그가 아니었다. 아마도 누군가에게 부탁을 했을 게 뻔하다.

"아무튼……."

작은 일에도 사람 감동하게 하는 건 이길 수가 없다. 바닥에 털썩 주저앉아 챙겨 온 짐들을 하나씩 꺼내기 시작했다. 많지 않은 짐이었기에 정리는 금세 끝이 났다.

Rrrrrr. Rrrrrr.

선호의 전화였다.

"네. 저예요."

ㅡ어디예요?

"지금 집에 왔어요."

ㅡ아…… 그렇구나.

갑자기 흐른 침묵에 혹시 전화가 끊겼나 인선이 핸드폰을 바라보았다. 여전히 이어지고 있는 통화.

"여보세요? 대표님."

ㅡ네. 듣고 있어요.

"왜 갑자기 말을 안 하세요. 끊어진 줄 알았잖아요."

ㅡ그냥 갑자기 좋아서요.

무슨 뜻인지 단번에 알아들은 인선이 소리 내지 않고 웃었다.

"네. 그러니까 빨리 오세요."

또다시 시작된 침묵.

ㅡ와…….

"왜요?"

ㅡ아무래도 빨리 전화 끊어야겠어요.

"네? 아. 바빠요?"

ㅡ아니요. 안 바쁜데 갑자기 바빠질 거 같아서요.

대체 무슨 소리야.

ㅡ아무래도 오늘 안으로 다 해치우고 집으로 가야겠어요.

"네?"

아. 내가 빨리 오라고 해서?

"또 시작이시다. 그냥 천천히 차분하게 일 다 마치고 와요. 중요한 계약 관련 일이라면서요."

ㅡ나한테 둘 다 중요해요. 일도 인선 씨도.

"계약 잘 하고 오시면 제가 많이 예뻐해 드릴게요."

핸드폰 너머로 그의 웃음소리가 들려왔다.

ㅡ네. 알겠어요.

장난스러움이 사라진 차분한 목소리가 흘러나왔다.

ㅡ일 잘 마치고 갈 테니까. 약속 꼭 지켜요. 알겠죠?

"네. 그럼요."

눈앞에 없는 그에게 약속하듯 빙긋 웃었다.

－오늘은 뭐 할 거예요?

"짐 정리하고, 장도 조금 봐야 할 거 같아요. 집에 먹을 게 하나
도 없네요."

－남자 혼자 사는 집이 그렇죠. 뭐.

"사실 저도 요리 같은 건 잘 못해서. 그냥 간단한 것들 좀 사 놓
게요."

－이사하느라 고생했는데 괜히 무리하지 말고 귀찮으면 맛있는
거 시켜 먹고 일단 푹 쉬어요.

"네. 그럴게요."

역시나 자신의 걱정으로 끝나는 대화.

"대표님."

－네. 말해요.

"보고 싶어요."

아마도 그가 짓고 있을 행복하고 벅찬 표정이 떠올라 인선의 입
가에 미소가 번졌다.

－네. 나도 보고 싶어요.

통화가 종료되고 나서도 나지막하게 울렸던 그의 목소리가 여
운처럼 남았다. 최대한 빨리 일을 마치고 오라고 외치고 싶은 마
음을 꾹꾹 눌러 애써 태연한 척 말했다. 방으로 조용히 들어오는
원이를 바라보았다.

"원아."

가깝게 다가와 무릎에 얼굴을 비비는 원이의 머리를 부드럽게

쓰다듬었다. 한참을 멍하니 원이를 바라보던 인선이 고개를 삐뚜름히 기울였다.

"있잖아. 내가 요즘 너무 이상해."

다소곳이 앉아 있는 원이를 보며 천천히 눈을 깜빡였다.

"지금까지 이런 적이 없었는데 말이야……."

친한 친구에게 비밀스러운 이야기를 털어놓듯 천천히 말을 이었다.

"너무 좋아."

"……."

"응? 아무래도 너무 좋은 거 같아. 어쩌지?"

"……."

"이런 적이 처음이라……. 나 어떻게 해야 해?"

인선의 몸이 바닥에 털썩 쓰러졌다. 대체 왜 그러냐는 듯이 자신을 바라보는 까만 눈동자. 큭큭. 웃음이 나왔다. 스스로 생각해도 우스운 상황이었다. 마음이 벅차서 어딘가에 털어놓고 싶은 마음이 샘솟는 요즘이다. 넘치는 감정이 조절되지 않아 크게 한숨을 내쉬었다.

"아. 진짜 보고 싶다."

* * *

다음 날 아침.

"원아. 나 다녀올게."

아침부터 분주히 준비를 마친 인선이 집을 나섰다. 집을 나선 인선이 꽃집을 들러 미리 주문해 둔 작은 꽃다발 세 개를 찾아 택시에 몸을 실었다.

"하늘 봉안당으로 가 주세요."

햇살이 좋게 내리는 날. 그 어느 때보다 차분한 표정으로 스치는 풍경들을 눈에 담았다. 눈을 감고도 찾아올 수 있을 것같이 익숙한 길들을 지나 택시가 멈춰 섰다. 택시에서 내린 인선이 따스한 빛을 머금은 하늘을 말없이 바라보았다.

천천히 봉안당 안으로 걸음을 옮겼다. 나란히 자리 잡은 세 개의 유골함. 천천히 다가간 인선의 눈이 그 앞에 꽂혀 있는 작은 꽃다발에 닿았다. 아직 완벽히 시들지 않은 꽃다발.

"또 다녀갔네. 기일도 아직 멀었는데……."

한참 동안 꽃다발을 바라보던 인선이 자신이 준비해 온 꽃다발을 옆에 조심스럽게 꽂았다. 여릿한 미소가 입술 위로 살며시 번졌다.

"엄마. 아빠. 나 왔어."

애써 가라앉히지 않은 밝은 목소리.

"오빠도 잘 지냈지?"

늘 그렇듯 돌아오지 않는 대답을 들은 것처럼 빙긋 웃었다.

"나도 잘 지내. 보다시피."

가만히 다물어진 입술이 한참이 지나야 움직였다.

"할 말 있어서 왔어."

"내가 지난번에 집 이야기했었잖아. 이번 주에 다 정리했어. 나도 많이 서운해. 그래도 나 많이 생각하고 결정한 거니까. 이해해 줄 거지?"

잠시 말을 멈춘 인선이 천천히 다시 입술을 움직였다. 나 잘한 거지? 많은 생각과 함께 내린 결정이었음에도 여전히 마음 한구석이 허전했다. 잘했다는 말 한마디. 괜찮다고 다독여 주는 누군가가 필요해 이곳을 찾아왔다. 환하게 웃고 있는 사진 속 가족들을 가만히 바라보았다.

"고마워. 그럴 줄 알았어."

그러지 말아야지 하면서도 먹먹한 감정이 밀려와 일부러 입술을 밀어 올렸다.

"참, 엄마. 나 좋아하는 사람 생겼어. 얼굴도 되게 잘생겼어. 그리고 일도 잘해. 아! 그리고 키도 커. 엄마가 맨날 아빠 키 작다고 나는 키 큰 사람 만나야 한다고 그랬잖아."

말을 마친 인선이 작게 소리 내 웃었다.

"그리고 나를 많이 좋아해."

"나도 그 사람이 많이 좋아."

"그러니 이제 엄마도 걱정하지 마."

마지막 떠나는 날까지 혼자 남을 자신만 걱정했던 엄마의 모습이 아직도 선명하다.

"그러니까 아빠랑 싸우지 말고 잘 지내. 알겠지? 오빠도 엄마 아빠 말 잘 듣고."

"그리고 나 일도 다시 시작할 거야. 내가 해 보고 싶었던 일. 나중에 다시 와서 얘기해 줄게. 많이 응원해 줘. 알겠지?"

아무도 없는 공간. 홀로 흐르는 자신의 목소리가 작게 울렸다. 환하게 웃고 있는 젊은 엄마 아빠와 그 앞에 나란히 손을 잡고 서 있는 어린 오빠와 나. 마지막 가족사진. 함께 웃었던 기억을 잊고 싶지 않아 한참 동안 사진을 눈에 담았다.

"나 갈게. 또 올게. 내 걱정하지 말고 잘 지내고 있어요. 알겠지?"

씩씩하게 몸을 돌려 작게 숨을 내쉬었다.

'사랑한다. 딸아.'

홀로 된 그날의 기억에 울컥 감정이 밀려와 걸음이 멈췄다. 늘 그렇듯 밀려드는 쓸쓸함에 그러지 말아야지 하면서도 눈가가 시리다. 작은 손이 빠르게 눈가를 훔쳤다. 멈추었던 걸음이 이내 다시 움직였다. 밖으로 나온 인선이 관리실을 찾았다.

"오셨어요?"

오랫동안 이곳을 관리해 오던, 머리가 희끗희끗한 중년의 남자 직원이 인선의 모습을 발견하고 반갑게 웃었다.

"네. 잘 지내셨죠?"

"네. 저는 잘 지냈습니다. 가족들은 만나셨어요?"

"지금 다녀오는 길이에요."

"그러셨구나."

가만히 서서 자신을 바라보는 인선의 모습에 직원이 손에 들고 있던 서류를 살며시 내려놓았다.

"오늘도 혹시 그 일 때문에 오셨어요?"

고개를 끄덕이는 인선의 모습에 직원이 살며시 난감한 표정을 지었다.

"정말 가르쳐 주실 수 없어요?"

부탁하듯 흘러나온 인선의 음성에 직원이 살며시 한숨을 내쉬었다. 봉안당에 들를 때마다 찾아와 묻는 그녀에게 같은 말을 하는 것도 이제는 미안해질 지경이다.

"사실 개인 정보라 가르쳐 드릴 수 없는 것도 맞지만, 저희도 몰라요. 항상 유인선 씨 이름으로 통장에 입금되는 거라."

"말씀드렸다시피. 제가 보낸 게 아니에요."

"그렇다고 저희가 못 받았다고 하고 돈을 또 받을 수는 없잖아요."

매년 누군가 인선을 대신해 봉안당 비용을 냈다. 그리고 매년 기일 즈음 새롭게 꽂혀 있는 꽃다발.

"혹시 그러면 저희 가족 찾아오신 분 본 적 있으세요?"

"여기 드나드는 사람이 어디 한두 명인가요."

"제가 꼭 알아야 해서요. 혹시 보게 되시면 제 연락처 좀 전해 주세요. 네?"

직원이 못 말리겠다는 듯 미소 지으며 작은 한숨을 뱉었다.

"네. 아마도 힘들겠지만. 그래 볼게요."

"꼭이요. 부탁 좀 드릴게요."

"장담은 못 하지만 노력해 볼게요."

"죄송해요. 바쁘실 텐데."

"아니에요. 제가 지금 나가 봐야 해서. 다음에 또 봬요. 들어가세요."

"네. 감사합니다."

오늘도 결국 아무것도 알아내지 못한 채 인선이 걸음을 돌렸다. 멀어지는 그녀를 바라보던 직원의 얼굴 위로 안타까운 표정이 내려앉았다.

"이제 포기하지 또 왔네요."

옆에서 들리는 여자 직원의 목소리에 남자가 천천히 고개를 끄덕였다.

"엄마도 그렇게 찾아와서 묻더니, 이제는 딸이 그러네."

교복을 입고 엄마와 함께 이곳을 찾았던 소녀가 참 많이도 컸다.

"참 마음 안 좋았는데. 엄마까지 저렇게 되고. 친척도 없는 거 같던데."

"그러게."

"그런데 소장님 진짜 누군지 몰라요?"

"뭐가?"

물어오는 여직원을 향해 남자가 천천히 고개를 돌렸다.

"매번 봉안당 관리비 대신 내주는 분. 소장님도 모르세요?"

"글쎄……."

"어? 누군지 아세요?"

애매한 대답에 물어오는 여직원을 바라보며 남자가 빙긋 웃었다.

"나도 몰라. 빨리 일이나 해. 바쁘다면서."

"에이, 뭐예요. 아시는 줄 알고 놀랐잖아요."

"내가 알고 모르고가 뭐가 중요해."

"하긴 그렇네요. 대체 무슨 사연이길래 매년 누구인지 밝히지도 않고 대신 돈을 내줄까."

고른 숨을 한 번 내쉰 남자가 천천히 말을 이었다.

"사연이 있나 보지. 그래야 하거나, 그러고 싶은 사연."

"그게 대체 뭘까요?"

"바쁘다며. 일 안 해?"

"네. 할게요."

남자의 시선이 인선이 사라진 빈 허공에 닿았다.

* * *

익숙한 골목길을 따라 걸음을 옮겼다. 손을 뻗어 초록색 대문을 천천히 밀었다. 끼익. 오래되어 녹이 슨 문틈 사이로 익숙한 소리가 들렸다. 잠시 멈추었던 걸음을 옮기는 길목에 놓여 있는 네발자전거가 보였다. 핑크빛 안장에 핑크빛 손잡이. 살며시 미소 지으며 바라보던 인선의 귓가에 작게 번지는 웃음소리. 인선이 다시 걸음을 옮겼다. 빨간색 지붕 아래 햇살이 따스하게 내리는 평온한 오후였다. 마당에 작게 만들어 놓은 간이 수영장. 첨벙첨벙 쉴 새 없이 노느라 만들어지는 물소리와 해맑은 아이들의 웃음소리가 끊이지 않았다.

마당 구석 벤치 위에 편하게 앉아 아이들을 바라보는 남자가 환하게 웃었다. 장난스럽게 아이들이 튀기는 물방울에 옷깃이 젖어들어도 얼굴에는 행복함이 번져 갔다. 부족함이 없어 보이는 행복한 공간이 참 따뜻했다. 입가에 미소를 얹은 채로 천천히 손을 뻗었다. 혹여나 지금의 평온함이 깨지지 않을까 하는 조심스러운 움직임. 아무것도 잡히지 않는 손안으로 공허함이 느껴졌다. 천천히 주먹을 말아 쥐고 손을 내렸다.

여전히 물속에서 장난을 치느라 정신없는 아이들. 정신없이 웃던 작은 여자아이가 벌떡 일어나 한곳을 바라보며 환하게 웃는다. 조그마한 손바닥이 공중에 빠르게 흔들린다. 움직임에 허공에 떨어지는 물방울이 반짝반짝 빛났다. 아이가 바라보는 곳을 향해 인선의 시선이 천천히 옮겨 갔다. 울컥 가슴이 뜨거웠다. 꾹 다물어진 인선의 입술 위로 미세한 떨림이 얹어졌다. 예쁘게 휘어진 눈가에 물기가 잔잔하게 번져 왔다. 구름이 흐르고 가렸던 해가 모습을 드러냈다. 눈이 부실 정도로 예쁜 햇살 아래. 자신을 향해 환하게 웃고 있는 아름다운 여인의 모습에 인선이 답하듯 환하게 미소 지었다.

'원아……. 원아…….'

환영처럼 들리는 목소리에 살며시 꿈틀거리던 인선의 눈꺼풀이 천천히 밀려 올라갔다.

"엄마……."

작은 입술 사이로 가라앉은 여린 목소리가 흘렀다. 살며시 벌어진 눈매 사이로 어둠이 잔잔한 빛이 흘렀다. 눈앞에 어른거리는 까만 형체에 인선의 눈꺼풀이 점점 위로 밀려 올라갔다.

"어? 깼어요?"

나지막하게 깔리는 좋은 목소리와 함께 흐릿했던 시야가 점점 또렷해졌다.

"원아. 이리 와."

침대에 살며시 걸터앉아 다가오는 원이를 부르는 선호의 모습에 인선이 천천히 고개를 돌렸다.

'꿈이었구나.'

가느다란 한숨이 잇새로 흘러나왔다.

"나 때문에 깬 거예요?"

"언제…… 왔어요?"

여전히 가라앉은 목소리를 흘리며 천천히 인선이 몸을 일으켰다. 인선을 향해 몸을 돌린 선호가 느릿하게 눈을 깜빡이며 인선의 얼굴을 가만히 들여다보았다. 물기가 번진 그녀의 눈동자. 살며시 고개를 기울여 조금 더 다가온 선호가 부드럽게 물었다.

"표정이 왜 그러지? 꿈꿨어요?"

"아. 그런 거 같아요."

너무도 선명한, 그래서 여전히 가슴이 시린 꿈. 걱정스럽게 바라보는 선호의 눈빛에 그제야 멍했던 정신이 제자리로 돌아왔다. 선호를 바라보던 인선의 눈이 가득 커졌다.

"근데, 내일 온다고 하지 않았어요?"

살며시 놀란 듯 물어오는 인선의 모습에 선호가 빙긋 웃었다.

"네."

"그런데……."

"빨리 끝내고 왔어요. 보고 싶어서요."

이불 위에 놓인 인선의 손 위로 따스한 온기가 닿았다. 꿈속에서 느끼지 못했던 온기가 손끝에 스몄다. 살며시 손 위로 시선을 내렸던 인선이 다시 선호를 바라보았다.

"계약은 잘됐어요?"

"당연하죠. 그래야 인선 씨가 예뻐해 준다면서요."

피식. 작게 밀려 올라가는 인선의 입술 위로 그가 짧게 입술 감촉을 남기고 멀어졌다. 몽롱함을 잊게 해 주는 선명한 감촉에 인선의 눈매가 예쁘게 휘었다.

"피곤했어요?"

"그랬나 봐요."

봉안당에서 집으로 돌아와 초저녁부터 잠이 든 인선이었다.

"오늘 뭐 했는데요?"

"그냥, 이것저것 알아보느라 조금 돌아다녔더니 피곤하네요."

"조금 쉬면서 알아본다면서요. 쉬엄쉬엄해요."

다가온 선호의 손이 부드럽게 인선의 머리카락을 넘겼다. 말없이 미소 지은 인선이 고개를 끄덕였다.

"나와 봐요."

침대에서 벌떡 일어난 선호가 잡고 있던 인선의 손을 당겼다. 멍하니 바라보는 그녀.

"빨리요. 나와 봐요."

재촉하는 그를 따라 걸음을 옮겼다.

"이게 뭐예요?"

살며시 커진 눈으로 인선이 선호를 바라보았다.

"파티 해야죠."

"파티요?"

"환영 파티."

"네?"

인선의 손을 놓아준 선호가 식탁으로 걸음을 옮겼다. 알록달록 고운 빛 꽃들로 예쁘게 만들어진 꽃다발. 은은하게 켜진 향초와 예쁘게 놓여 있는 음식들.

"이걸 언제 다 준비했어요?"

"인선 씨 자는 동안 준비했죠. 빨리 앉아요."

어느새 다가와 어깨 끝을 잡은 선호가 그녀의 몸을 살며시 밀었다. 인선이 의자에 앉자 선호가 거실을 향해 걸어갔다.

"이런 날 음악이 빠지면 안 되죠."

잔잔한 음악이 공간을 채웠다. 약간의 조명만 남겨 두고 불빛을 줄인 선호가 인선의 앞에 마주 앉았다. 은은한 촛불 너머로 따스한 미소를 머금은 채 붉은빛 와인을 잔에 채우는 그를 가만히 바라보았다.

"자. 짠 해야죠."

와인 잔을 기울이는 그를 바라보며 와인 잔을 들었다. 잔이 부딪치는 맑은 소리와 함께 그가 환하게 웃었다.

"앞으로 사이좋게 지내요. 우리."

그의 말에 인선이 작게 소리 내 웃었다.

"네. 싸우지 말고 우리 잘 지내봐요."

답을 한 인선이 한 번 더 잔을 부딪치고 와인 한 모금을 머금었다.

"못 본 사이에 더 예뻐진 거 같아요?"

예전 같았으면 아마 입에 담긴 와인을 뿜고도 남았을 테지만, 이제는 너무 익숙한 터라 그저 웃었다.

"안 예쁜 적은 있었어요?"

"전혀요."

있을 리가 없죠. 확신에 찬 목소리에 인선이 살며시 눈을 흘겼다.

"원래 그런 스타일이에요?"

"에. 또 뭐가요?"

"그냥. 너무 그런 말을 능숙하게 하니까 의심을 하지 않으려야 않을 수가 없어서요."

"혹시 지금 질투하는 거예요?"

"질투가 아니라 의심. 의심이라고요."

"뭐 그것도 좋아요."

대체 뭐가 좋다는 건지. 장난스럽게 웃는 모습에 결국 웃음이 번졌다.

"나한테 그만큼 관심이 있다는 소리니. 난 다 좋아요. 더 물어볼 거 없어요?"

"제가 말을 안 할게요. 그냥."

"많이 보고 싶었어요."

흐르는 음악처럼 부드러운 목소리가 번졌다. 오늘도 맥락 없이 치고 들어오는 말에 살며시 설렘이 번졌다.

"이 말은 의심 안 하죠?"

"네. 안 해요."

나도 그랬으니까. 함께 있으면 너무나 빠르게 흐르던 시간도, 당신이 없다는 이유로 한없이 느리게 흐르는 것처럼 느껴졌던 시간이었으니까.

초승달처럼 예쁘게 휘어진 눈매 안에 반짝이는 눈동자가 한참을 선호의 얼굴에 머물렀다. 아무 말 건네지 않아도 어색함이 없는 공간. 언제부터 이렇게 됐을까. 이제는 서로가 없는 공간이 어색할 것만 같은 기분이다. 가만히 그를 바라보던 인선이 천천히 입술을 움직였다.

"제가 생각해 봤는데요."

"네. 뭘를요?"

도닥이듯 은은한 목소리로 그가 물어왔다.

"아무래도……."

"네."

"제가 정말 대표님을 많이 좋아하나 봐요."

민망하지도 부끄럽지도 않았다. 그저 그를 만나면 전하고 싶다고 내내 생각했던 이야기. 덤덤하지만 정성스럽게. 마음을 전하는 인선의 얼굴 위로 아늑한 시선이 떨어졌다.

"원래 그런 스타일이에요?"

선호의 물음에 미소 지은 인선이 한쪽 눈매를 살며시 찌푸렸다.

"또 무슨 말이 하고 싶으신데요?"

"원래 그렇게 사람 설레게 하는 스타일인가 해서요."

"내가 이럴 줄 알았어."

다물어진 입술이 한없이 밀려 올라간다.

"파티고 뭐고 당장에라도 안고 방으로 가고 싶게 만드는 스타일이기도 하네요."

"뭐예요. 그만 해요. 크크."

말없이 바라보는 공간에 행복한 기운이 맴돌았다. 인선을 바라보고 있던 선호의 눈이 살며시 커졌다.

"내가 좋아하는 곡이에요."

번지는 미소를 머금고 그가 음악에 귀를 기울였다.

'If I ain't got you.'

마찬가지로 조용히 음악을 듣던 인선도 살며시 미소 지었다.

"저도 좋아하는 곡이에요."

흐르는 음악에 빠져 있던 인선의 시선이 살며시 내려갔다. 테이블 위에 놓인 손 위로 천천히 그의 손이 겹쳤다.

"내가 딱 해 주고 싶은 말이네요."

그가 무엇을 말하는지 알기에 닿은 그의 손을 살며시 그러잡았다.

'나에게 당신이 없다면, 모든 것이 의미가 없어요.'

닿은 손끝에. 마주한 눈빛에. 호흡하는 같은 공간에. 당신이 있다는 것만으로 모든 것이 의미가 되는 순간. 당신이 있으므로 오늘도 세상이 벅차게 느껴진다.

여전히 손을 잡은 선호가 자리에서 천천히 일어섰다. 그것이 당연한 것처럼 그녀가 일어나 눈을 맞추었다. 망설일 필요도 없다는 듯 입술이 겹쳤고, 호흡을 나누었다. 느긋하게 밀려드는 손길에 호흡이 가빠도 키스는 멈추지 않았다. 달뜬 호흡이 흐르고 뒤엉킨 감각에 온몸이 떨려 왔다. 의사를 묻지 않아도 서로를 어루만지는 손길에서 서로를 원하고 있음이 고스란히 느껴졌다. 방으로 향하는 그들의 걸음을 따라 바닥으로 옷들이 하나둘 떨어졌다. 온전히 서로를 원하는 몸짓이 시작되었다. 이미 달아오른 숨결이 터지고 또 터졌다. 꿈이 아닐까 하는 생각이 들 정도로 온몸을 파고든 감각에 가슴이 벅차올랐다. 오랜 시간 서로를 탐하는 손길이 멈추지 않았다. 모든 움직임이 서로에게 의미가 되는, 소중한 밤이 뜨겁게 지나가고 있었다.

열기가 식지 않은 뜨거운 공기. 흘러내린 땀에 촉촉이 젖은 그녀의 긴 머리카락을 부드럽게 넘겨주었다. 머리카락을 따라 흐르던 손길이 매끈한 살결 위를 천천히 어루만지다 꼭 당겨 안는다. 작게 내쉬는 숨. 간간이 흘러나오는 웃음소리. 그리고 서로를 향해 강하게 뛰는 심장 소리. 실오라기 하나 걸치지 않고 맞닿은 몸 위로 선명하게 서로의 존재가 느껴져 웃음이 지워지지 않는다.

쪽. 인선의 이마 위로 이제는 익숙해진 감각이 닿자 인선이 천천히 고개를 들었다. 선연한 미소를 지으며 바라보는 선호와 눈이 마주쳤다.

"피곤하지 않아요?"

걱정하듯 물어오는 그를 보며 빙긋 웃었다.

"이제 와서 걱정하는 거예요?"

조금 전까지 숨 쉴 틈 없이 자신을 몰아세웠던 그다. 입술 사이로 흐르는 야릇한 소리가 멈추는 것을 용납할 수 없다는 듯 욕정에 사로잡힌 몸짓으로 그녀의 혼을 쏙 빼놓았다. 놀란 듯 선호의 눈이 살며시 커졌다.

"걱정해서 그 정도였는데요?"

"네?"

"걱정 안 했으면 아마 인선 씨 지금 내 품에 이렇게 편하게 기대있지 못할 텐데."

"……."

"내가 며칠 동안 쌓인 게 많아서 참느라 얼마나 힘들었는지 알아요?"

일주일도 안 됐는데. 출장 한 달이라도 가면 대체 어떻게 되는 거야? 일어나지 않은 일을 상상하는 인선의 얼굴 위로 오묘한 표정이 얹어졌다.

"무슨 생각 해요?"

"아……. 아니에요."

차마 무슨 생각이라고 말할 수는 없지. 살며시 당기는 손길에 다시 그의 품에 안겼다. 인선의 머리 위로 살짝 턱을 얹은 그가 천천히 물었다.

"덥지 않아요?"

여전히 더위가 완연한 날씨. 에어컨 바람이 있더라도 이렇게 꼭 붙어 있으면 더울 만도 한데. 그녀의 고개가 모로 저어졌다.

"좋아요."

미소를 짓는지 머리끝에 닿은 그의 턱이 살며시 움직였다. 그를 따라 살며시 미소 짓던 인선이 다시 말을 이었다.

"누군가의 온기가 참 좋다는 생각. 정말 오랜만에 해 보는 거 같아요."

"그랬어요?"

어르듯 물어 온 그가 조금 더 그녀를 꼭 끌어안았다.

"포근하고. 따뜻하고……. 또 아늑하고."

그가 말없이 그녀의 등을 어르듯 쓸어내렸다. 그의 손끝이 전하는 자상함이 살결 위를 파고들어 온몸에 기분 좋은 느낌이 퍼졌다. 오랜 달리기 끝에 맞이한 휴식처럼, 더없는 포근함에 마음이 따뜻했다. 한참을 그의 품에 안겨 심장 소리를 귀에 담던 인선이 천천히 입술을 움직였다.

"어렸을 때 교통사고가 났었어요."

작게 속삭이는 인선의 목소리에 그의 손이 천천히 멈추었다.

"그 사고로 아빠랑 오빠랑 세상을 떠났고, 어린 저랑 엄마랑 세상에 남았죠."

"……"

"힘들었지만 외롭진 않았어요. 엄마가 있었으니까요."

덤덤하게 시작된 목소리가 조금씩 가라앉았다.

"엄마가 떠나기 하루 전날. 왠지 그러고 싶다는 생각이 들어서 병실 엄마 침대에 같이 누워서 잤어요……. 평소 같았으면 너 불편하다고 집에 가서 자라고 하실 엄마였는데. 말없이 손을 꼭 잡아 주시고 안아 주셨죠."

잠시 멈추었던 그의 손이 천천히 그녀의 등을 토닥였다.

"너무 말라서 뼈밖에 없다고 느껴질 정도로 엄마는 말라 있었어요. 부러지지 않을까 걱정이 될 정도로 마른 팔로 저를 꼭 끌어안아 주셨죠. 평소 같으면 그 생각에 마음이 아팠을 텐데, 그날은 이상하게 마음이 편했어요."

"……."

"참 따뜻했어요. 지금처럼……."

"……."

"마른 손가락이 정성스럽게 얼굴을 쓰다듬고 머리를 어루만질 때마다 그동안 힘들었던 시간이 싹 사라진 것처럼 행복해서 눈물이 날 것만 같았어요."

"……."

"그날 엄마 품에 안겨 오랜만에 깊은 잠을 잤어요."

토닥이는 그의 손길을 가만히 느끼고 있던 인선이 살며시 고개를 들었다. 애처로워 보이는 눈동자가 머금은 물기에 반짝거린다. 그저 말없이 그녀와 눈을 맞추었다. 살며시 뻗은 손끝으로 이마 위에 흐트러진 머리카락을 넘겨주었을 뿐인데 눈가에 물기가 점점 번졌다.

"아마도 엄마는 알고 계셨나 봐요."

"……."

"이제는 그렇게 안아 주지…… 못 한다는 걸…….."

"……."

"아. 미…… 미안해요. 이러려고…… 말한 게…….."

울컥 눌렀던 감정이 새어 나왔다. 당황한 인선이 고개를 떨구었다. 참으려고 재빨리 감은 눈 아래로 눈물이 흘러내렸다.

"쉬이……. 괜찮아요."

안쓰러워 내뱉은 잔뜩 가라앉은 선호의 목소리에 그녀가 숨을 내쉬었다. 이내 가녀린 어깨가 떨리기 시작했다. 참으려고 꾹 눌렀지만, 터져 버린 감정이 주체가 되지 않았다.

"하아…… 미안…… 미안해요…….."

차마 소리를 뱉지 못한 채 눈물이 뚝뚝 흘렀다. 한 번도 누군가에게 꺼내 본 적 없는 이야기였다. 시간이 많이 흘렀으니 괜찮을 거라고 무덤덤하게 시작한 이야기. 이렇게 울음을 터트릴 거라고 인선 본인도 예상하지 못했다. 그저 당신 품이 좋다고, 그 날이 많이 그리웠는데. 그날처럼 당신 품이 따뜻하고 아늑하고 포근해서. 기분이 좋다고 말하려고 했는데 마음대로 되지 않았다.

"흐흐흑…….."

짓눌린 입술 사이로 흐느낌이 흘렀다. 그렇게 따스했던 밤 이후 살을 에는 듯한 차가운 밤들이 이어졌다. 홀로 보내야 했던 고독했던 시간. 어쩌면 내가 그랬었다고, 그래서 마음이 많이 아팠었다고. 누군가에게 털어놓을 시간이 필요했을는지도 모른다.

"괜찮아요. 인선 씨. 괜찮아요…….."

떨리는 작은 어깨가 안쓰러워 가슴 한구석이 아려왔다. 날카로운 무언가가 가슴을 스치고 지나간 듯 고통이 번졌다. 품 안의 작은 몸을 그저 끌어안고 토닥여 주는 것밖에는 아무것도 할 수 없다는 사실에 마음이 아팠다. 떨림이 잦아들고 고르지 못했던 그녀의 숨결이 차분해졌다. 그저 말없이 토닥이며 쓸어내리던 손길을 멈추자 그녀가 가슴팍에 묻었던 얼굴을 살며시 떼어 냈다.

"이제 다 울었어요?"

"미안해요."

코를 훌쩍이며 그녀가 작게 중얼거렸다.

"나 좀 봐 봐요."

살며시 들던 고개가 다시 아래로 내려간다.

"나 좀 보라니까요."

다가온 손끝이 그녀의 턱 끝에 닿았다. 살며시 밀어 올리자 붉어진 눈동자가 모습을 드러낸다. 이리저리 얼굴 위를 살피는 그의 시선에 인선이 입술을 꾹 눌러 물었다.

"이러려고…… 한 게 아닌데. 미안해요."

살짝 시선을 피한 그녀를 바라보며 선호가 부드럽게 미소 지었다.

"뭐가 미안해요."

"괜히 제가 울어서 당황하셨을 거 같아서요."

살며시 고개를 기울인 그가 그녀와 눈을 맞춰왔다.

"우는 모습에 마음이 아프기도 했지만, 기뻤어요."

"……."

"많이 위로는 되지 않겠지만, 그래도 이렇게 안아 줄 수 있다는 사실이……."

따스한 목소리가 가슴을 다시 깊게 파고들었다. 눈물로 얼룩졌던 얼굴 위로 옅은 미소가 번졌다.

"고마워요."

따스함에 답하듯 인선이 따스하게 웃었다.

"이상하게 대표님이랑 있으면 한 번도 남한테 보여 준 적 없는 모습을 자꾸 보여주게 되는 거 같아요."

그녀의 말에 그가 빙긋 웃었다.

"남이 아닌가 보죠."

말없이 웃는 그녀의 모습에 선호의 눈이 살며시 커졌다.

"어라? 나만 그렇게 생각하는 건가?"

이거 조금 억울한데. 작게 속삭이는 그의 얼굴 위로 따스한 감촉이 느껴졌다. 살포시 얹어진 손으로 시선을 내렸던 그가 다시 그녀와 눈을 맞추었다. 얼굴을 부드럽게 어루만지는 손길에 저절로 미소가 번졌다. 나도 당신과 다르지 않아요.

말없이 미소 짓는 그녀의 얼굴이 한없이 사랑스러워 가슴이 벅차 왔다. 가깝게 다가온 입술이 맞물렸다. 소중한 것을 어루만지듯 부드럽게 밀려든 감촉에 인선의 눈이 천천히 감겼다. 머금고 떨어진 입술이 숨결이 오고 가는 거리에 멈추었다.

"사랑해요."

고스란히 마음을 얹은 나지막한 목소리. 꼭 감은 눈 위로 촘촘히 박힌 인선의 속눈썹이 파르르 떨렸다.

"사랑해."

다시 한번 파고드는 고백에 살며시 떠진 눈이 부드럽게 휘어졌다. 벅차오르는 감정을 차마 감추지 못한 그녀의 입술이 천천히 밀려 올라갔다. 마주한 그의 눈동자는 오늘도 아름다웠다.

"나도, 사랑해요."

* * *

－인선 씨 끝났어요?

"저 이제 마무리하고 있어요."

－피곤하지는 않고요?

부드럽게 물어오는 목소리에 인선의 얼굴 위로 미소가 번졌다.

"네. 괜찮아요. 지금 어디예요?"

－나 지금 출발해서 가는 길이에요. 학원 앞으로 갈게요.

"네. 운전 조심해서 천천히 오세요. 기다리고 있을게요."

그와 지내기 시작한 지 어느덧 두 달이 넘는 시간이 지났다. 짧은 시간의 휴식을 가진 뒤 다니기 시작한 바리스타 전문 학원. 자격증이 있기는 하지만, 시간이 너무 오래 흘렀기에 제대로 기억이 나지 않아 다시 처음부터 시작하기로 했다.

기대감과 걱정이 동시에 이어지는 하루하루. 취미로 시작했던 그때와 다르게 사뭇 진지하게 시작하니 마음이 색달랐다. 정리를 마치고 학원에서 나온 인선이 사람들로 가득 찬 거리를 둘러보았다.

"아직 안 온 건가?"

사람들이 조금 적게 다니는 도로의 구석에 자리 잡았다. 어느새 얼굴을 스치는 바람이 제법 선선해졌다. 여전히 그는 바빴지만, 시간이 나는 날이면 오롯이 인선에게 모든 시간을 할애했다.

출장을 다녀와 하루의 휴식이 주어진 선호. 집에서 편히 쉬면서 기다리라고 이야기해도 이미 귀를 닫은 그를 말릴 수가 없었다. 멍하니 앞을 스쳐 지나가는 사람들을 눈에 담던 인선의 눈이 살며시 커졌다. 손안에 밀려드는 온기에 미소 지은 인선이 고개를 돌렸다.

"많이 기다렸어요?"

시끌벅적한 소음 속에 번지는 따뜻한 음성. 살며시 미소 지은 인선이 맞잡은 손을 꼭 잡았다.

"지금 나왔어요."

"다행이에요."

그녀의 말에 빙긋 웃은 그가 그녀의 눈앞으로 손을 내밀었다.

"어? 웬 꽃이에요?"

핑크색과 보라색이 보기 좋게 조화를 이룬 아름다운 꽃다발. 꽃다발 위로 내려졌던 시선이 빠르게 그에게 옮겨 왔다.

"그냥 오다가 생각나서 샀어요."

"와. 너무 예뻐요."

물기를 머금은 듯 촉촉한 꽃잎.

"받아요."

건네는 꽃다발을 품 안으로 받아 든 인선의 시선이 한참을 꽃다발에서 떨어지지 않았다.

"마음에 들어요?"

"네. 당연하죠."

"사랑하는 사람한테 선물할 거라니까 추천해 줬어요. 내가 꽃을 잘 몰라서……."

다물었던 인선의 입술이 살며시 밀려 올라갔다.

"꽃말이 뭐라더라…."

"영원한 사랑이요."

꽃말을 이야기한 작은 입술이 다시 밀려 올라갔다.

"아, 맞아요. 알고 있었네요?"

"그럼요. 리시안셔스. 부케에도 많이 쓰이는 꽃이잖아요."

"그래요? 특별한 꽃으로 달라고 했는데……."

실망스러운 듯 말하는 그의 모습에 여전히 그녀는 밝게 웃었다.

"특별해요."

"많이 쓰인다면서요."

"선호 씨가 주는 건 나한테 다 특별해요."

"……."

"몰랐어요?"

방긋 웃어 보인 그녀가 꽃다발에 살며시 얼굴을 묻었다. 깊게 숨을 들이마신 그녀의 얼굴 위로 행복한 미소가 번졌다. 가만히 그 모습을 바라보던 선호가 고개를 들어 이곳저곳 도로를 살폈다. 그의 시선을 따라 눈동자를 움직이던 인선이 물었다.

"왜요?"

"이러려고요."

순식간에 다가온 그의 얼굴을 눈 안에 다 담기도 전에 입술이 겹쳤다. 빠르게 다가와 깊게 머문 감촉이 떨어져 나갔다. 커다래진 눈망울 위로 행복하게 웃고 있는 그의 얼굴이 담겼다.

"뭐…… 뭐예요."

놀란 인선이 주변을 빠르게 둘러보았다. 스치듯 닿는 주변의 시선에 품 안의 꽃처럼 핑크빛으로 물든 얼굴.

"인선 씨야말로 뭐예요."

"네?"

"키스를 안 하려야 안 할 수가 있어야죠. 그렇게 예쁜 말만 하는데."

진짜. 또 사람 설레게 하지. 살짝 흘겼던 눈매가 부드럽게 휘어졌다.

"가요. 배고프죠? 뭐 먹고 싶어요?"

부드럽게 손을 잡은 그가 물어왔다.

"저 백화점 잠깐 들러야 하는데. 거기서 저녁 먹고 들어갈까요?"

"좋아요. 가요."

* * *

"다 샀어요?"

"네."

"뭘 그렇게 많이 사요?"

인선의 손안에 가득 들린 봉지를 몇 개 받아 든 선호가 물었다.

"강사님 말이 여기 원두가 향이랑 맛이 좋다네요. 집에 가서 한번 연습해 보려고요. 마셔 줄 거죠?"

"아……."

난감한 그의 표정에 인선이 피식 웃었다.

"장난이에요. 뭘 또 그런 표정을 지으실까. 사람 서운하게."

"당연히 제가 밤새워 마셔야죠. 회사고 뭐고. 지금 일이 중요해요?"

"됐거든요."

그가 카페인에 약하다는 사실을 얼마 전에 알았다. 자신이 시연한 커피를 군소리 없이 잘 마셔 주기에, 원래 커피를 좋아하는 사람인가 생각했다. 밤새 왜 그렇게 뒤척이나 했더니 알고 보니 늦게 마신 커피 한 잔에도 쉽게 잠자리에 들지 못하는 그였다.

"그럼 내가 옆에서 인선 씨 만드는 모습 잘 보고 있을게요."

허리를 감싸 오는 그의 행동에 피식 웃었다.

"방해나 하지 말아요."

"에이, 방해라뇨. 너무 사랑스러워서 조금 만졌을 뿐인데."

"조금이요?"

커피 만드는 모습이 이렇게 섹시한 줄 태어나서 처음 알았다며 뒤에서 끌어안고 키스를 하는 통에 몇 번이나 커피 가루를 바닥에 쏟았다. 그러든지 말든지 오직 마이웨이를 외치는 선호 덕에 아침에 돼서야 그 난장판을 다 치우는, 생각만 해도 우스운 일들이 대체 몇 번인지 모른다.

"근데 인선 씨도 좋았잖아요."

"네. 뭐 부정은 못 하겠네요."

"솔직한 모습 아주 마음에 들어요. 기념으로 오늘 밤도 그럼……."

"으유. 진짜!"

툭 하고 꽂히는 팔꿈치에 그가 소리 내 웃었다. 허리를 부드럽게 감으며 다가온 그가 작게 속삭였다.

"가요. 계산하러. 밥 먹어야죠."

계산대로 향하던 인선의 걸음이 자리에 멈추었다.

"어? 오빠."

인선의 목소리에 선호의 시선이 그녀의 시선이 닿은 곳으로 향했다.

"인선아."

그리고 다가오는 한 남자. 선호도 아는 얼굴이었다. 그는 자신을 보지 못했을지 모르지만, 경찰서에서 보았던 얼굴이었다. 다가오는 남자를 향해 선호가 살며시 고개를 숙여 인사를 했다.

"아, 안녕하세요."

인사를 마친 재준이 두 사람을 번갈아 바라보았다. 선호가 허리를 감싸고 있던 손을 놓아주자 인선이 빠르게 재준에게 다가갔다.

"오빠, 오랜만이에요. 뭐 사러 왔어요?"

"아, 아니. 근처에 일하러 왔다가 잠깐 들렀어. 너는?"

"저 밥 먹으러 왔어요. 잘 지냈어요?"

환하게 웃으며 말을 건네는 인선의 모습에 재준이 부드럽게 미소 지었다.

"응. 늘 똑같지. 너는. 집은 구했고?"

"아……."

잠시 말을 멈추었던 인선이 빙긋 웃었다.

"네. 집 구해서 잘 지내고 있어요."

재준의 시선이 그녀의 뒤에 서 있는 선호에게 닿았다.

"아, 내 정신 좀 봐."

소개하려는 인선의 옆으로 다가온 선호가 먼저 입을 열었다.

"안녕하세요. 차선호입니다."

부드럽게 말을 건넨 선호가 악수를 청했다.

"안녕하세요. 박재준입니다."

가만히 시선을 고정한 채 선호를 바라보던 재준이 조금 시간이 지나자 입술을 살며시 밀어 올렸다.

"옆집에 오래 살던 오빠예요."

"아, 그래요?"

"오빠. 죄송해요. 제가 연락한다고 하고 바빠서 연락을 못 했어요."

"아니야. 나도 바빴어."

인선의 말에 손을 절레절레 저은 재준이 대수롭지 않게 답했다.

"뭐 사러 온 거야?"

"네. 뭐 좀 사고. 밥 먹으려요."

"그래. 나도 들어가 봐야 해서. 밥 맛있게 먹고."

대충 만남을 마무리 지으려는 재준의 말에 인선이 물었다.

"또 경찰서로 가는 거예요?"

"응. 늘 그렇지 뭐."

"아주머니한테 안부 전해 주세요. 한번 놀러 갈게요."

"그래. 알았어. 나중에 연락하자."

살며시 미소 지은 재준이 선호를 바라보았다.

"식사 맛있게 하세요. 다음에 기회 되면 또 뵙죠."

"네. 반가웠습니다."

"그럼 나 간다."

"네. 오빠 바쁘실 텐데. 가세요."

가볍게 손을 흔든 재준이 몸을 돌려 멀어졌다.

"여전히 바쁜가 보네."

속삭인 인선이 선호를 향해 빙긋 웃었다.

"우리 밥 먹으러 가요."

"네. 그래요."

걸음을 옮기며 인선이 다시 입을 열었다.

"어려서부터 가족끼리 많이 친했었어요. 아빠 돌아가시고 아주 머니 덕분에 엄마도 덜 적적하셨고, 저도 오빠랑 언니 덕에 외롭 지 않았던 거 같아요. 지난번에 경찰서 오셨으면 그날 봤겠네요."

그녀가 꺼내는 이야기에 선호가 입을 열었다.

"네. 기억나요."

"그랬겠구나."

기억을 더듬는 그녀의 모습에 선호가 재빨리 다가와 그녀의 허 리를 부드럽게 감았다.

"빨리 가요. 나 배고파요."

그녀가 그날의 기억을 떠올린다는 사실이 기분이 좋지 않아 재 빨리 말을 돌리며 빙긋 웃었다.

집으로 돌아와 정리를 마치고 소파에 나란히 앉은 두 사람. 인 선이 천천히 창문을 향해 고개를 돌렸다. 살짝 열린 창문 틈 사이 로 밀려드는 제법 선선한 밤공기.

"많이 쌀쌀해졌어요. 곧 겨울 올 거 같네요."

"그러네요. 시간 참 빠르네요."

그녀와 보내는 하루하루가 그 어느 때보다 짧게 느껴지는 요즘이다. 하루가 지나가는 것이 아쉬울 정도로 행복했다. 기분 좋은 미소를 머금은 그녀를 가만히 바라보았다. 천천히 뻗은 선호의 손이 그녀의 뒷머리를 부드럽게 쓸어내렸다. 창밖에 고정되었던 그녀의 시선이 선호에게 닿았다.

"곧 크리스마스도 오겠어요."

아직 한참이나 남은 크리스마스이지만 생각만 해도 기분이 좋은지 들떠 보이는 그녀의 얼굴을 바라보며 선호가 빙긋 웃었다.

"우리 크리스마스 때 뭐 할까요?"

입가를 끌어 올린 그녀가 천천히 입술을 움직였다.

"그러게요. 뭐 할까요? 선호 씨는 뭐 하고 싶은 거 없어요?"

"난 그냥 인선 씨랑 같이 있는 것만으로 좋아요."

인선이 피식 웃었다.

"나도 당연히 그래요. 그래도 생각해 봐요. 그래야 그날을 기다리면서 하루하루가 설렐 거 아니에요."

"나는 요즘 하루하루가 설레는데요?"

"또 이러신다."

그녀가 못 말린다는 듯 웃었다. 소파에 편하게 기대었던 그가 자세를 바로 잡고 진지하게 물어왔다.

"인선 씨는 뭐 하고 싶은데요?"

물어오는 선호를 바라보던 인선이 사뭇 진지한 표정을 지었다. 한참을 심각하게 있던 인선이 작게 소리 내 웃었다.

"왜 웃어요?"

"똑같아서요."

"응? 뭐가요?"

"뭐 특별하게 어디 가고 싶다는 생각보다 나도 그날 선호 씨랑 같이 있기만 해도 행복하겠구나 싶은 생각만 나서요. 내 머리도 별거 없네."

콧등을 찡그린 인선이 작게 고개를 모로 저었다.

"그게 왜 별거 없는 거예요. 큰 생각 했네요."

"그런가요?"

"그럼요. 세상에서 제일 행복하고 설레는 크리스마스일 거 같은데요?"

"그렇겠네요."

동조하듯 미소 지은 그녀가 그의 어깨로 얼굴을 기대었다. 포근하게 두 팔로 감싸 오는 그의 품에 편하게 기댄 그녀의 얼굴 위로 천천히 미소가 번졌다.

"그냥 손잡고 밤새 거리를 걸어도 좋을 것 같고. 카페에 앉아서 밤새 얼굴만 마주 봐도 좋을 거 같고. 뭘 해도 그저 행복할 거 같아요."

이마 위로 그의 부드러운 입술 감촉이 살며시 닿았다 사라졌다. 천천히 그녀가 고개를 들었고, 그의 고개는 아래로 떨어졌다. 깊어진 입맞춤에 공기는 금세 달아올랐다. 조금 더 그녀를 품 안으로 꼭 끌어안은 그가 그녀의 귓가에 나지막하게 속삭였다.

"아무래도…… 커피 시연은 내일 하는 게 좋을 거 같은데."

"네. 제 생각도 그래요."

미소가 번진 입술이 다시 겹쳐졌다.

* * *

경찰서로 돌아온 재준이 책상에 앉아 멍하니 모니터를 바라보았다. 자세를 바로잡고 인터넷 검색창을 켰다.

'차선호.'

세 글자를 적어 놓고 엔터를 치자 줄줄이 그에 관한 기사들이 모니터를 채웠다.

'JR 컴퍼니 대표 차선호.'

'주목받는 유망한 젊은 CEO.'

재준도 이미 알고 있는 내용의 기사들이었다. 한참 동안 모니터를 바라보던 재준이 전화기를 들었다.

"네. 어머니. 저예요. 물어볼 게 있어서 전화 드렸어요."

* * *

"오늘 늦어요?"

거울을 보며 넥타이를 매던 선호가 다가오는 그녀를 향해 몸을 돌렸다.

"그렇게 늦지는 않을 거예요. 요즘 매일 늦어서 심심했죠?"

"괜찮아요."

"그렇다고 하면 회사 쉬려고 했는데."

"그런 거면 더더욱 괜찮아요."

"아무튼 냉정해."

살며시 미소 지으며 손을 뻗은 그녀가 넥타이 매듭을 바르게 정리하며 빙긋 웃었다.

"바쁜 일이 그나마 정리돼서 오늘은 많이 안 늦을 거예요. 학원 끝나고 집으로 올 거죠?"

"네. 그럴 거예요."

"나 기다리지 말고 먼저 밥 먹고 있어요."

"네. 그럴게요."

예쁘게 웃으며 고개를 끄덕이는 그녀를 천천히 끌어안았다. 부드러운 감촉이 품 안에 가득 차자 작은 한숨이 흘렀다.

"왜 한숨을 쉬어요?"

"그냥. 회사 가기 싫어서요."

학교 가기 싫다고 칭얼거리는 아이 같은 그의 모습에 인선이 소리 내 웃었다.

"또 회사를 접는다느니 그런 말도 안 되는 소리는 하지 마시고요."

"역시 냉정해."

"그래서 싫은 건 아니잖아요."

"당연하죠. 싫을 리가 없잖아요."

이렇게 예쁘고, 이렇게 사랑스러운데.

그의 허리를 꼭 끌어안았다. 매일 맞이하는 아침인데. 그녀 또한 오늘 유난히 그를 보내기 싫다. 한참을 그렇게 안겨 있던 인선이 천천히 몸을 떼어 냈다.

"늦겠어요. 빨리 가요."

"네. 그럴게요."

짧은 키스를 마친 그가 현관을 향해 걸음을 옮겼다.

"원아. 이모 말 잘 듣고 있어."

흘깃 눈을 흘긴 인선이 천천히 입술을 움직였다.

"원아. 삼촌 가신다. 와서 인사해야지."

그녀의 말에 피식 웃은 선호가 다시 말을 이었다.

"나 다녀올게요."

"네. 이따가 봐요."

그가 집을 나서고 인선이 주방을 향했다. 아침 식사를 마치고 그대로 놓여 있는 식탁 위를 치우기 시작했다. 다리에서 느껴지는 부드러운 느낌. 인선의 얼굴에 작은 미소가 번졌다.

"원아. 이거 치우고 금방 놀아 줄게."

다가와 얼굴을 비비는 원이를 향해 살며시 손을 뻗어 머리를 부드럽게 쓰다듬었다.

"잠깐만 기다려."

알아들은 듯 몸을 일으켜 멀어지는 원이의 모습에 살며시 미소 지었다. 숙였던 상체를 일으키는 순간.

"어!"

빠르게 커졌던 인선의 눈이 질끈 감겼다. 쨍그랑! 조용한 공간에 울리는 날카로운 소리. 빠르게 눈을 떠 바닥을 바라보았다.

"이런……."

인선의 눈매가 단숨에 찌푸려졌다. 그가 얼마 전에 선물해 준 예쁜 커피잔.

"하아……. 뭐야. 아침부터……."

울상이 된 인선이 여기저기 바닥에 튀어 있는 유리 파편을 바라보았다. 갑자기 아침부터 밀려드는 불길한 기운에 멍하니 서 있던 인선이 금세 입술을 밀어 올렸다. 사소한 일에 괜한 의미를 담고 싶지 않았다.

* * *

"오셨습니까?"

"응. 일찍 왔네."

사무실을 들어가는 선호를 따라 진호가 걸음을 옮겼다.

"왜? 할 말 있어?"

재킷을 벗으며 물어오는 선호를 보며 진호가 입을 열었다.

"혹시 박재준 씨라고 아세요?"

"박재준?"

익숙한 이름에 선호가 살며시 눈매를 찌푸렸다.

"아는 이름이긴 한데. 그분인지는 정확히 모르겠는데. 왜?"

"아. 그게."

가깝게 다가온 진호가 메모지 한 장을 그에게 내밀었다. 핸드폰 번호가 적힌 메모지. 메모지를 향했던 선호의 눈이 진호를 향했다.

"아침에 로비에서 받았는데. 어제저녁에 오셔서 대표님한테 전달해 달라고 말씀하셨답니다."

"나한테?"

"아는 분 맞으세요?"

"글쎄. 일단 놓고 가. 다른 전달 사항은 없고?"

"네. 일정표는 변동 사항 없습니다. 10시에 회의 갈 준비할게요."

"응. 그래."

진호가 사무실을 나가고 책상에 앉은 선호가 메모지를 가만히 바라보았다. 자신이 알고 있는 박재준이라면 얼마 전 인선과 함께 만났던 그 사람일 텐데.

"왜 나를……."

이유를 알 수 없는 재준의 방문에 한참을 생각에 잠겼던 선호가 핸드폰을 들었다.

－네. 박재준입니다.

신호음이 몇 번 흐르고 핸드폰 너머로 들려오는 남자의 목소리.

"안녕하세요. 차선호입니다."

－아…… 안녕하십니까.

"직원에게 연락을 달라는 말을 전해 받았습니다."

잠시 침묵이 이어지고 다시 그의 목소리가 들려왔다.

－실례를 무릅쓰고 갑자기 연락드려서 죄송합니다.

"아닙니다. 그런데 왜 저한테 연락을 부탁하셨는지 궁금하네요."

－물어보고 싶은 이야기가 있어서요. 전화로 할 이야기는 아니고, 혹시 직접 만나 뵐 수 있을까요?

* * *

[오늘 일이 생겨서 조금 늦을 거 같아요. 미안해요.]

[네. 천천히 와요. 기다리고 있을게요.]

카페에 앉아 인선의 문자를 확인한 선호가 테이블 위로 핸드폰을 내려놓았다. 아무 생각 담지 않고 허공을 응시하던 선호의 눈매가 미세하게 꿈틀거렸다. 천천히 자리에서 일어났다. 자신에게 다가오는 재준을 향해 살며시 고개를 숙였다.

"죄송합니다. 갑자기 처리할 일이 생겨서 조금 늦었습니다."

급하게 온 듯 살며시 숨을 몰아쉬었지만 흘러나오는 목소리는 제법 차분했다.

"제가 주문해 오겠습니다. 커피 괜찮으신가요?"

"네. 괜찮습니다."

조금 후 커피를 손에 든 재준이 다가와 선호와 마주 앉았다. 말 없이 자신을 응시하는 선호의 모습에 재준이 천천히 입을 열었다.

"갑자기 만나자고 해서 당황하셨을 것 같습니다."

"네. 조금이요."

엷게 미소 지은 재준이 앞에 놓인 커피를 한 모금 마시고 내려 놓았다.

"사실 고민 많이 했습니다. 차 대표님께 연락을 드리기 전까지."

"괜찮습니다. 말씀하시죠. 저를 왜 갑자기 만나려고 하셨는지. 이유가 궁금하네요."

잠시 고요한 눈빛으로 선호를 응시하던 재준이 작은 한숨을 내쉬었다. 그리고 이내 입술을 움직였다.

"인선이…… 들으셨는지 모르겠지만, 어려서부터 가족처럼 지내던 아이입니다."

"네. 알고 있습니다."

"워낙 부모님끼리도 친분이 있었고, 어려서부터 함께 보낸 시간이 많아서 모르는 것보다 아는 것이 더 많은 편이죠."

"……."

"어쩌면 인선이가 모르는 부분까지도……."

선호의 눈꺼풀이 천천히 밀려 올라갔다. 차분하게 내려앉은 눈빛이 의도하는 바를 묻기도 전에 재준이 다시 말을 이었다.

"돌려 말하지 않고 직접 묻겠습니다."

"……."

"우연한 만남이었나요?"

바르게 뻗은 선호의 눈매가 찌푸려졌다.

"무슨 뜻인가요?"

"말 그대로입니다. 인선이와의 만남. 우연한 만남이 맞습니까?"

단호하게 물어오는 음성에 선호의 입술이 꾹 다물렸다. 다부지게 머금은 눈빛에 재준의 판단은 이미 끝이 나 있다는 것이 느껴졌다. 그런 그를 가만히 바라보던 선호가 깊게 숨을 들이마셨다. 그리고 천천히 입술을 움직였다.

"아닙니다."

짧게 내뱉은 선호의 말에 재준의 눈이 살며시 커졌다.

"우연한 만남. 아닙니다."

숨을 멈춘 듯 작은 움직임도 없이 멈춰 있는 재준의 모습에 선호가 다시 작게 숨을 내쉬었다. 그가 왜 그런 표정을 짓고 있는지 선호는 알고 있었다. 자신이 그동안 애써 머리와 가슴에 담고 싶지 않아 했던 생각과 감정. 아마도 그것과 다르지 않을 것이다.

"대체……."

잠시 격해진 숨결과 함께 말을 뱉었던 재준이 다시 입을 닫았다. 밀려온 흥분을 가라앉히려는 듯 시선을 아래로 내린 그가 길게 숨을 내쉬었다. 다시 그와 시선을 맞춘 재준이 다소 격양된 목소리로 물어왔다.

"인선이도 알고 있나요?"

"아니요. 모릅니다."

예상했던 답변에 재준의 눈매가 찌푸려졌다.

"대체 차 대표님이 무슨 생각을 하는지 모르겠습니다."

"……."

"제가 상관할 일이 아니라고 생각하고는 있지만, 인선이를 생각하면 지금 이 관계가 옳지 않다는 생각이 드는데. 저만 이렇게 생각하는 건가요?"

아무 대답이 돌아오지 않았다. 짙게 가라앉은 눈빛으로 자신을 가만히 응시하는 선호를 바라보던 재준이 천천히 입을 열었다.

"의도가 뭔가요?"

"……."

"알면서도 인선이에게 다가간 이유가 뭔가요?"

솔직한 답변을 기다리는 재준을 바라보며 선호가 천천히 입술을 움직였다.

"없습니다."

"……."

"의도 같은 거 없습니다."

"……."

"그냥 인선 씨가 행복했으면 좋겠습니다."

"……."

"그 이상, 아무것도 없습니다."

* * *

문을 열고 들어가자 살짝 열린 문틈으로 흘러나오는 불빛이 보였다. 방문이 빠르게 열리고, 환하게 번지는 불빛과 함께 환한 웃음을 머금은 그녀의 모습이 보였다.

"왔어요?"

눈동자를 반짝이며 다가오는 그녀.

"갑자기 일정이 생겼나 봐요."

다가온 작은 손이 부드럽게 손안을 파고들었다.

"네. 늦어서 미안해요."

"미안은요. 밥은 먹었어요?"

"네. 먹었어요."

허리를 꼭 붙들고 마주 선 그녀가 행복한 듯 미소 지었다.

"오늘은 뭐 했어요?"

천천히 손을 뻗어 그녀의 볼을 어루만졌다.

"오전에는 조금 쉬다가 학원 다녀왔죠. 아! 그리고 선호 씨 생각은 하루 종일 했죠."

작게 속삭이는 그녀의 말에 옅은 미소가 번졌다. 가만히 그를 들여다보던 인선이 조심스럽게 말을 이었다.

"무슨 일 있었어요?"

물어오는 그녀를 보며 살며시 입술을 끌어 올렸다.

"아니요."

"그런데 왜 표정이 평소랑 다른 거 같지? 정말 아무 일도 없었어요?"

"네."

걱정스러운 눈빛으로 자신을 살피는 인선을 말없이 바라보았다.

'욕심이라고 생각 안 하세요? 정말 인선이가 차 대표님 곁에서 행복할 수 있을지. 다시 한번 생각해보세요.'

가슴 어딘가에서 찌르는 듯한 고통이 느껴졌다. 부드럽게 얼굴을 매만지던 손끝이 작게 떨려 와 천천히 손을 내렸다. 시리게 번지는 감정을 애써 삼키며 천천히 미소 지었다.

"인선 씨……."

"네."

나지막한 목소리에 그녀가 작게 답했다.

"행복……해요?"

천천히 오르내리는 눈꺼풀 아래 맑은 눈동자가 예쁘게 반짝였다. 살며시 미소 지은 그녀가 천천히 입술을 움직였다.

"네. 행복해요."

천천히 뻗어 온 팔이 가녀린 어깨를 조심스럽게 감싸 안았다. 코끝에 스미는 익숙한 그녀의 향기에 마음이 또 시려 왔다. 욕심. 어쩌면 재준의 말이 맞을지도 모른다. 그녀가 행복했으면 좋겠다는 마음으로 시작된 것들이, 이제는 그녀가 없으면 행복하지 못할 것 같아서 애써 놓지 못하고 있는지 모른다.

"그럼 됐어요."

그래도 아직은 모른 척하고 싶다.

"인선 씨가 행복하면. 그걸로 됐어요."

조금만 더. 조금만 더 이렇게 그녀의 옆에서. 욕심을 내고 싶다.

* * *

똑똑. 사무실 문을 열고 노크를 하는 진호를 바라보았다.

"무슨 생각을 그렇게 하세요? 문을 몇 번을 두드렸는데."

"아, 그랬어? 미안. 잠깐 생각 좀 하느라."

진호가 느릿한 걸음으로 다가오며 선호를 살폈다.

"무슨 일 있으세요?"

"무슨 일은."

최근 들어 유난히 일에도 집중을 하지 못하고, 멍한 모습으로 있는 선호의 모습이 자주 눈에 보였다.

"정말 아무 일 없으세요? 혹시 인선 씨랑 무슨 일 있어요?"

"일은 무슨."

대수롭지 않게 답하며 입술을 밀어 올리는 선호를 가만히 바라보던 진호가 포기한 듯 입을 열었다.

"먼저 퇴근해도 될까요?"

"아, 그래."

"오늘 일정 다 끝났으니 대표님도 빨리 들어가세요."

말을 마친 진호가 서둘러 몸을 돌렸다.

"데이트하러 가냐?"

선호의 말에 진호가 내딛던 걸음을 우뚝 멈추었다. 살며시 선호를 향해 돌아온 얼굴.

"데이트는 무슨요."

"그럼? 썸 타러 가냐?"

순식간에 붉어진 진호의 얼굴에 선호가 작게 웃었다.

"너 어제도 혜미 씨 만났잖아. 오늘도 만나는 거야?"

"뭐, 그냥. 어쩌다 보니……."

"그래. 뭐. 그냥. 어쩌다가 좋게, 좋게 만나고 그러는 거지."

"그런 거 아니라니까요."

진호의 말에 선호가 피식 웃었다.

"빨리 가."

"네."

"데이트 잘해라."

그런 거 아니라니까요.

한 번 더 강조한 진호가 빠르게 사무실을 벗어났다. 요즘 들어 행복해 보이는 진호의 모습이 꽤 보기 좋다. 누군가를 좋아한다는 사실만으로 일어나는 변화. 털썩 의자에 등을 기대었다. 자신을 바라보며 행복하게 미소 짓는 그녀의 얼굴이 선명하게 떠오른다. 가느다란 한숨이 잇새로 길게 흘러나왔다. 멍하니 시간을 보내던 선호가 한참이 지나서야 자리에서 일어났다.

* * *

투둑투둑. 창문을 두드리는 빗소리에 인선이 고개를 돌렸다.

"어? 비 오네."

살며시 걱정이 얹어진 눈빛으로 창문을 바라보던 인선이 핸드폰을 손에 잡았다. 조금 전 출발한다고 선호에게 전화가 왔었다. 가만히 핸드폰을 바라보던 인선이 문자를 적어 내려갔다. 혹여나 전화하면 운전하는 데 방해가 되지 않을까 하는 생각이었다.

"조심해서 오겠지."

가만히 창문을 바라보던 인선이 다가온 원이를 살며시 바라보았다. 원이를 품에 안고 소파에 앉았다. 얼굴을 비벼 오는 원이를 부드럽게 쓰다듬었다.

"너희 삼촌은 참 이상해. 난시가 대체 얼마나 심하면."

비가 오는 날 운전을 하지 못한다는 말을 했지만, 자신과 있을 때 괜찮다며 운전하는 모습을 여러 번 보았다. 그래도 걱정이 되기는 마찬가지. 안경을 맞춰 줘야 하나 잠시 생각하던 인선의 눈이 살며시 커졌다.

"아, 맞다. 내 정신 좀 봐. 책이 어디 있었지?"

얼마 전 구매해 두었던 인테리어 관련 책자를 찾던 중이었다. 원이를 내려놓은 인선이 방으로 향했다.

"책장에 꽂아 둔다고 했었던 거 같은데."

책들이 빼곡하게 차 있는 책장. 평소에 책 읽는 것을 좋아한다는 그의 말과 어울리게 다양한 종류의 책들이 가득했다. 주말이면 소파에 앉아서 책을 읽던 그가 자신을 부르며 손을 뻗어오던 모습이 떠올라 미소가 번졌다. 손끝으로 천천히 빼곡하게 꽂혀 있는 책 위로 선을 그리며 제목을 하나하나 살피던 중. 인선의 손이 잠시 멈추었다.

"앨범인가?"

나란히 여러 개 꽂혀 있는 앨범. 잠시 고민하던 인선의 손이 다시 가던 길을 이어 갔다. 하지만 이내 돌아온 시선.

"봐도 되겠지?"

자신이 모르는 그의 모습이 궁금해 고민하던 인선이 책장에서 앨범을 꺼내었다.

"혹시 예전 여자 친구 사진 이런 거 있는 거 아니야?"

혼자서 피식 웃으며 바닥에 앉아 앨범을 천천히 열었다. 궁금함이 가득했던 눈동자 위로 즐거움이 얹어졌다. 지금의 모습과는 전혀 매치가 되지 않는 앙증맞은 모습에 입가에 미소가 번졌다.

"어렸을 때부터 예뻤네."

사진 속에 환하게 웃고 있는 어린 선호의 모습을 한참 동안 눈에 담던 인선의 눈이 한 장의 사진에 멈추었다. 그를 꼭 닮은 예쁜 소녀. 살며시 번졌던 미소가 사라졌다. 아마도 승준이 말했던 선호의 동생일 것이다. 마주 보고 웃는 남매의 사진에 살며시 가슴이 시렸다. 아마도 자신과 다르지 않은 마음으로 가끔 사진을 들여다보았을 그를 생각하니 뭉클한 감정이 밀려와 작은 한숨이 흘렀다.

조금은 가라앉은 마음으로 앨범을 한 장 한 장 넘겼다. 앨범을 넘길수록 지금의 모습과 점점 닮아 있는 선호의 모습이 보였다. 아무런 생각 없이 사진을 응시하던 인선의 시선이 한 장의 사진에 닿았다. 그리고 한참을 움직이지 않던 눈동자가 미세하게 떨렸다. 인선의 손이 빠르게 다음 장을 넘겼다. 그리고 다음 장. 앨범의 마지막 장까지 넘긴 인선의 손끝이 파르르 떨려 왔다. 그리고 이내 멈춰진 시선이 조금 더 크게 일렁였다.

"대체…… 뭐지?"

* * *

퇴근길 자동차로 빼곡히 가득 차 있는 도로.

[비 와요. 조심해서 오세요.]

인선의 문자를 확인한 선호가 옆자리로 핸드폰을 내려놓았다. 자동차 앞 유리를 따라 흐르는 제법 많은 양의 빗방울 사이로 자동차의 붉은빛들이 흩어져 들어왔다. 운전대를 잡은 손끝이 미세하게 떨렸다. 한동안 사라졌던 증상이다. 오랫동안 자신을 괴롭혔던 마음이 그녀를 만난 이후로 조금씩 사라졌다. 두려워서 차마 잡지 못했던 것들을 그녀가 곁에 있다는 사실만으로 조금씩 떨쳐 나갔다.

운전대에서 한 손을 떼 천천히 주먹을 쥐었다. 조금은 잠잠해졌지만, 여전히 느껴지는 떨림.

"이러지 말자."

주먹을 쥐었던 손으로 다시 운전대를 잡았다. 빡빡하게 차 있던 차들이 천천히 움직임을 시작하고, 조금은 한산해진 도로를 달렸다. 골목길 코너를 도는 순간. 멍하니 흩어지는 빗물 사이를 응시하던 선호의 눈이 순식간에 커졌다. 끼이이익. 갑자기 나타난 까만 그림자에 선호의 차가 급정거했다.

"하아…… 하아……."

순식간에 앞으로 기울어진 선호의 입술 사이로 거친 숨결이 가쁘게 흘러나왔다. 정적이 흐르는 공간. 강하게 창문을 때리는 빗소리가 날카롭게 귓가를 때렸다. 천천히 몸을 일으켰다. 아무것도 없는 공간. 크게 숨을 내쉰 선호가 차에서 내렸다. 눈앞을 가로막았던 검은 형체도, 그리고 다른 무엇도 보이지 않는 골목길을 멍하니 바라보았다. 추적추적 내리는 비에 선호의 어깨가 빠르게 젖어 들었다.

"하아……."

큰 한숨과 함께 마른세수를 했다. 얼굴 위를 흐르는 빗방울들이 유난히 차갑게 느껴졌다. 천천히 고개를 들어 골목길을 비추는 가로등 아래로 보이는 선명하게 쏟아지는 빗방울들을 눈에 담았다. 다시 차에 오른 선호가 의자에 등을 털썩 기대었다. 여전히 남은 떨림에 천천히 눈을 감았다. 빗물에 눅눅하게 젖은 옷처럼 눅눅해진 마음. 한참이 지나서야 선호의 차가 다시 출발했다.

* * *

문이 열리자 낯선 어둠이 선호를 기다리고 있었다. 마르지 않은 옷에서 뚝뚝 물방울이 현관 바닥으로 떨어졌다. 야옹. 어둠 속에 울리는 원이의 울음소리. 천천히 신발을 벗은 선호가 거실로 걸음을 옮겼다.

"인선 씨."

정적이 가득한 공간에 선호의 목소리가 울렸다. 꼭 닫힌 방문 틈 사이로 미세하게 번지는 불빛. 이상하리만큼 치닫는 불안감에 살며시 찌푸려진 눈매로 방문을 바라보던 선호가 천천히 걸음을 옮겼다.

"인선 씨. 여기 있어요?"

천천히 문을 열었다. 그리고 바닥에 앉아 있는 그녀의 모습이 보였다.

"인선 씨. 여기서 뭐……."

살며시 내디디던 선호의 발이 자리에 멈추었다. 선호의 시선이 인선의 앞에 놓인 앨범 위로 떨어졌다.

"아……."

심장이 쿵 하고 바닥으로 떨어진 것 같았다. 인선이 천천히 선호를 향해 고개를 돌렸다. 지금껏 본 적 없는 낯선 그녀의 표정. 입술을 살짝 벌린 채 차마 아무 말 하지 못하는 선호를 바라보던 인선이 천천히 입술을 움직였다.

"선호 씨."

"……."

"이게 다 뭐예요?"

잔뜩 가라앉은 그녀의 목소리. 머릿속이 꽁꽁 얼어 버린 듯 아무 생각이 나지 않았다. 눈 앞에 펼쳐진 앨범을 한 장 한 장 넘기는 그녀의 손끝에서 미세한 떨림이 느껴졌다.

"이 사진……."

"……."

"대체……."

차마 말을 잇지 못한 그녀가 숨을 크게 내쉬었다. 멍하니 서서 그녀를 바라보던 선호가 주먹을 꾹 쥐었다. 이제는 시간이 되었음을 깨달았다. 그동안 애써 감춰 왔던 우리의 과거를. 이제는 그녀에게 알려 줄 시간이 되었음을.

Chapter 06

－어젯밤 저녁 8시 40분경 영동 고속도로를 달리던 자동차가 빗길에 미끄러지는 사고가 일어났습니다. 가드레일을 들이받고 멈춰 선 자동차와 뒤따라오던 자동차가 충돌하면서 운전자 A씨와 열두 살 B양, 뒤따라오던 자동차에 타고 있던 운전자 C씨가 숨지고, 일가족 여섯 명이 부상을 입었습니다.

－어젯밤 영동 고속도로에서 일어난 사고는 빗길에 속력을 줄이지 않은 운전자의 과실로 인한 사고로 밝혀졌습니다.
평온한 밤이었다. 커다란 어둠이 닥쳐올 거라고 아무도 예상하지 못했던. 쉴 틈 없이 바빴던 아버지와 오랜만에 가족이 함께한 여행이었다. 모든 일정을 마치고 집으로 돌아오는 자동차 안. 예쁘게 미소 지으며 즐거웠다고 수화로 엄마와 이야기하는 동생을 바라보던 선호가 미소 지으며 창밖으로 시선을 돌렸다.

창문을 따라 흐르는 빗줄기. 손끝으로 창문에 흘러내리는 빗방울을 따라 천천히 선을 그었다. 손끝이 차마 창문 아래로 내려오기도 전. 눈앞에 까만 어둠이 찾아왔다.

띠. 띠. 띠. 띠.

처음 듣는 기계음 소리를 들으며 눈을 떴다. 하지만 여전히 칠흑 같은 어둠이 가득한 세상. 코를 찌르는 소독약 냄새. 온몸 위로 느껴지는 고통과 함께 공포, 두려움이 순식간에 엄습했다. 누군가를 부르고 싶은 마음에 입술을 움직이려 했지만, 차마 움직여지지 않았다.

"사모님. 조금 눈 좀 붙이세요."

옆에서 들려오는 목소리에 선호의 몸이 작게 흠칫거렸다.

"아니에요. 그냥. 이렇게 있을래요."

엄마의 목소리였다. 하지만 평소와 전혀 다른, 슬픔이 가득 묻어 있는 목소리.

"사모님도 다치셨잖아요. 쉬셔야 합니다. 아니면 눕기라도 하세요."

"아니에요……. 저 그냥 이대로 있고 싶어요."

훌쩍이는 소리와 함께 그녀가 눈물을 삼키고 있는 것이 느껴졌다.

"김 비서님. 그 아이는 어떤가요?"

"아직, 깨어나지 못했다고 합니다."

흐흑. 흐느끼는 소리가 들려왔다.

"의사 말로는 부상이 심해서 깨어나더라도……."

흐느끼는 소리가 점점 크게 들려왔다.

"우리 선호랑 동갑이라던데. 왜 하필 아이들이…… 흐흐흐 흑……."

"사모님. 진정하세요. 이러다가 쓰러지겠어요."

"차라리 내가…… 내가, 죽는 게 나았을 거 같아요."

"사모님!"

대화가 끊어지고 한동안 주하의 울음소리는 멈추지 않았다. 서 글프게 흐르는 울음소리에 까만 어둠이 담긴 눈이 젖어 들었지 만, 눈물이 흐르지 않았다.

"사모님. 힘드시겠지만, 힘내세요. 선호 봐서라도 잘 견디셔야 죠."

"김 비서님……."

"네."

"선아 없이 내가 살 수 있을까요?"

"……."

"말도 못하는 내 어린 딸 저렇게 보내 놓고, 내가 잘 살 수 있을 까요?"

"사모님."

눈물이 가득 찬 주하의 시선이 바닥으로 떨어졌다. 차라리 제 대로 낳아 주기라도 했으면……. 세상의 소리라도 가득 듣게 해 주고 마음껏 소리 내 이야기하게 해 줄 수 있었다면 이렇게 가슴 이 칼에 베인 것처럼 지독하게 아프지 않을 텐데. 흘러내리던 눈 물이 한참이 지나서야 멈추었다. 눈물로 얼룩진 볼을 손바닥으로

닦아 내며 침대에 누워 있는 선호를 바라보았다. 주하가 천천히
자리에서 일어났다.

"저 잠깐 의사한테 다녀올게요."

"저랑 같이 가시죠. 혹시 또 쓰러지실까 봐……."

"네. 그래요."

발걸음 소리가 점점 희미해졌다.

"하아…… 읏……."

참았던 숨을 터트린 선호의 가슴 위로 강한 통증이 일었다. 거
짓말. ……거짓말. 다 지금 거짓말을 하는 거야……. 가슴이 욱신
거려 숨이 막혔다. 예쁘게 손짓하며 미소 짓던 선아의 모습이 이
렇게 선명한데. 거짓말. 찢어지는 고통이 스며들어 온몸이 파르
르 떨렸다. 몸을 움직여 보려 해도 마음대로 되지 않았다. 밀려드
는 공포를 넘어서 분노가 치밀었다.

"거짓말……."

생각도 몸도. 아무것도 마음대로 되지 않았다.

"거짓말…… 거짓말! 거짓말!"

비명과 같은 소리가 홀로 남겨진 병실 안을 가득 채웠다.

"거짓말! 으악! 아악!"

바닥을 시끄럽게 울리는 발자국 소리가 들렸다.

"으아아악!"

진정하세요. 진정하세요. 옆에서 들리는 목소리에도 병실을 가
득 채운 선호의 목소리가 멈추지 않았다. 그리고 정신을 잃었다.

* * *

"선호야. 선호야. 정신이 들어?"

다독이듯 들려오는 목소리에 천천히 눈을 떴다. 하지만 여전히 눈앞을 가로막는 어둠.

"엄마."

"그래. 엄마야."

손 위로 따스한 온기가 느껴졌다.

"그래. 우리 선호 착하다."

울음을 삼킨 목소리가 들리는 쪽으로 고개를 돌렸다.

"엄마."

"응. 그래."

가라앉은 아들의 목소리에 주하가 답했다.

"선아는?"

"……."

"응? 선아는?"

뚝. 침대 위로 주하의 눈물이 떨어졌다. 입가를 타고 흐르는 떨리는 숨결을 조용히 내뱉은 주하가 천천히 입술을 움직였다.

"선호야."

"응. 엄마. 선아는?"

"선아. 이제 행복한 곳으로 갔어."

선호의 입술이 조금씩 떨려 왔다.

"엄마. 거짓……말이지?"

"아니야. 정말로 좋은 곳으로 갔어."

"엄마……."

"이제는 아름다운 소리도 듣고, 마음껏 예쁜 목소리로 말할 수 있는. 그런 좋은 곳으로 갔어. 우리 그렇게 생각하자, 선호야. 응?"

"……."

주하의 눈물이 침대 위로 후두두 떨어졌다. 아픔을 꾹 누른 엄마의 음성에 입술을 벌렸던 선호가 천천히 입을 닫았다. 파르르 떨리던 입술을 꾹 눌러 문 선호의 모습에 주하의 숨결이 다시 떨렸다.

"그래. 착하다. 우리 선호."

따스하게 어루만지는 손길에 떨리는 숨을 애써 꾹 삼켰다. 사고로 인해 선호는 각막에 큰 상처를 입었다. 각막 이식이 불가피한 상태. 각막 이식 대상자가 나타날 때까지 기다려야 하고, 대기자가 많다는 병원 측의 이야기를 들었다. 어둠이 가득한 날이 그렇게 하루하루 지나가고 있었다.

똑똑. 문을 두드리는 소리와 함께 주하가 자리에서 일어났다.

"잠시 이야기 좀 할 수 있을까요?"

"네. 선생님."

"잠깐 나가서 이야기했으면 합니다."

침대에 누워 있는 선호를 잠시 바라본 의사가 몸을 돌려 복도로 나갔다.

"엄마, 잠깐 갔다 올게."

"네."

주하는 복도에 마주 선 의사를 가만히 바라보았다. 사뭇 어두운 표정의 의사가 천천히 입을 열었다.

"아이가 방금 세상을 떠났습니다."

“아…….”

주하의 손에 들고 있던 핸드폰이 바닥으로 떨어졌다. 커다란 소리와 함께 주하의 몸이 들썩거렸다.

“괜찮으세요?”

바닥에 떨어진 핸드폰을 주운 의사가 주하의 얼굴을 가만히 살폈다.

“네…….”

“다름이 아니라, 선호 때문에 왔습니다.”

영혼을 잃은 눈동자가 의사를 향했다.

“아이의 어머님이 각막 이식 의사를 전하셨어요.”

“네?”

흐트러졌던 시선을 애써 가다듬으며 의사를 바라보았다.

“선호 군에게 아들의 각막을 이식하겠다는 의사를 전달하셨습니다.”

“선생님.”

“네.”

“저…… 그러니까…… 어떻게…….”

어떻게 그럴 수가 있죠? 주하의 눈에서 순식간에 눈물이 뚝뚝 흘러내렸다. 운전기사의 과실로 일어난 사고였다. 앞차와의 간격을 유지하지 않았다는 잘못도 있지만, 엄연히 자신들의 과실이 더욱 컸다. 아이를 잃은 슬픔에 미워하고 원망해도 그저 평생 죄인처럼 받아들여야 한다고 생각했다.

“어떻게…… 흐흑…….”

“진정하세요.”

"네. 그런데 저 진정이……."

눈물을 멈추지 않는 주하를 바라보던 의사가 작게 숨을 내쉬었다.

"작은 아이 그렇게 보내신 거에 마음이 안 좋으셨대요. 차마 병원 측에서 먼저 꺼내지 못한 말을 선뜻 꺼내 주셔서 저희도 살짝 놀랐고요."

"선생님. 저 혹시 아이 엄마를 좀 만나러 가도 될까요?"

"거절하셨어요."

"……."

"만나고 싶지는 않다고, 병원비와 모든 장례비용 모두 결제하시기로 한 것으로 감사 인사는 됐다고 하시네요."

"그래도 선생님……."

"찾아오지 말았으면 하는 완곡한 부탁이 있으셨어요."

"네."

주하가 더는 말을 잇지 않았다.

"수술 일정, 오늘 안으로 잡힐 거예요. 미리 준비시킬 테니 알아 두세요."

"네. 감사합니다."

의사가 떠나고 멍하니 서 있던 주하의 어깨가 작게 떨렸다. 감사한 마음과 미안한 마음이 뒤엉켜 가슴이 아팠다. 떨리는 숨을 크게 들이마시고 내쉰 주하가 천천히 병실로 걸음을 옮겼다.

* * *

"붕대 풀겠습니다."

의사의 목소리와 함께 괜히 긴장감이 밀려왔다. 열흘 만에 맞이하는 세상은 아마도 그 어느 때보다 힘들 거라는 것을 선호는 알고 있었다. 차라리 이대로 앞을 보지 못했으면 좋겠다는 생각도 했었다. 모든 것이 하루아침에 뒤바뀐 세상을 받아들일 자신이 없을 것만 같았다. 스르륵 붕대가 풀리며 그동안 잊었던 빛이 스몄다. 살며시 눈매를 찌푸렸다.

"눈 천천히 떠보세요."

여전히 찌푸려진 눈매가 천천히 벌어졌다. 그리고 이내 다시 감겼다.

"처음이라 그래요. 천천히 떠보세요."

희뿌연 빛이 스몄다. 자신의 마음처럼 안개가 가득 낀 것 같은 희뿌연 세상을 맞이했다.

"선호야. 엄마 보이니?"

들리는 목소리에 선호가 천천히 고개를 돌렸다. 조금씩 또렷해지는 시선. 완벽히 보이지 않아도 많이 야윈 엄마의 모습이 느껴졌다.

"네. 엄마."

"그래. 다행이다. 다행이야……."

울먹이는 목소리에 천천히 선호가 손을 뻗었다. 따스하게 맞잡은 손을 몇 번이고 어루만지는 그녀의 얼굴 위로 벅찬 미소가 번지는 모습이 희미하게 보였다.

어둡게 커튼을 쳐 놓은 병실 안에 앉아 있던 선호가 천천히 일어났다. 하루가 지나자 이제는 조금씩 또렷하게 보이는 눈. 홀로 남겨진 병실 안을 멍한 눈으로 둘러본 선호가 걸음을 옮겼다. 내일이 자신에게 각막을 이식한 아이의 발인이라는 이야기를 스쳐들었다. 선호의 걸음이 병원 장례식장을 향했다.

'유지운.'

많은 장례식장 중 자신과 나이가 비슷한 사람은 단 한 명이었다. 유난히 조용한 빈소. 문 뒤에 가만히 몸을 숨긴 선호가 살며시 빈소 안을 들여다보았다. 빈소를 지키고 있는 한 명의 여인과 아이. 많이 지친 표정으로 앉아 있는 여자의 모습에 가슴이 욱신거렸다. 조심스럽게 숨을 내쉰 선호의 시선이 그녀의 앞에 앉아 있는 아이를 향했다. 선아와 비슷해 보이는 나이의 소녀. 마주 앉은 엄마를 가만히 올려다보며 살며시 미소 짓는 소녀의 얼굴을 바라보았다.

갑자기 느껴진 인기척에 선호가 빠르게 몸을 돌렸다. 빈소로 들어가는 사람들의 시선을 피해 살며시 고개를 숙였다. 차마 발걸음이 떨어지지 않아 한참을 서 있다 다시 고개를 내밀었다. 빈소를 찾은 사람들을 마주한 채 눈물을 흘리는 여자의 모습이 보였다. 그리고 그 모습을 하염없이 올려다보는 아이. 흐르는 울음소리를 들으며 한참을 바라보았다.

"원아. 옆에서 엄마 잘 지켜 드려. 알겠지?"

작은 아이의 고개가 끄덕여졌다.

"그래. 우리 지원이 착하지."

유지원. 아이의 이름인 것 같았다. 멍하니 바라보던 선호의 눈매가 움찔거렸다. 맑은 눈동자로 자신을 바라보고 있는 아이의 모습에 재빨리 몸을 숨겼다.

"원아. 어디 가?"

들리는 목소리에 빠르게 걸음을 옮겼다. 혹여나 자신이 찾아왔다는 사실이 그녀와 그녀의 엄마에게 혹시나 더 아픈 고통을 줄까 봐.

병실로 돌아온 선호가 거친 숨을 내쉬었다. 여전히 완치되지 않은 몸보다 가슴이 아팠다. 잠시 맞닿은 맑은 눈동자가 눈앞에 선하게 떠올랐다. 아빠와 오빠를 잃은 아이의 맑은 눈동자에 죄책감이 밀려왔다. 차라리 앞을 보지 말았으면. 눈을 뜨기 전에 스쳤던 생각이 머릿속에 가득 찼다.

다음 날 아침. 선호가 다시 빈소를 찾았다. 차마 가까이 가지 못하고 멀찌감치 떨어져 오가는 사람들을 바라보았다. 발인 시간이 되어 나오는 사람들. 어제 귓가를 또렷이 파고들었던 울음소리가 다시 한번 귓가를 스쳤다. 그리고 어제는 듣지 못했던 아이의 울음소리도. 밤새 선명하게 떠올랐던 맑은 눈동자에서 눈물이 뚝뚝 떨어졌다. 엄마의 손을 잡고 하염없이 눈물을 흘리는 모습에 눈가가 뜨거워졌다.

"미안해⋯⋯."

멀어지는 그녀를 바라보며 선호가 작게 속삭였다.

"미안해⋯⋯."

그녀가 듣지 못하는 것을 알지만, 그렇게라도 전하고 싶었다.

* * *

사고가 있고 난 뒤 심한 우울증 증상으로 한동안 집을 나가지 못했다. 증상이 나아져 다시 학교에 나갔지만, 비가 오는 날이면 버스도 타지 못해서 비를 쫄딱 맞으며 집으로 돌아오는 날이 이어졌다. 온몸이 축축하게 젖은 채 집으로 들어오는 아들을 바라보는 주하의 마음은 찢어질 듯 아팠다. 혹시나 이곳을 떠나면 선호의 증상이 나아질까. 작은 바람과 함께 선호가 어렸을 적 자랐던 영국행을 택했다.

그리고 4년 후.

"엄마. 저 다녀올게요."

"같이 가자니까."

"아니에요. 괜찮아요."

"아니야. 같이 가. 저녁에 비 올지도 모른다고 했어."

주하의 걱정스러운 눈빛에 선호가 빙긋 웃었다.

"저 이제 괜찮아요. 다녀올게요."

여전히 걱정이 가득 담긴 주하를 뒤로하고 선호가 집을 나섰다. 오랜만에 찾은 한국. 안과 진료를 위해 병원을 향했다. 병원 앞에 도착한 선호가 걸음을 멈추고 건물을 천천히 올려다보았다. 여전히 들어가고 싶지 않은 곳이었다. 하지만 애써 덤덤한 마음으로 걸음을 옮겼다.

"눈은 이상 없어. 어때, 지낼 만해?"

"네."

오랜만에 마주한 주치의가 선호를 이리저리 살폈다.

"그러게. 얼굴 좋아 보이네. 정신과 상담도 오늘이야?"

"아니요. 그냥 안 받으려고요."

"그래?"

걱정스러운 눈빛이 돌아왔다.

"이제 잠도 잘 자요. 비 오는 날 차도 잘 타고. 여전히 운전은 못 하지만."

"다행이네. 그래도 혹시 모르니 힘들면 상담받아."

선호가 천천히 고개를 끄덕였다.

"내일 돌아간다고?"

"네."

"거기서도 병원은 다니지? 지금 상태로는 따로 검사는 안 받아도 될 거 같은데. 혹시 눈에 이상 생기면 병원 꼭 가 보고."

"네. 알겠어요."

"그럼 들어가 봐. 엄마한테 안부 전해 주고. 내일 조심히 가고."

"네. 선생님도 잘 지내세요."

진료실을 나온 선호가 병실 복도를 걸었다. 멍하니 앞을 바라보며 걷던 선호의 걸음이 천천히 멈추었다. 한곳을 향한 선호의 눈동자가 미세하게 떨렸다.

'유지원.'

아직도 또렷이 머릿속에 남아 있는 이름. 그리고 또렷이 기억나는 얼굴. 교복을 입은 소녀가 눈앞에 서 있었다. 아이 티를 벗었지만, 예전의 얼굴이 고스란히 남아 있었다. 하나로 깔끔하게 묶어 올린 머리가 어깨 끝에 살며시 닿아 있었다.

"김 간호사님. 엄마 약 이게 다 맞죠?"

"응. 학교 다녀온 거야?"

"네. 오늘 시험 봐서 일찍 끝났어요."

"시험은 잘 봤고?"

"노코멘트 하겠습니다."

맑은 그녀의 웃음소리가 병원 복도에 흘렀다.

"약 용량은 똑같아."

"네. 알겠어요. 저 엄마 기다리니까 가 볼게요."

"응."

빠르게 몸을 돌린 그녀가 걸음을 옮겼다. 잠시 멈췄던 선호의 걸음이 그녀를 따라 점점 빨라졌다.

'암 병동.'

복도 위에 커다랗게 적힌 글자를 본 선호의 발길이 잠시 멈추었다. 하지만 이내 그녀를 놓칠까 봐 다시 걸음이 이어졌다. 그녀가 병실로 들어가는 모습이 보였다.

"엄마. 나 왔어."

밝은 그녀의 음성이 흘러나왔다.

"원아. 시험은 잘 봤어?"

"그럼 누구 딸인데."

천천히 병실 문 앞까지 걸음을 옮긴 선호가 흘러나오는 목소리에 귀를 기울였다.

"내일도 시험 아니야?"

"응. 맞아. 근데 오늘 여기서 자고 가려고."

"유지원. 절대 안 돼!"

"왜에?"

"너 오늘도 오지 말랬더니 왜 왔어!"

"엄마 보고 싶어서 왔지."

애교가 넘치는 딸의 목소리에 그녀가 결국 웃었다.

"얼굴 봤으니 됐지? 우리 원이. 빨리 집에 가서 공부해."

"응. 금방 갈게. 이거 약. 똑같이 먹으면 된대."

"알아. 내가 어련히 다 챙기니 걱정하지 말고."

"그래도 나 조금만 엄마 얼굴 더 보고 가면 안 될까?"

"참나. 그래라. 아주 조금이다."

병실 문을 통해 모녀가 주고받는 대화가 한참 동안 끊이지 않고 흘러나왔다. 병실 앞 의자에 천천히 앉았다. 여전히 자신에게는 익숙해지지 않는 공간. 그런 공간에서 밝게 웃고 있는 그녀의 모습에 가슴 언저리가 뭉클거렸다. 아마 그녀도 아프겠지.

"엄마. 그럼 시험 끝나고 올게."

들려오는 그녀의 목소리에 선호가 재빨리 고개를 숙였다. 병실에서 나온 그녀가 문 앞 의자에 앉아 있는 그를 흘긋 바라보았다. 그리고 금세 대수롭지 않은 표정으로 걸음을 옮겼다. 그녀가 복도 끝으로 사라지자 선호가 재빨리 일어나 그녀를 따라갔다. 혹여나 그녀를 놓칠까 봐 심장이 두근두근 뛰기 시작했다. 그녀가 많은 사람과 함께 엘리베이터에 올라타는 모습이 보이자 선호도 재빨리 다가가 엘리베이터를 탔다. 애써 덤덤한 표정으로 엘리베이터 문을 바라보았다. 은색 엘리베이터 문으로 비치는 그녀의 모습. 이어폰을 귀에 끼고 주변을 전혀 의식하지 않은 모습이었다.

병원을 나선 그녀를 계속 따라갔다. 왜 자신이 그녀를 따라가는지 이유를 설명할 수는 없었지만, 좀 더 그녀의 모습을 눈에 담고 싶었다. 버스에 올라타 그녀의 뒷자리에 살며시 몸을 앉혔다. 살짝 열린 문틈 사이로 완연한 봄 향기가 스몄다. 5월을 눈앞에 둔 4월의 끄트머리. 도로에 줄지어 서 있는 벚나무에서 벚꽃 잎이 아름답게 비처럼 내렸다. 천천히 그녀가 고개를 돌려 창밖을 바라보았다. 여전히 이어폰을 꽂은 채 한참을 창밖을 응시하던 그녀가 부드럽게 미소 지었다. 순간 선호의 숨이 멎었다. 그리고 이내 가슴 위로 선명하게 느껴지는 심장 소리. 창밖에 흩어져 내리는 꽃잎보다 더욱 아름다워 보이는 그녀의 미소. 모든 생각을 비워낸 듯 머릿속이 새하얘지고 오롯이 눈동자 안에 그녀만 담겼다.

버스 벨을 누른 그녀가 잠시 후 자리에서 일어났다. 괜히 다른 곳을 보는 척하다가 그녀가 내리자 재빨리 버스에서 내렸다. 혹여나 그녀가 눈치채면 스토커나 이상한 사람으로 오해를 할까 봐 멀찌감치 떨어져 그녀와 걸음을 맞추었다.

2층집 단독 건물이 즐비한 주택가. 커다란 도로를 지나 좁은 골목길로 들어섰다. 한참을 씩씩하게 나아가던 그녀의 걸음이 우뚝 멈추었다. 순간 선호의 어깨가 작게 들썩였다. 그녀에게 들키지 말아야겠다는 생각에 골목을 빠르게 둘러보았지만, 몸을 숨길만한 마땅한 곳이 없어 보였다. 그녀가 빠르게 몸을 돌렸다. 그리고 정면으로 마주친 시선. 선호가 당황한 표정을 숨기고 살며시 시선을 내리며 다시 걸음을 옮겼다. 그녀에게 가까이 다가갈수록 심장이 빠르게 뛰었다. 애써 덤덤한 표정으로 그녀의 옆을 스치고 지나가는 순간.

"저기요."

그녀의 목소리에 선호의 걸음이 우뚝 멈추었다. 선호가 천천히 고개를 돌렸다.

"저…… 저요?"

"네. 그쪽이요."

살며시 한쪽 눈을 찌푸린 그녀가 한 걸음 선호에게 다가왔다. 천천히 그녀를 향해 몸을 돌린 선호가 마른침을 꿀꺽 삼켰다. 여전히 맑은 눈동자. 가만히 자신을 바라보며 눈을 천천히 깜빡인 그녀가 다시 입을 열었다.

"저한테 할 말 있으세요?"

"네?"

"아니면 왜 자꾸 따라와요?"

"제가요?"

　선호가 손끝으로 자신을 가리켰다.

"네. 병원에서부터 따라왔잖아요. 아니에요?"

"아아. 병원. 아, 그게 따라온 게 아니라."

　그냥 나도 여기 산다고 둘러대려는 순간.

"나 남자 친구 있어요."

"에?"

"미안하지만 그런 거라면 헛수고하셨네요. 그럼 조심히 가세요. 더 따라오지 마시고요!"

　그녀가 당돌한 눈빛으로 경고하듯 말을 뱉었다.

"아. 네. 알…… 알겠습니다."

　선호의 말이 끝나자 그녀가 재빨리 몸을 돌렸다. 도망가듯 빠른 걸음으로 멀어지는 그녀. 다시 따라가야 하나 말아야 하나 고민하는 사이. 그녀가 빨간색 지붕 집 앞에 걸음을 멈추었다. 잠시 흘 긋 자신을 바라본 그녀가 재빨리 정면으로 다시 고개를 돌렸다.

"아빠. 오빠. 나 왔어!"

　크게 외친 그녀가 집으로 재빨리 들어갔다. 쾅. 강하게 닫히는 문소리가 들렸다. 그녀가 시야에서 사라지고 잠시 그 자리에 멍하니 서 있었다.

"아, 이런……."

살며시 눈매를 찌푸린 선호가 손으로 머리를 거칠게 쓸어 넘겼다. 의도치 않게 그녀에게 겁을 준 게 아닐까 뒤늦은 후회가 밀려왔다. 이러려고 온 게 아닌데. 혹시나 그녀가 창밖을 바라볼까 봐 혹여나 자신의 모습에 더욱 겁을 먹을까 봐 재빨리 골목길을 빠져나왔다. 버스에 올라탄 선호가 심각한 표정으로 창밖을 바라보았다.

'아빠. 오빠. 나 왔어.'

외치는 그녀의 목소리가 자꾸만 귓가에 맴돌았다. 그녀가 부른 사람들이 존재하지 않는다는 걸 알고 있는 자신이기에 그녀에게 미안함이 가득 밀려왔다.

"젠장. 뭐 한 거냐, 대체……."

이미 후회해 봐야 소용없는 일이지만 그녀에게 또다시 미안함이 밀려왔다. 작은 한숨이 잇새로 흘렀다. 몇 년 동안 그녀를 잊은 적이 없다. 선아를 떠올릴 때면 항상 그녀가 떠올랐다. 마치 돌봐 주고 함께해 주지 못한 것에 대한 죄책감 같은 느낌이 항상 마음속에 자리 잡혀 있었다. 다시 마주한 그녀의 상황이 좋지 않음에 더욱 마음이 가라앉았다. 그에 비해 환하게 웃고 있는 그녀. 그런 그녀에 비하면 아무짝에도 쓸모없이 나약하기만 한 자신. 혼자서 세상이 힘들다고 그 안에 갇혀서 허우적거렸던 자신이 한심하게만 느껴졌다.

"한심하다. 진짜."

길게 한숨을 내쉬며 창밖을 바라보았다. 여전히 예쁘게 나풀거리는 꽃잎. 살며시 창문을 열었다. 조금 전 바람을 타고 스쳤던 그녀의 향기가 다시 떠오른다. 아름다운 풍경을 바라보며 아름답게 미소 짓던 그녀의 얼굴이 떠올랐다. 그녀가 항상 그렇게 미소 지었으면 좋겠다. 그녀가 행복했으면 좋겠다. 그저 그 생각만이 머리와 가슴속에 가득 남았다.

* * *

영국의 캠퍼스.

"여기서 뭐 해? 또 사진 찍어?"

다가오는 영준을 향해 선호가 살며시 손을 들어 반겼다.

"오늘 날씨 좋다."

며칠 동안 내리던 비가 멈추고 구름 한 점 없이 높고 푸른 하늘을 바라보던 선호가 다시 카메라를 들었다. 찰칵. 찰칵. 사진 찍기에 여념이 없는 선호를 바라보던 영준이 피식 웃으며 물었다.

"맨날 그렇게 사진 찍어서 뭐 하게?"

"보여주려고."

짧게 대답한 선호가 다시 사진을 찍기 시작했다. 영준의 눈매가 살며시 넓어졌다.

"보여 줘? 누구를?"

궁금한 듯 물어오는 영준의 모습에 선호가 카메라를 내리고 푸른 잔디밭에 털썩 주저앉았다.

"누구를 보여 줘? 너 여자 친구 생겼어?"

"여자 친구는 무슨."

"주리가 알면 난리 나겠는데?"

"그런 거 아니라니까."

"그럼 누굴 보여주는데? 엄마?"

"그냥. 있어."

피식 웃으며 말을 아끼는 선호의 모습에 영준의 눈매가 점점 얇아졌다.

"이거, 이거. 수상한데."

선호가 작게 코웃음을 쳤다. 영준이 가깝게 다가와 속삭이며 말했다.

"주리한테 말 안 할게. 말해 봐. 응?"

"왜 이렇게 가까이 와. 좀 떨어져."

"누군데? 응?"

"그냥……."

가만히 하늘을 바라보던 선호의 얼굴에 옅은 미소가 얹어졌다.

"평생 예쁜 것만 봤으면 하는 사람."

"……."

"그래서 평생 예쁘게 웃었으면 하는 사람."

"그러니까. 그게 누구냐고?"

답답한 듯 물어오는 영준을 바라보며 선호가 피식 웃었다.

"있어. 그런 사람."

평생 행복했으면 좋겠다고 진심으로 바라는 그런 사람.

"뭐야. 끝까지. 짝사랑이냐?"

"짝사랑? 그런 건가?"

선호가 피식 웃었다. 짝사랑이라. 어쩌면 다르지 않겠다.

"뭐야. 또 그 웃음은. 야! 됐다. 안 물어본다. 치사하게. 누군 짝
사랑 안 해 봤나."

"그래. 묻지 마라."

포기한 듯 영준이 픽 웃었다.

"근데, 안 가냐?"

"응. 먼저 가."

"수업 늦지 말고. 나 간다."

영준이 떠나고 푸른 하늘을 한참 동안 눈에 담았다. 티 없이 맑
은 그녀의 눈동자를 꼭 닮은 하늘. 살며시 미소를 머금은 입술이
천천히 움직였다.

"잘 지내고 있나요?"

당신 덕분에 나는 잘 지내고 있습니다. 당신이 지금 어느 곳에서
어떤 시간을 보내고 있는지 모르겠지만. 나는 당신이 행복했으면
좋겠습니다. 간절한 마음이 현실로 이뤄지기를……. 바라는 마음
으로 간절히 속삭였다.

* * *

그의 긴 이야기가 끝이 났다. 그동안 감춰 왔던 자신과 그녀의
과거. 그녀가 상처 입을까 봐 그동안 애써 꺼내지 않았던 이야기.
바닥에 앉은 그녀가 멍한 눈동자로 허공을 바라보았다. 그런 그녀
를 바라보며 차마 아무 말 할 수 없었다. 그녀의 웃는 얼굴을 다시
마주한 순간부터, 이날이 오리라는 것을 선호는 예상하고 있었다.

자신에게 매년 도착했던 사진과 같은 사진. 똑같은 날짜가 쓰인 사진. 말없이 무릎 위에 놓인 앨범을 바라보던 인선이 앨범을 덮었다.

"알면서 나한테 그런 거예요?"

잔뜩 가라앉은 목소리가 인선의 잇새로 흘러나왔다.

"처음부터 알면서 나한테 접근한 거냐고요."

그는 아무 대답 하지 않았다.

"왜 대답을 안 해요? 묻잖아요. 다 알면서. 처음부터 알면서 나한테 그런 거냐고요."

예민해진 그녀의 목소리에 선호가 큰 한숨을 내뱉었다. 파르르 떨리는 그녀의 손끝이 안쓰러워 살며시 눈을 감았다가 떴다.

"그럼 다른 거 물을게요. 불쌍했어요?"

"인선 씨……."

"사고로 가족 다 잃고, 엄마까지 돌아가셔서 허우적거리고 사업은 망해 가는 내가 불쌍했느냐고요."

"그런 거 아니에요!"

"그럼 뭔데요? 동정심. 불쌍해서. 그거 아니면 뭐냐고요."

하아. 거친 숨을 내쉰 선호가 머리카락을 거칠게 쓸어 넘겼다.

"말했잖아요. 당신이 행복했으면 좋겠다고. 그냥 옆에서 도움을 주고 싶었어요."

"도움이요? 그래서 어머님 시켜서 그 큰돈을 주려고 한 거예요?"

그녀의 말이 틀리지 않았다. 힘들어하는 그녀의 사정에 조금이라도 도움이 되고 싶었다.

"그럼. 거기서 끝냈어야죠."

"……"

"더 파고들지 말고 거기서 끝냈어야죠! 동정심에 돈을 주고 싶었으면 거기서 멈춰야지. 왜……!"

아무것도 모르는 마음을 파고들었어요. 인선이 차마 뒷말을 잇지 못했다.

"미안해요."

"……"

"사실 거기서 멈추려고 했어요."

"……"

"그냥 당신이 아무것도 모르는 채로. 당신 눈앞에서 사라져야겠다는 생각을 하루에도 몇십 번 아니 몇백 번씩 했어요."

"……"

"알아요. 멈추지 못한 거. 그것도 내 욕심이었다는 거. 알고 나면 당신이 이렇게 힘들어할 거란 것도 모르지 않았어요. 그런데……"

"그런데 뭐요?"

선호의 입술이 미세하게 떨렸다. 잠시 담았던 숨을 작게 내쉰 그가 천천히 말을 이었다.

"차마 멈추지 못했어요."

결국, 자신의 욕심이었다.

"내 마음은 진심이었어요. 한 번도 당신을 마주하고 당신을 향한 내 마음이 거짓이었던 적은 없어요."

"네. 그랬겠죠."

"……."

"동정심도 거짓은 아니니까요."

그녀의 말에 선호가 입을 다물었다. 무엇을 이야기해도 그저 변명처럼 들릴 것이 뻔했다. 아니. 어쩌면 변명일지도 모른다. 한동안 침묵이 이어졌다. 인선이 조용히 문 앞에 앉아 방 안을 들여다보는 원이를 바라보았다. 인선이 작은 조소를 입가에 머금었다.

'유지원.'

집에서만 부르던 자신의 이름이었다.

'혹시 개명했어요?'

그를 호텔 레스토랑에서 만난 날. 그가 그렇게 물어왔던 이유를 이제야 깨달았다. 인선이 여전히 떨리는 숨결을 길게 내뱉었다. 한동안 침묵하던 인선이 천천히 입술을 움직였다.

"그 사고로 나는 모든 걸 잃었어요. 가족도, 어린 나이에 가질 수 있는 아주 작은 꿈도 그리고 희망도."

"……."

"그날 이후로 모든 게 뒤죽박죽이 되어 버린 생활 속에 몇 번이고 이를 악물고 억지로 살아야겠다는 생각을 했죠."

"……."

"엄마는 원망하지 말라고 했어요. 그 집도 너같이 예쁜 아이를 잃었다고. 그러니 미워하지 말고, 괜히 나만 힘들 거라고."

흐르는 목소리가 조금씩 떨려 왔다. 애써 감정을 삼킨 그녀가 다시 천천히 말을 이었다.

"그런데 나도 사람이잖아요. 아무렇지 않은 척했지만 미웠어요. 원망했죠. 가끔은 찾아가 왜 이렇게 만들었냐고 따지고 싶을 정도로 분노가 일어난 날도 많았어요."

"……."

"나는 평생을 그런 마음으로 살아왔어요."

말을 마친 인선이 자리에서 일어났다. 아무 감정이 담기지 않은 그녀의 눈동자가 선호를 향했다. 그 시선에 가슴 한구석이 찢어질 듯 아파져 왔다.

"그리고 앞으로도 평생 그런 마음으로 살 거 같아요."

"인선 씨."

인선이 천천히 문을 향해 걸음을 옮겼다.

"인선 씨. 잠깐만요."

자신을 스쳐 지나가는 인선의 행동에 선호가 다급하게 손을 뻗었다. 탁. 맞잡은 손목을 강하게 쳐 낸 인선이 무감한 표정으로 선호를 바라보았다.

"짐은 내일 와서 가져갈게요."

"인선 씨. 내가 나갈게요. 오늘은 그냥 여기 있어요."

"아니요. 1분 1초도 이곳에 머물고 싶지 않아요."

다시 한번 그녀를 향해 뻗으려던 선호의 손이 공중에 멈추었다. 손끝을 천천히 말아 쥔 선호가 말을 이었다.

"시간도 늦었어요. 걱정돼서 그래요."

"……."

"그냥 아무 말도 하지 않을게요. 그냥 내일 아침에 가요."

그녀가 작은 한숨을 흘렸다. 간절하게 바라보는 그의 눈동자 위로 여전히 차가운 시선이 꽂혔다.

"미안하지만, 더 이상 동정은 받지 않을게요."

"······."

"지금까지로도 충분하니까."

차가운 음성과 함께 그녀가 걸음을 옮겼다. 문이 닫히는 소리와 함께 견딜 수 없을 정도의 무거운 정적이 찾아왔다. 떠나는 그녀에게 아무런 변명도 할 수가 없었다. 차갑게 변해 버린 표정에서 그녀가 받은 상처가 고스란히 느껴졌다. 찢어질 것같이 가슴이 저미는 자신의 고통 따위는 아무래도 상관없었다. 늦었지만······. 이런 마음을 가지기에 자신이 너무나도 파렴치하다고 생각될지 모르겠지만. 그녀가 자신보다 덜 아팠으면 좋겠다.

* * *

지이이잉. 흐릿하게 들리는 진동에 인선이 천천히 눈을 떴다.

[인선 씨. 오늘 결석이에요?]

학원 강사의 문자였다. 무겁게 밀어 올린 눈꺼풀을 살며시 비비고 핸드폰을 바라보았다. 벌써 오후 2시가 넘은 시간. 어제 선호의 집을 나와 작은 비즈니스호텔에 들어왔다. 밤새 한숨도 자지 못하고 아침이 돼서야 쓰러지듯 잠이 들었다.

[오늘 몸이 별로 안 좋아서요. 내일부터 가겠습니다.]

문자를 남긴 인선이 천천히 침대에서 몸을 일으켰다. 낯선 공간, 낯선 향기. 멍하니 방 안을 살피던 인선이 작은 한숨을 내쉬었다.

샤워를 마치고 호텔을 나섰다. 머리가 깨질 것 같은 두통에 약국에 들러 두통약을 샀다. 그리고 고민하지 않고 선호의 집으로 향했다. 문을 열고 들어가자 자신을 향해 다가오는 원이가 보였다. 반가운 듯 다가와 다리 위로 살며시 얼굴을 비비는 원이를 가만히 바라보았다. 천천히 무릎을 굽혀 원이를 품에 안았다. 야옹. 작은 울음소리와 함께 품 안에 얼굴을 비비는 원이. 처음 만난 날 공포가 가득했던 눈망울, 그리고 차마 그런 아기 고양이를 무심하게 지나치지 못했던 선호. 인선의 입술에 쓸쓸한 미소가 번졌다.

'동정심.'

다시 떠오르는 단어에 작은 한숨이 흘러나왔다. 아무것도 모른 채 얌전히 안겨 있는 원이의 머리를 부드럽게 쓰다듬었다.

"이제 나 앞으로 여기 안 올 거야. 그동안 잘 지내 줘서 고마워."

동그란 눈동자가 자신을 향했다.

"말 잘 듣고. 밥도 잘 먹고. 알겠지?"

토닥이는 손을 막상 떼어 내려니 마음이 좋지 않았다. 한참을 품에 안고 있던 원이를 조심스럽게 바닥에 내려놓고 방으로 향했다. 방 한편에 놓여 있는 캐리어를 꺼냈다. 처음에는 자신의 물건이 놓여 있는 것이 어색하게 느껴졌었는데. 어느새 익숙해 보이는 방 안의 물건들을 천천히 둘러보았다.

가방을 열어 하나하나 자신의 물건을 담았다. 처음 온 그날처럼, 텅 비어 버린 공간. 아무것도 남겨지지 않은 방을 멍하니 바라보던 인선이 방을 나왔다. 신발을 신고 현관에 멈춰 선 인선이 살며시 고개를 돌렸다. 살짝 열린 문틈 사이로 보이는 침대. 많은 시간 마주 보며 웃음을 나누고 서로를 뜨겁게 품에 안았던 공간. 스치는 기억에 천천히 숨을 내쉬며 눈을 감았다. 익숙해졌던 온기도, 따스했던 목소리도 이제는 자신의 것이 아니라는 생각에 들이마시는 공기가 더없이 차가웠다.

"잘 지내요."

그가 없는 공간. 마지막 인사를 남기고 인선이 떠났다.

* * *

3개월 후.

"진호야. 오늘은 일찍 퇴근해."

사무실을 나와 말을 건네는 선호를 조심스럽게 올려 보았다.

"왜 그런 눈으로 봐?"

"아니. 뭐 굳이 일찍 퇴근하지 않아도 될 거 같아서요."

"크리스마스이브잖아. 가서 데이트해."

"괜찮아요. 조금 더 이따가 퇴근 시간 맞춰서 가겠습니다."

몇 개월 전. 크리스마스 때 무엇을 해야 여자들이 좋아할까 질문을 해 오던 선호의 모습이 여전히 남아 있었다. 인선과 헤어진 이후 애써 덤덤하게 일을 하면서도, 늘 가라앉아 보이는 선호의 모습이 신경 쓰이던 진호였다.

"신경 쓰지 말고 가. 이런 날 빨리 가면 혜미 씨도 좋아할 거야."

"정말…… 괜찮아요?"

"내가 안 괜찮을 게 뭐가 있어. 빨리 가. 빨리."

진호는 손을 휘휘 공중에 젓는 선호를 멀뚱멀뚱 바라보았다.

"대표님은 오늘 뭐 하실 건데요?"

"그런 건 뭐 하러 물어봐."

선호의 말대로 괜한 질문을 한 거 같아서 진호가 어색하게 미소 지었다.

"들어가. 나는 남은 일 좀 하고 갈게."

"네. 빨리하고 들어가세요."

"그래."

사무실로 들어온 선호가 책상 의자에 털썩 몸을 기대었다. 천천히 고개를 돌려 창밖을 바라보았다. 하늘에서 예쁘게 떨어지는 하얀 눈송이.

"화이트 크리스마스네."

조용히 읊조린 그가 한참 동안 멍하니 창문을 바라보았다. 천천히 자리에서 일어났다. 코트를 입고 목도리를 두르고 사무실을 벗어났다. 떨어지는 눈을 맞으며 사람들이 빼곡히 차 있는 도로를 걸었다. 여기저기서 들리는 크리스마스 캐럴과 두 손을 맞잡고 환하게 웃으며 걸어가는 연인들. 그 모습을 바라보던 선호의 입술에 살며시 미소가 번졌다.

'곧 크리스마스도 오겠어요.'

한참이나 남은 크리스마스를 이야기하며 선하게 웃던 그녀의 모습이 떠올랐다.

'그냥 손잡고 밤새 거리를 걸어도 좋을 것 같고. 카페에 앉아서 밤새 얼굴만 마주 봐도 좋을 거 같고. 뭘 해도 그저 행복할 거 같아요.'

차가운 공기 위로 하얀 입김이 번졌다. 멍하니 이어지던 걸음이 멈추었다. 알록달록 아름다운 빛으로 반짝이는 대형 트리. 한참을 가만히 서서 반짝이는 빛을 눈에 담았다.

'그녀와 함께 보았으면 좋았을걸.'

잠시 떠오른 생각을 빠르게 지웠다. 이제는 더 욕심내지 않기로 했다. 그녀도 어딘가에서 잘 지내고 있겠지. 다시금 얼굴 위로 번지는 하얀 입김과 함께 멈추었던 걸음이 다시 이어졌다. 얼굴 위로 스치는 바람이 차가워 목도리 안에 얼굴을 가득 묻었다. 아마도 이렇게 가슴이 시린 건……. 유난히 추운 겨울 때문이라고. 그저 그것 때문이라고. 묵묵히 삼키며 걸음을 옮겼다.

* * *

눈이 부실 정도로 환한 7월의 여름 햇살이 떨어졌다. 시원하게 밀려드는 파도 소리와 이질적인 뜨거운 공기가 온몸에 스몄다. 가만히 바다를 바라보던 인선이 멀리서 걸어오는 반가운 얼굴에 손을 흔들었다. 여전히 환한 웃음이 아름다운 그녀.

"언니."

빠르게 다가와 와락 안기는 혜미를 반갑게 맞이했다.

"오래간만이야. 잘 지냈어?"

"네. 잘 지냈어요. 진짜 그동안 연락도 잘 안 하고. 내 전화 조금만 더 안 받았으면 경찰에 신고할 뻔했어요."

"신고?"

"네. 실종 신고요."

혜미의 말에 인선이 웃음을 터트렸다.

"들어가자."

카페 안으로 들어가자 혜미가 환하게 웃으며 카페 안을 둘러보았다.

"우와. 예쁘다. 이거 다 언니가 꾸민 거예요?"

"아니. 인테리어 회사가."

그녀의 말에 혜미가 피식 웃었다.

"내가 또 아기자기한 건 관심이 없잖아."

"네. 그렇긴 했죠. 괜히 놀랐네."

"별걸 다 놀랜다. 앉아. 덥지? 커피 괜찮아?"

"네. 좋아요."

창가에 자리 잡은 혜미가 나른한 미소를 지었다.

"여기 하루종일 앉아서 바다만 보고 있어도 소원이 없겠다."

시원한 아이스커피를 가지고 온 인선이 피식 웃으며 그녀와 마주 앉았다.

"박 비서님 들으면 서운할 소리 한다."

"물론 오빠도 같이죠."

"그럴 거면 다른 카페 가서 해. 난 그 꼴 못 보니까."

"헤헤."

귀엽게 웃으며 커피를 마시는 혜미를 바라보았다.

"박 비서님은 잘 계시지?"

"네. 너무 잘 있죠."

"여전히 아버님 감시는 심하고?"

"아……."

잠시 말을 멈추었던 혜미가 빙긋 웃었다.

"언니. 나 결혼해요."

"뭐어?"

걷잡을 수 없이 커진 인선의 눈에 혜미가 큭큭 소리 내 웃었다.

"아니. 뭐 그렇게 놀랄 건 없잖아요. 나도 결혼은 할 수 있는 건데.”

“언제?”

“아빠가 하도 서둘러서 9월에 할 거 같아요.”

“9월? 2개월도 안 남았잖아.”

“네.”

가만히 혜미의 얼굴을 이리저리 살피던 인선이 혜미의 손에 들린 커피를 빼앗았다.

“어? 어? 왜요?”

“너 이런 거 마시면 안 되는 거 아니야?”

“네?”

“아니. 갑자기 그렇게 서두르는 거 보면. 너…….”

“아아…….”

인선의 행동을 이해한 혜미가 소리 내 웃었다.

“이리 줘요. 그런 거 아니에요.”

“응? 그럼 뭐야?”

인선의 손에서 커피를 다시 돌려받은 혜미가 궁금함을 가득 담은 인선의 얼굴을 바라보았다.

“그런 건 아니지만. 제가 하루 마음먹고 외박을 감행했거든요.”

다른 건 다 용서해도 외박만은 용서하지 못하는 혜미의 아빠였다.

“그래서?”

“그리고 다음 날 오빠랑 나랑 고스란히 집으로 불려 갔죠.”

“어떻게, 박 비서님은 멀쩡히 살아서 나오셨고?”

가만히 계실 분이 아닌데.

"네. 다행히 다리몽둥이는 부러지지 않았는데……."

"그런데?"

"코가 비뚤어졌어요."

"응?"

"술을 어찌나 먹이던지. 아빠 한 잔 마실 때 오빠는 두세 잔씩 마셨다니까요."

그 모습을 상상한 인선이 크게 웃음을 터트렸다.

"웃지 마요. 그날 얼마나 마셨는지. 다음 날 아침까지 정신도 못 차려서 내가 대표님한테 전화하고 난리도…… 아……."

혜미가 멈칫거리며 말을 멈추었다. 가만히 혜미를 바라보던 인선이 그저 부드럽게 미소 지었다.

"미안해요."

"뭐가?"

"아니. 그냥……."

입가를 조금 더 밀어 올린 인선이 천천히 입술을 움직였다.

"괜찮아. 그렇게 신경 쓰지 않아도."

"네. 그래도……."

"선호 씨도 잘 지내지?"

"네."

"그럼 됐어. 그래서 아버님 때문에 결혼 서두른다는 거야?"

부드럽게 눈매를 휘며 인선이 물어왔다. 작게 숨을 내쉰 혜미가 다시 말을 이었다.

"네. 아빠가 절대 다른 남자 만나면 안 된다고. 약간 오빠보다 나를 걱정하는 느낌? 그런 느낌으로 결혼을 감행하셨어요."

"크크. 아무튼, 축하해. 아버님이 그렇게 하셨어도, 너도 좋은 거잖아. 맞지?"

"네."

살며시 볼을 붉힌 혜미가 천천히 고개를 끄덕였다.

"그런데 언니."

"응?"

"결혼식에 올 수 있겠어요?"

"당연하지. 카페야 하루 아르바이트생한테 맡기든가 닫으면 되는걸. 무슨 걱정이야."

"아니. 그날 아마 대표님도 오실 텐데."

슬그머니 자신을 살피는 혜미의 눈빛에 인선이 부드럽게 웃었다.

"너 결혼하는데 당연히 가야지. 나 괜찮으니까 걱정하지 마."

* * *

어둠이 찾아오고 나서 한참을 머물러 있던 혜미가 떠났다. 시종일관 밝은 목소리로 말을 멈추지 않던 그녀가 떠나자 홀로 남은 공간이 괜히 허전하게 느껴졌다.

카페 정리를 마친 인선이 맥주 한 캔을 들고 테라스로 향했다. 바다가 잘 보이는 자리에 앉아 천천히 맥주를 마셨다. 따스한 바람과 함께 시원하게 부서지는 파도 소리. 스피커로 흘러나오는 감미로운 음악 소리. 멍하니 바다를 바라보던 인선이 살며시 입술을 밀어 올렸다. 1년 전 그와 함께했던 그 날이 떠올랐다.

'좋아해요.'

바람을 타고 부드럽게 흘렀던 목소리.

'키스……해도 돼요?'

수줍은 목소리로 용기 내어 뱉었던 자신의 고백. 그리고 오랜 시간 부드럽게 나누었던 그와의 키스. 가슴 위로 느껴졌던 서로의 심장 소리가 아직도 선명하게 떠올랐다. 가만히 가슴 위로 손을 얹어 뭉근히 문질렀다. 한동안 억지로 담지 않았던 그에 대한 생각. 문득 떠오를 때마다 겹쳐지는 안 좋은 기억에 애써 생각을 빠르게 지웠다. 하지만 오늘은 유난히 그와의 기억이 오랫동안 자리 잡는다.

"가끔은……. 이래도 되겠지."

좋았었잖아……. 그리고 그 순간만큼은 진심이었잖아. 현실을 버리고 잠시 감정에만 충실하기로 했다. 꿈처럼 아름다웠던 여름날의 바닷가. 그리고 당신과 나. 벅차게 설레었던 순간이 영원할 것 같았던 밤.

멍하니 바다를 눈에 담던 인선이 천천히 눈을 감았다. 가슴 언저리에서 느껴지는 욱신거림에 길게 한숨을 내쉬었다. 밀려 올라오는 감정을 애써 꾹 밀어 내렸다. 아마도 이렇게 가슴이 아픈 건……마침 흘러나오는 슬픈 음악 때문이라고. 그저 그것 때문이라고. 묵묵히 삼키며 천천히 자리에서 일어났다.

* * *

화사한 꽃들 사이에 앉아 있는 아름다운 신부. 9월의 신부는 아름다웠다. 신부 대기실에서 친구들과 사진을 찍던 혜미가 인선을 발견하고 환하게 웃었다.

"언니."

반갑게 손을 흔드는 그녀를 향해 다가갔다.

"축하해. 혜미야."

"고마워요. 언니."

"기분은 어때?"

"좋은 거 같기는 한데. 이게 떨려서 어떤 감정인지 모르겠어요."

"좋은 거네."

"그렇겠죠?"

얼굴 가득 담긴 미소만 보아도 그녀의 행복이 저절로 느껴졌다.

"오다가 박 비서님이랑 인사했어. 오히려 신랑이 더 긴장한 거 같던데?"

"어제 한숨도 못 잤다더라고요. 아침에 얼굴 보고 깜짝 놀랐다니까요."

"왜?"

"다크 서클이 얼마나 내려와 있던지. 화장 엄청 시켰어요."

인선이 입을 가리고 작게 웃었다.

"그래도 행복해 보이시던데, 뭘."

신부님. 조금 있으면 들어가셔야 해요. 들려오는 직원의 목소리에 혜미의 얼굴에 긴장이 어린 미소가 번졌다.

"축하해. 혜미야. 진심으로."

살며시 뻗어오는 신부의 손을 천천히 잡았다.

"신혼여행 잘 다녀오고. 다녀와서 같이 한번 놀러 와."

"네. 언니."

신부 대기실을 나와 식장으로 향하던 인선의 눈이 살며시 커졌다. 그리고 이내 입술이 밀려 올라갔다.

"어? 인선 씨."

오랜만에 보는 반가운 얼굴이었다. 승준이 다가오며 밝게 웃었다.

"승준 씨. 오랜만이에요. 여긴 어떻게…… 아, 박 비서님이랑?"

"네. 진호랑 예전부터 친한 사이라서요. 안 그래도 결혼하는 분이 인선 씨 아는 분이라고 해서 오늘 만날 수 있겠구나 했는데. 반가워요."

"네. 저도 반가워요. 저는 전혀 예상도 못 했네요."

예상하지 못했던 만남에 인선의 얼굴에 미소가 가득 담겼다. 인선이 살며시 고개를 기울여 승준의 뒤를 바라보았다.

"유미 씨. 오래간만이에요."

밝게 웃으며 살며시 고개를 숙이는 유미와 그녀의 다리 뒤에 몸을 숨기고 얼굴만 빼꼼히 내민 지아의 모습이 보였다.

"지아야!"

반가운 마음에 지아를 불러 보았지만, 여전히 커다란 눈만 보인 채 움직임이 없는 지아의 모습에 인선이 살며시 한쪽 눈을 찌푸렸다.

"어라? 지아. 벌써 아줌마 잊은 거야?"

이제는 동그란 눈마저 엄마의 다리 뒤로 숨긴다.

"잊을 리가요. 인선 씨 언제 오느냐고 얼마나 물었었는데요. 오늘도 가면 인선 씨 볼 수 있을지 모른다고 하니까 얼마나 좋아했는데요."

"진짜요?"

"그런데 막상 보니까 부끄러운가 봐요."

흘깃 다시 바라보았지만, 여전히 요지부동인 지아였다.

"인선 씨. 저희 인사 좀 하고 올게요. 이따가 식장에서 봐요."

"네. 다녀오세요."

엄마의 손을 잡고 걸어가며 흘깃 자신을 바라보다가 시선을 빠르게 돌리는 지아를 바라보며 살며시 미소 지었다.

결혼식이 시작되었다. 이미 하객들로 빈자리가 없는 식장이었기에 뒤편에 서 있는 사람들 사이에 살며시 자리 잡았다. 지겹도록 보아 온 결혼식이지만, 앞날을 함께하는 것에 대한 기대감을 담고 서로를 마주 보는 신랑과 신부의 모습을 바라보는 것은 항상 마음이 뭉클거렸다. 그 어떤 순간보다 서로에게 설레는 시간. 따사로운 미소를 머금은 인선이 서로를 마주 보는 혜미와 진호를 보며 진심으로 행복을 빌었다.

"잠시만요. 지나갈게요."

신랑 신부에게 고정되어 있던 시선이 살며시 흐트러졌다. 어느새 좁은 간격으로 서 있는 사람들 사이에서 지나갈 공간을 만들어 주기 위해 살며시 몸을 틀었다. 그리고 이내 시선이 멈추었다.

하아. 순간적으로 밀려 올라온 숨에 가슴이 작게 들썩였다. 주위를 가득 메웠던 웅성거림도, 잔잔하게 흐르는 아름다운 음악 소리도 순식간에 모두 사라졌다. 여전히 자신이 알고 있던 그 모습 그대로. 고작 열 걸음도 되지 않는 거리에 그가 서 있었다. 멍하니 한참을 바라보던 인선이 빠르게 다시 고개를 돌렸다. 바닥으로 시선을 내린 인선이 피식 웃었다. 혹여나 그를 마주하더라도 당황하지 말자고 다짐했던 것이 헛수고였음을 바로 깨달았다. 그의 모습을 눈에 담는 순간, 머리로 했던 생각을 거스르고 마음대로 반응하는 자신의 심장이었다. 가슴 위로 선명한 진동이 느껴졌다. 그 진동이 천천히 잦아들 때쯤 다시 고개를 들고 신랑과 신부의 모습을 눈에 담았다.

모든 예식이 끝나고 사진 촬영이 시작되었다. 여전히 정면만을 응시하던 인선이 살며시 고개를 돌렸다. 이제는 보이지 않는 그의 모습. 잠시 그가 머물렀던 허공을 응시하던 인선이 몸을 돌려 식장을 빠져나왔다. 당신은 혹시 나를 봤을까? 우리가 만약에 서로 마주했다면 우리는 서로 어떤 표정을 지었을까. 당신은 나에게 어떤 말을 건넸을까. 그리고 그 목소리는……. 여전히 따뜻할까. 같은 시간. 같은 공간. 마주 볼 수 없는 우리. 이제는 어쩌면 그것이 너무나도 당연한데. 차갑게 그를 밀어낸 것은 나인데……. 자꾸만 부질없는 생각이 밀려들어 작은 한숨을 내쉬었다.

천천히 옮기던 인선의 걸음이 멈추었다. 뒤에서 살며시 당겨오는 느낌에 천천히 몸을 돌렸다. 어둡게 가라앉았던 그녀의 얼굴 위로 환한 미소가 번졌다.

"지아야."

작은 손끝으로 원피스 자락을 잡은 채 자신을 바라보는 지아가 보였다. 몸을 돌린 인선이 무릎을 굽혀 지아와 눈을 맞추었다.

"지아야. 이제 나 기억나?"

수줍은 듯 앙증맞은 입술을 꾹 다문 지아가 천천히 고개를 끄덕였다.

"엄마는?"

조금 떨어진 곳에서 다른 사람들과 이야기 나누는 승준과 유미가 보였다.

"왜 놀러 안 왔어요?"

또박또박 물어오는 예쁜 아이의 목소리에 인선이 부드럽게 지아의 머리를 쓸어내렸다.

"미안. 아줌마가 좀 바빴어. 지아네처럼 예쁜 카페를 만드느라 정신이 없었거든."

"그래도 놀러 온다고 했잖아요."

"그래. 미안해. 아줌마가 약속 못 지켜서 정말 미안해."

살며시 아래를 바라보던 맑은 눈동자가 눈을 맞춰왔다.

"지아는 더 예뻐졌구나."

겨우 1년이 지났을 뿐인데. 훌쩍 커 있는 모습이 그저 예쁘고 기특했다.

"지아 많이 보고 싶었어. 정말로."

"피. 거짓말."

"정말이야."

믿어 달라는 듯 눈을 동그랗게 뜨며 살며시 미소를 짓자, 작은 얼굴 위로 수줍은 미소가 번졌다. 천천히 손을 뻗어 작은 손을 잡았다.

'제가 같이 있을게요.'

지아를 찾는 듯 두리번거리던 승준과 눈이 마주치자 인선이 승준을 향해 이야기했다. 작은 손을 잡고 예식장 구석 의자에 나란히 앉았다.

"요즘도 엄마랑 이야기도 많이 해?"

"네."

"유치원은 어때? 그때 누구였지? 지아 장난감 마음대로 가져갔던 친구."

"정우요."

"그래. 정우. 정우랑도 사이좋게 지내고 있지?"

친구가 장난감을 빼앗았다고 엉엉 울며 유치원 버스에서 내리던 지아의 모습이 떠올라 피식 웃음이 났다.

"아니요."

"응? 왜? 친하게 지내기로 했잖아."

"걔가 제 그림에 스티커를 붙였어요. 내가 열심히 그린 그림인데. 그래서 다시는 정우랑 안 놀기로 했어요."

나름 심각하게 이야기하는 지아의 모습에 밀려오는 웃음을 애써 꾹 밀어 내렸다.

"친구랑 사이좋게 지내야지. 싸우지 말고. 정우가 지아 그림이 너무 예뻐서 스티커를 주고 싶었나 보다."

"몰라요."

"정우가 미안하다고 하면 화해하고 친하게 지내. 알겠지?"

물어오는 인선의 모습에 답하지 않은 지아가 살며시 눈동자를 올려 인선을 바라보았다. 왜? 묻듯이 살며시 얼굴을 기울이며 눈꺼풀을 밀어 올렸다.

"아줌마도 아저씨랑 싸웠어요?"

"아⋯⋯."

살며시 입술을 벌린 채 가만히 지아를 바라보던 인선이 천천히 입술을 밀어 올렸다.

"아니. 안 싸웠어."

"거짓말."

"아니야. 정말로 안 싸웠어."

여전히 믿지 않는 듯한 뾰로통한 얼굴에 인선이 천천히 물었다.

"지아. 아저씨 만났니?"

작은 고개가 작게 끄덕여졌다.

"그랬구나."

"왜 둘이 말 안 해요? 손도 안 잡고 인사도 안 하고."

"아. 그건……."

동그랗게 뜬 눈으로 물어오는 아이를 향해 차마 아무 말을 할 수가 없었다. 지아는 아마도 다정했던 모습만 기억하겠지. 지아의 작은 입술이 다시 천천히 움직였다.

"사이좋게 지내요."

"……."

"아줌마도 나한테 그러라고 했잖아요. 정우랑 화해하고 사이좋게 지내라고."

"……."

"그러니까. 아줌마도 빨리 아저씨랑 화해해요."

"그래. 그럴게."

거짓이 담긴 대답을 전하는 입술 끝에 옅은 미소가 번졌다.

"지아야. 이리 와."

부르는 승준의 목소리에 아빠에게 닿았던 지아의 시선이 빠르게 인선에게 돌아왔다.

"지아. 이제 가 봐야지."

인선이 몸을 일으키자 함께 일어난 지아가 그녀의 손끝을 살며시 당겼다.

"아줌마."

"응? 왜?"

"아까 아저씨가 나한테 말해 줬어요."

살며시 한 걸음 물러나는 지아를 가만히 바라보았다. 작은 손이 공중에 천천히 움직였다. 한 글자 한 글자 또박또박.

"아……."

작은 손이 멈추었다. 미세하게 벌어졌던 인선의 입술이 맞물리고 그지없이 부드러운 미소가 번졌다.

"나 말고 아줌마요."

"……."

"그러니까. 아저씨랑 빨리 화해해요."

유미의 손을 잡은 지아가 작은 손을 흔들며 떠났다. 아쉬움이 깃든 표정으로 여전히 아름다운 가족에게 인사를 마친 인선이 천천히 예식장 밖으로 걸음을 옮겼다.

예식장을 나와 얼마 가지 못해 인선이 걸음을 멈추었다. 천천히 고개를 돌렸다. 무리 지어 나오는 사람들 사이. 무엇을 찾으려는지 갈피가 잡히지 않은 눈동자가 천천히 허공을 훑었다. 조금의 시간이 지나 다시 걸음을 옮겼다.

고속버스에 올라탄 인선의 시선이 창밖을 향했다. 불어오는 가을바람에 완연히 가을 색으로 물든 낙엽이 바닥으로 떨어져 내렸다. 눈앞에서 천천히 움직이던 작은 손.

'여전히 예쁘다.'

순간 툭 치고 밀려오는 감정에 가슴이 크게 들썩였다. 같은 공간. 다른 시간. 서로에게 맞닿았던 시선. 차라리 엇갈렸던 것이 다행인 거야. 애써 마음을 담지 않으며 창문 밖을 멍하니 바라보았다. 버스가 터널에 들어온 순간 밝은 햇살이 순식간에 사라졌다. 그리고 투명한 창문에 또렷이 번진 자신의 얼굴. 모든 것을 잃어버린 사람처럼 자신을 바라보던 그 날의 그의 모습과 다르지 않은 표정. 툭. 손등 위로 뜨거운 눈물이 떨어졌다. 작게 들이마신 숨을 내쉬는 입가가 살며시 떨렸다. 이내 얼굴 위로 흐르는 눈물을 손바닥으로 닦아 냈다.

"나. 왜 이러냐."

이러지 말자. 다짐하듯 작게 속삭인 인선이 천천히 눈을 감았다.

* * *

"사장님!"

카페 문을 열고 자신을 부르며 환한 웃음을 짓는 직원을 바라보았다.

"응? 왜?"

"이거 봐요. 예쁘죠."

"아. 웬 꽃이야?"

그녀의 품 안을 가득 채운 아름다운 꽃다발.

"여기 앞에서 웨딩 촬영했어요. 촬영 다 끝나고 꽃이 많이 남는다고 가져가도 된다고 해서 가져왔어요. 카페에 놔두면 예쁠 거 같아서요."

아름다운 핑크빛 꽃망울을 가만히 바라보았다.

"저 잘했죠?"

물어오는 직원의 말에 인선이 미소 지으며 고개를 끄덕였다.

"어디에 꽂아 둘까요?"

분주하게 움직이는 직원을 바라보던 인선이 예전에 사 두었던 작은 투명 꽃병을 꺼냈다.

"여기에 꽂자."

"제가 할게요. 주세요."

잠시 후, 꽃병을 들고 직원이 다가왔다.

"꽂아 두니 더 예쁜 거 같아요. 그런데 이 꽃 이름이 뭐죠? 많이 본 꽃인데."

"리시안셔스."

"아······."

"부케로도 많이 쓰이고 웨딩 촬영할 때 많이 쓰이잖아."

"아. 이게 리시안셔스구나."

꽃병을 내려놓은 직원이 핸드폰을 빠르게 두드렸다.

"영원한 사랑."

"······."

"꽃말이래요. 꽃말도 예쁘다. 그렇죠?"

"응. 그렇네."

"사랑을 고백할 때 많이 쓰이는 꽃이네요. 부럽다. 나도 사랑하는 남자가 이런 꽃 주면 세상 행복할 텐데 말이에요. 안 그래요?"

카운터 위로 턱을 괴고 기분 좋은 상상에 빠진 듯 미소를 짓고 있는 직원을 가만히 바라보았다. 아마도 그를 바라보며 세상에서 가장 행복한 미소를 지었을 그 순간.

"그래. 그렇겠다."

조용히 답한 인선이 천천히 미소 지었다.

오전 내내 화창했던 하늘 위로 먹구름이 조금씩 번졌다. 금방이라도 비가 쏟아질 것같이 짙어진 하늘. 창가에 앉아 있던 직원이 자리에서 일어났다.

"사장님. 비 올 거 같아요. 밖에 정리 좀 하고 올게요."

"응. 같이하자."

"아니에요. 저 혼자 금방 해요. 그냥 계세요."

결혼식장을 다녀온 어제 이후로 유난히 기분이 가라앉은 하루였다. 커다란 유리창 앞에 자신의 기분처럼 짙어진 하늘을 멍하니 바라보았다.

"와. 금방 쏟아질 거 같아요. 집에 갈 때 고생 좀 하겠는데요?"

"오늘 일찍 들어가."

인선의 말에 직원이 고개를 모로 저었다.

"괜찮아요."

"아니야. 손님도 없고, 비 오기 전에 빨리 들어가."

여러 번 거절했지만, 괜찮다는 인선의 말에 직원이 가방을 들고 나왔다. 인사를 하려는 듯 다가온 직원이 인선의 앞에 서서 가만히 인선의 얼굴을 들여다보았다.

"응. 빨리 가. 이 우산 가져가. 가다가 비 올지도 모르잖아."

우산을 건네받은 직원이 여전히 그녀의 얼굴을 살폈다.

"왜?"

"오늘 유난히 기분이 안 좋아 보이시네요."

"아, 그랬어?"

애써 아무렇지 않은 척 미소를 지으며 손바닥으로 얼굴을 쓸어내렸다.

"어제 먼 길 다녀오느라 피곤해서 그런가 보다."

"그러신 거 같아요. 사장님도 오늘 비 쏟아지면 손님도 없을 텐데, 좀 일찍 닫고 쉬세요."

"그래. 그럴게. 고마워."

"내일 봬요."

마지막 손님이 나가고 정리를 마친 인선이 따뜻한 커피 한 잔을 들고 창가 테이블에 천천히 앉았다. 제법 굵어진 빗방울이 창문을 타고 흘러내렸다.

눈을 감고 편하게 의자에 기대었다. 빗소리와 함께 어우러진 음악을 가만히 귀에 담던 인선의 눈이 천천히 떠졌다. 또렷하게 밀려드는 감미로운 너무나 익숙한 노래.

'If I ain't got you.'

작게 웃음이 났다.

"오늘 무슨 날인가……."

따뜻한 커피 한 모금을 머금은 인선이 느릿하게 미소를 머금었다. 창문을 타고 흘러내리는 빗줄기를 가만히 눈에 담던 인선이 이내 입술을 꾹 눌러 물었다. 흠흠. 작게 소리를 내 잠겨 오는 목을 풀었다. 하지만 금세 바닥으로 흘러내리는 빗물처럼 마음이 가득 가라앉았다.

'내가 딱 해 주고 싶은 말이네요.'

아름다운 음악을 들으며 선한 웃음을 머금었던 그의 모습이 선명하게 떠올랐다.

'사랑해요.'

그리고 나지막하게 속삭였던 음성도. 꼭 눌러 문 입술이 살며시 떨렸다.

"하아아······."

심한 떨림이 얹어진 한숨이 길게 공기를 가르며 번졌다. 도대체 지금 무엇을 해야 할지 갈피를 잡지 못한 눈동자가 허공을 휘젓다가 이내 내려온 눈꺼풀에 사라졌다. 자리에서 벌떡 일어난 인선이 카페 문을 열고 밖으로 나갔다. 바닷바람에 흩날리며 떨어지는 빗방울이 얼굴을 적시고 옷 위로 선명한 자국을 남겼다. 발끝이 모래에 푹푹 파지고 가녀린 몸이 휘청였다. 점점 커지는 파도 소리를 들으며 정신없이 발을 움직였다. 발끝에 차가운 바닷물이 밀려들었다. 하얗게 부서진 파도가 눈앞에 이지러졌다. 멈추지 않을 것처럼 앞으로 나아가던 인선의 걸음이 멈추었다. 천천히 눈을 감고 고개를 들었다.

"하아······."

참았던 숨을 내쉼과 동시에 가슴 위로 찢어질 것 같은 고통이 스몄다. 애써 통증을 지우려고 숨을 삼켰지만, 또다시 고통 섞인 한숨이 터졌다.

"대체 왜······."

원망. 그것을 담으려는 듯 짓눌린 목소리가 흘러나왔다.

"왜······ 자꾸······."

하지만 담지 못하고 결국 흘러내리는 목소리. 삼키고 삼키려 해도 제어가 되지 않는 감정에 가슴이 들썩였다.

'오늘도 마침 비가 오네요.'

당신 때문에 이렇게 아픈데…….

'그러니 울어도 괜찮아요.'

당신의 말이 자꾸 나를 위로하는 걸까.

"흐흐흐흑……."

결국, 누르지 못했다. 유난히 친절하지 못한 파도 소리와 함께 흐느낌이 짙은 밤바다 위에 흩어졌다. 하늘을 향해 들어 올린 얼굴 위로 눈물이 얼룩진 빗방울이 흘러내렸다. 고통스럽게 짓이겨진 마음을 내뱉듯 울음이 터졌다.

"그러니까 대체 왜…… 흐흐흐흑……."

이토록 마음이 아파서 견디지 못할 정도로.

"흐흑…… 흐아아앙……."

당신을 사랑하게 했나요. 차라리 몰랐다면. 이렇게 아프지는 않았잖아요.

오랜 시간 억눌러 터져 버린 감정이 주는 아픔은 잔인할 만큼 고통스러웠다. 그가 미웠고, 그가 원망스러웠다. 처음부터 그를 몰랐던 것처럼. 당신을 잊고 사는 것. 그것이 당신을 미워할 수 있는 유일한 방법이라고. 그렇게 살 수 있다고, 꼭 그렇게 하겠다고 다짐하고 또 다짐했었다. 하지만 이제는 그가 없으면 죽을 것같이 아픈 자신이…… 너무나 밉고, 너무나 원망스럽다.

* * *

훌쩍거리는 소리에 카페 직원이 흘깃 인선을 바라보았다.

"사장님. 감기 걸리셨어요?"

"나?"

"네. 아까부터 계속 훌쩍거리시잖아요."

"아…… 그런가?"

그래서 유난히 아침에 맞이한 바닷바람이 차갑게 느껴졌나 보다. 코를 훌쩍거리는지조차 인식하지 못했던 인선이 옅게 미소 지었다. 감기에 걸려도 하나도 이상하지 않을 상황. 옅게 미소 지은 인선의 눈이 빠르게 커졌다.

"사장님. 열나는 거 같은데요?"

이마에서 느껴지는 차가운 감각. 인선의 이마에 손을 얹은 직원의 눈이 가득 구겨졌다.

"세상에. 열은 재 봤어요?"

"아니."

아픈지도 몰랐는걸.

"괜찮아. 곧 낫겠지."

"뭐가 괜찮아요. 빨리 병원 가세요."

이마에서 손을 떼어 낸 직원이 정색하듯 말했다.

"아냐. 조금 쉬면 나아져. 걱정하지 마."

"그렇게 말하면서 안 쉬시잖아요. 빨리 다녀오세요."

"정말 괜찮아. 지난번에 약 받아 놓은 거 아직 있어."

천천히 몸을 돌린 인선이 서랍을 열고 약을 찾기 시작했다.

"여기 있다."

해열제 한 알을 입안에 넣고 물을 한 모금 꿀꺽 삼킨 인선이 다시 다가왔다. 여전히 마음에 들지 않는 눈빛으로 바라보는 직원의 모습에 인선이 작게 웃었다.

"왜 그렇게 보는데?"

"참. 사장님도 가끔 보면 참 답답해요."

한숨을 내쉰 직원이 고개를 절레절레 저었다.

"또 뭐가?"

흘깃 눈을 흘기는 인선을 바라보며 직원이 포기한 듯 중얼거렸다.

"좋으면 좋다. 싫으면 싫다. 아프면 아프다. 이게 뭐가 힘들다고 맨날 다 괜찮다고만 해요?"

"내가 그랬어?"

"네. 늘 그러세요."

"크크. 몰랐네."

커피 가루로 가득 찬 통을 치우며 인선이 대수롭지 않게 답했다.

"주세요. 제가 할게요."

"괜찮아. 내가 할게."

"이것 봐. 이것 봐. 아무튼, 병이야."

"잔소리 그만. 나 아픈 사람이라며. 그만……."

"이리 주시고 빨리 저기 앉아서 쉬세요. 제가 할 테니."

결국, 손에 들고 있던 통을 빼앗긴 인선이 카운터 구석에 놓인 의자에 앉았다.

'사장님…… 사장님…….'

귓가에 울리는 목소리에 인선이 천천히 눈을 떴다. 걱정이 가득 담긴 표정으로 자신을 바라보는 직원의 모습이 흐릿하게 눈에 담겼다.

"정신 좀 차려 보세요. 세상에. 식은땀 봐."

천천히 일으키는 몸에 제대로 힘이 들어가지 않았다.

"안 되겠어요. 빨리 들어가서 쉬세요. 일어나실 수 있겠어요?"

대답조차 하기 힘들어 천천히 고개를 끄덕이며 무겁게 늘어진 몸을 움직였다.

힘겹게 눈꺼풀을 밀어 올렸다. 어느새 어둠이 가득 내려앉은 방 안. 얼마나 잤을까. 흐릿한 시선을 애써 바로잡아 방 안에 걸린 시계를 바라보았다. 새벽 2시가 조금 넘은 시간.

"오래도 잤네."

녹아내릴 것같이 무거운 몸은 여전히 마음대로 움직여지지 않았다. 이렇게 아팠던 적이 언제였는지 기억조차 나지 않았다. 여전히 열이 내리지 않았는지 온몸이 으슬으슬 떨려 왔다. 손끝에 잡히는 이불을 힘겹게 당겨 웅크린 채 이불을 꼭 끌어안았다. 하지만 채워지지 않는 온기. 밀려드는 공허함에 이불을 움켜잡은 손끝에 더욱 힘을 주었다.

한참을 말없이 누워 있던 인선의 시선이 창문을 향해 옮겨 갔다. 힘없이 오르내리는 눈꺼풀 사이로 까만 밤하늘이 담겼다. 어제 온종일 내린 비로 맑게 갠 밤하늘은 유난히 아름다웠다. 아름다운 풍경을 담는 눈동자는 아무것도 남지 않은 마음처럼 텅 비어 초점이 잡히지 않았다. 숨이 막힐 것처럼 가슴이 또 아팠다. 유난히 강하게 밀려드는 외로움에 온몸이 파르르 떨렸다. 괜찮다. 괜찮다. 버릇처럼 다독여 봐도 멈추지 않는 떨림. 천장을 보고 바르게 누웠다.

"하아……."

가녀린 팔목을 눈 위에 얹은 작은 몸이 살며시 떨렸다.

뚝뚝.

팔목 위로 번지던 맑은 눈물이 얼굴을 타고 흘러내렸다. 펑펑 울고 나면 이제 괜찮을 거라고. 지난밤 머금었던 생각이 부질없었음을 깨달았다.

"보고 싶다."

인정하지 않았던, 아니 인정하지 못했던 말을 내뱉은 입술 사이로 떨림이 번졌다.

"하아…… 보고 싶다."

자신의 마음을 모른 척하고 조금만 아프면 된다고 생각했다. 그것이 자신이 상처받지 않는 가장 좋은 방법이라고 생각했다. 그를 떠나간 것이 다행인 거라고 그렇게 생각하며 괜찮지 않은 자신의 마음을 애써 외면하려 했었다. 하지만 뒤늦게 깨달았다. 마음대로 되지 않는 마음을 숨기고 억지로 삼키는 것이 더 치열하게 아프다는 것을.

작은 흐느낌조차 내뱉지 않은 채 오랜 시간 눈물이 흘러내렸다. 괴로운 마음을 모두 흘려보내기라도 하듯 그렇게 한참을 울었다. 밤은 여느 날보다 아름다웠고, 그 밤은 어느 때보다 길었고 사무치게 외로웠다.

* * *

화려한 샹들리에 불빛 아래 고급스러운 실내가 더없이 반짝거렸다. 잔잔하게 흐르는 클래식 음악과 함께 여기저기서 들리는 대화 소리와 정겨운 웃음소리들. 고급스러운 검정 슈트를 입은 남자가 무감한 표정으로 호텔 레스토랑에 들어섰다. 투명한 유리창 너머로 새하얀 눈들이 바람에 휘날렸다. 창문에서 시선을 떼어 내고 천천히 옮기던 걸음이 금세 멈추었다.

"차선호 씨?"

자신을 기다리고 있던 여자가 자리에서 천천히 일어섰다.

"네. 차선호입니다. 늦어서 죄송합니다."

"아니에요. 저도 방금 왔어요. 앉으세요."

"네."

"갑자기 눈이 와서 차가 많이 막히더라고요."

빙긋 웃으며 자리에 앉는 여자를 가만히 바라보았다. 모 기업의 임원 자리에 올라 있는 여자의 첫인상은 생각보다 까다롭지 않고 오히려 수더분해 보였다.

"유미정이에요. 반가워요."

"네. 저도 반갑습니다."

그녀와 헤어지고 두 번째 선 자리였다. 원하지 않는 자리였지만, 그는 크게 거부하지 않았다. 아무런 의미 없는 만남. 그저 남들처럼 구색을 갖추며 그저 그렇게 시간을 흘려보냈다. 주문한 음식이 나오고 편안한 분위기로 식사가 이어졌다.

"요즘 진행하시는 사업이 주목받고 있던데. 바쁘지 않으세요?"

"네. 어느 정도 틀이 잡혀서 예전보다는 덜 바쁩니다."

"혹시 못 나오시지 않을까 생각했는데. 나오신다고 해서 의외였어요."

"그랬습니까?"

"네. 한번 꼭 만나 뵙고 싶었거든요."

"영광이네요."

"사업가로서도 그리고 남자로서도."

자신감 있는 표정으로 호감을 표하는 여자를 바라보며 옅게 미소를 지었다. 그 모습이 나쁘지는 않았지만, 선호에게 그저 그것이 끝이었다.

"제가 원래 좋으면 좋다. 싫으면 싫다. 호불호가 확실한 편이거든요."

"성격이 화끈하시네요."

선호의 말에 여자가 작게 소리 내 웃었다.

"네. 이 바닥은 그렇지 않으면 살아남기 힘들거든요. 아시잖아요."

"그렇습니까?"

"예전에는 저도 일과 사랑은 별개라고 생각했었어요. 그런데 점점 생각이 바뀌더라고요."

"별개가 아닌가 보죠?"

물어오는 선호의 모습에 당연하다는 듯 그녀가 고개를 끄덕였다.

"저는 어느 정도는 비슷한 위치나 상황의 사람들이 만나야 한다고 생각해요. 그래야 서로 마음도 통하고 결혼 생활도 안정적으로 이어 나갈 수 있으니까요. 차 대표님은 그렇게 생각 안 하세요?"

"뭐. 틀리지는 않은 생각 같네요."

"결혼도 일종의 파트너십이 필요한 거 같아요."

"……."

"평생을 함께할 파트너를 찾는 거나 다름없는 거죠."

말을 마치고 빙긋 웃는 그녀를 가만히 바라보았다.

'파트너…….'

마음속으로 작게 읊조린 선호가 멍하니 그녀를 바라보다 피식 웃었다. 살며시 눈을 크게 뜬 그녀가 물어왔다.

"왜 웃으세요?"

"아, 죄송합니다. 갑자기 누가 좀 떠올라서요."

대수롭지 않게 넘긴 그녀가 다시 말을 이어 갔다. 오랜 시간 대화가 이어졌고, 늘 그렇듯 끝까지 예의를 지키며 선호는 그 자리를 지켰다. 커피를 마시며 창밖을 바라보던 그녀가 미소를 지으며 물어왔다.

"곧 크리스마스네요."

일주일도 남지 않은 크리스마스.

"네. 그러네요."

창문으로 시선을 옮긴 선호가 작게 답했다.

"뭐 좋은 계획 있으세요? 크리스마스 때."

"글쎄요."

"하긴 크리스마스 일주일 전에 선보러 나온 남자한테 근사한 계획을 묻는 제가 이상하네요."

"그런 날 밖에 나가 봤자 사람들 사이에 치이기만 하죠."

"차라리 사람이 낫지. 저는 작년 크리스마스 때 일에 치였어요.

그런데 올해도 다르지 않을 거 같네요."

한숨을 내쉬며 창밖을 응시하는 그녀를 바라보던 선호가 다시 시선을 창문으로 옮겼다. 하얀 눈이 하염없이 떨어졌던 그날. 그녀가 그리워 아무것도 하지 못하고 뜬눈으로 밤을 지새웠던 그날. 그날의 먹먹한 감정이 밀려와 선호가 애써 창문에서 시선을 떼어 냈다.

"시간도 많이 늦었는데. 그만 일어날까요?"

계산을 마친 선호가 엘리베이터 앞에서 자신을 기다리는 그녀의 앞으로 다가갔다.

"다음에 또 만날 수 있을까요?"

역시나 그녀의 성격답게 거리낌 없이 물어왔다. 가만히 그녀를 바라보던 선호가 천천히 입술을 움직였다.

"오늘 만남 유쾌하고 즐거웠습니다. 사업상 파트너로서의 만남이라면 언제든 기다리고 있겠습니다."

명백한 거절을 답한 그를 가만히 바라보던 그녀가 빙긋 웃었다.

"거절도 참 차 대표님답게 하시네요."

"그렇습니까?"

큭. 하고 소리 내 웃은 그녀가 넌지시 선호를 바라보았다. 그리고 이내 말을 이었다.

"앞으로 선 자리가 있으면 피하시는 게 좋겠어요."

갑작스러운 그녀의 말에 선호의 눈매가 살며시 넓어졌다.

"제가 어려서부터 사회생활을 해서 사람 살피는 데는 이제 이골이 날 지경이거든요."

"무슨…… 뜻인가요?"

"처음부터 마음에 없는 자리. 상대한테 실례가 될 수 있거든요."

"아……."

당황한 듯 잠시 말을 멈추었던 선호가 천천히 입술을 밀어 올렸다.

"실례가 되었다면 죄송합니다."

"아니에요. 아까 말씀드렸잖아요. 한번 만나고 싶었다고. 즐거운 자리였어요."

마지막까지 그녀답게 말을 이은 미정이 손을 내밀었다. 손을 맞잡으며 미소를 지은 선호가 천천히 말을 이었다.

"저도 덕분에 유쾌한 시간이었습니다. 평생을 함께할 좋은 분 만나길 진심으로 바랍니다."

"네. 차 대표님도요. 조심히 들어가세요."

"네. 미정 씨도요."

부드럽게 미소 지은 그녀가 몸을 돌려 자리를 떠났다.

호텔을 나와 어느새 눈이 멈춘 도로를 천천히 달렸다. 처음부터 마음에 없는 자리. 그녀의 말이 떠올라 살며시 미소 지었다. 아직도 누군가를 받아들일 마음의 틈이 여전히 생기지 않았다는 건 누구보다 자신이 더 잘 알고 있는 사실이다. 가끔 밀려드는 고통이. 걷잡을 수 없이 치솟는 외로움이. 이제는 자신이 평생 가지고 가야 할 업보인 것처럼 그렇게 묵묵히 지나가는 날들이었다.

한참을 달리던 선호의 차가 멈추었다. 차 문을 열고 나가자 차가운 공기와 뒤엉킨 파도 소리가 밀려들었다. 천천히 걸음을 옮기자 딸랑거리는 소리와 함께 카페 문이 빠르게 열렸다.

"야. 뭐야. 갑자기?"

갑작스러운 선호의 방문에 승준이 놀란 듯 물었다.

"그냥. 술 한잔하려고. 지아랑 제수씨는?"

"시간이 몇 신데. 집에 갔지. 근데 진짜 무슨 일이야?"

"꼭 무슨 일이 있어야 오냐?"

대수롭지 않게 답한 선호가 창가 자리에 털썩 앉았다. 가만히 그런 그를 바라보던 승준이 맥주를 꺼내 와 선호의 앞에 마주 앉았다.

"마셔라."

"고맙다."

한참 동안 말없이 맥주를 마시던 선호가 여전히 자신을 바라보고 있는 승준을 흘깃 바라보았다.

"왜?"

"뭐가 왜야. 술이 마시고 싶었으면 일찍 오지 뭐 하다가 늦게 왔어."

"오늘 선봤다."

선호의 말에 승준이 피식 웃었다. 어차피 의미가 없음을 알기에 대꾸도 하지 않았다. 가만히 창밖을 바라보던 선호가 입술을 움직였다.

"집에 가야 하면 들어가 봐."

"어. 안 그래도 가 봐야 해. 장모님 와 계셔. 자고 갈 거지? 너 때문에 내가 의자 새로 사 놨잖아. 이 자식아."

"고맙다. 빨리 들어가."

피식 웃는 선호의 어깨를 툭 한 번 내리친 승준이 자리에서 일어났다. 가끔 가슴이 답답해서 견디기 힘들 때. 무작정 찾아와 밤새 술을 마셨다. 술기운을 빌려 아무도 없는 공간에 그녀의 이름을 밤새 목 놓아 불러 보고, 세차게 불어오는 바닷바람을 맞으며 정신 나간 사람처럼 밤새 멍하니 앉아 있던 날도 있었다.

시간이 지나고 테이블 위로 아래로 비어 버린 술병들의 개수가 늘어났다. 몽롱해지는 눈빛과 다르게 시간이 지날수록 정신이 점점 또렷해진다.

'아무래도 제가…… 대표님을 좋아하나 봐요.'

파도 소리와 함께 수줍게 밀려들었던 그녀의 목소리.

"하아……. 젠장……."

쾅. 강하게 테이블을 내리친 주먹 위로 몸을 숙여 이마를 기대었다. 밀려든 감정에 숨이 벅차 커다란 몸이 여러 번 들썩였다. 보고 싶다. 그저 그녀가 미치도록 보고 싶다.

* * *

연말을 맞이한 카페는 눈코 뜰 새 없이 바빴다. 카페 한가운데 아름다운 조명과 장식들로 반짝거리는 크리스마스트리. 크리스마스와 잘 어울리는 음악이 잔잔하게 흐르는 공간. 카페를 가득 메운 가족들과 연인들의 모습을 바라보는 인선의 얼굴 위로 예쁜 미소가 얹어졌다.

"응. 끝나고 연락할게. 바쁘다고. 좀 끊어 봐. 알았어. 빨리 갈게."

눈치를 보듯 전화를 빨리 끊은 직원의 얼굴 위로 인선의 시선이 닿았다.

"오늘 일찍 퇴근해. 남자 친구 목 빠지겠다."

"아니에요. 바쁜데 무슨. 애도 아니고. 끝나고 만나면 되지."

"아까부터 계속 전화 오잖아."

민망한 듯 목덜미를 어루만지던 직원이 고민스러운 표정을 머금었다.

"어차피 나도 오늘 일찍 닫을 거야. 그러니 저기 테이블만 정리하고 들어가."

"어? 대표님 어디 가세요?"

혹시나 크리스마스이브 날 근사한 약속이 있는 걸까. 기대감이 가득 찬 눈동자에 인선이 피식 웃었다.

"어디 안 가."

"아, 그래요?"

"왜? 실망했어?"

"조금요?"

직원의 대답에 인선이 큭큭 소리 내 웃었다.

"친구라도 만나러 가세요. 이런 날 혼자 있으면 외롭잖아요."

천천히 돌린 인선의 시선이 창밖에 푸른 바다에 닿았다.

"그러게. 외로우려나……."

뭐예요. 그녀의 애매한 답변에 직원이 작게 속삭이며 웃었다. 그녀를 따라 가만히 미소 짓던 인선의 작은 입술이 천천히 움직였다.

"아무것도 안 해도 행복할 거 같기도 하고……."

여전히 인선의 말이 이해되지 않는다는 표정을 머금은 직원이 테이블 정리를 하기 위해 걸음을 옮겼다. 창밖에 닿아 있던 인선

의 눈매가 부드럽게 휘었다. 누군가를 기다린다는 설렘. 오랜만에
선명하게 느껴지는 심장 소리에 가슴이 벅찼다.

* * *

똑똑. 노크 소리와 함께 진호가 사무실로 들어왔다.

"먼저 퇴근해도 되겠습니까?"

"안 될 게 뭐가 있어."

선호의 답을 듣고도 가만히 자리에 서 있는 진호의 모습에 선호
가 피식 웃었다.

"야. 또 시작이다. 그냥 가라고."

"네. 갈 겁니다. 오늘……."

"안 해. 아무것도 안 해. 그냥 집에 가서 잘 거야."

"그래도 크리스마스이브인데……."

"안 간다고. 신혼부부 사이에 껴서 내가 뭐 하라고."

아침부터 함께 식사하자던 진호의 제의를 칼같이 끊어 냈는데,
여전히 마음이 쓰이는 모양이다. 포기한 듯 한숨을 내쉬는 진호
를 바라보며 선호가 물었다.

"그런데……. 이건 뭐냐?"

책상 위에 놓인 동그란 물건을 선호의 손끝이 가리켰다.

"아. 그거. 스노볼이라고 했나? 혜미 씨가 크리스마스 선물이라
고 대표님 드리라고 해서요."

피식 웃으며 손으로 동그란 물건을 잡았다. 작은 움직임에 투명
한 스노볼 안의 세상이 예쁘게 하얀 눈으로 뒤덮였다.

"행운을 가져다줄 거래요."

"행운……."

작게 읊조린 선호가 부드럽게 미소 지었다.

"고맙다고 전해 드려. 좋은 시간 보내고."

"네. 그럼 저는 이만 갈게요. 빨리 들어가서 쉬세요."

"그래."

진호가 사무실을 떠나고 선호가 곧장 자리에서 일어났다. 코트를 걸치고 문을 향해 걸음을 옮겼다. 불을 끄고 문을 닫던 선호가 사무실 안으로 살며시 고개를 돌렸다. 책상 위에서 여전히 반짝 반짝 빛을 머금고 빛나는 스노볼. 느릿하게 입술을 밀어 올린 채 한참을 바라보던 선호가 사무실 문을 닫았다.

* * *

주차를 마친 선호가 엘리베이터를 기다렸다.

띠링.

"아. 안녕하세요."

엘리베이터에 타고 있던 보안 팀 직원이 그에게 인사를 건넸다.

"안녕하세요."

인사를 마치고 엘리베이터에 올라탄 선호에게 직원이 다시 말을 걸었다.

"마침 잘 만났네요. 안 그래도 며칠 전에 우편물이 와 있었는데. 도통 만나지를 못해서요."

"아, 저한테요?"

"네. 1층에 있어요. 잠깐 받아서 올라가세요."

"네. 알겠습니다."

1층에 도착한 직원이 소포가 쌓인 곳에서 얇은 서류 봉투 하나를 손에 들고 다가왔다.

"여기요. 이틀 전인가 왔어요."

"네. 감사합니다."

주소만 적혀 있을 뿐, 발신인이 적혀 있지 않은 봉투.

"수고하세요."

인사를 건넨 선호가 천천히 몸을 돌렸다.

"아! 사장님!"

다시금 자신을 부르는 직원의 목소리에 걸음을 멈춘 선호가 고개를 돌렸다.

"메리 크리스마스입니다."

"아……."

넉넉한 표정으로 말을 건네는 직원을 바라보던 선호가 느릿하게 입술을 밀어 올렸다.

"네. 메리 크리스마스입니다."

집으로 들어와 가방을 내려놓은 선호가 손안의 서류 봉투를 가만히 내려다보았다. 야옹. 작은 울음소리와 함께 다가온 원이를 안아 든 선호가 봉투를 들고 소파를 향했다.

"누가 보낸 거지?"

물어오는 선호의 말에 까만 눈동자가 선호를 가만히 바라보았다. 궁금한 마음으로 천천히 서류 봉투를 뜯었다. 봉투를 뒤집자 후두두 떨어지는 사진들. 여러 장의 사진들이 무릎과 소파 위. 그리고 바닥으로 떨어졌다. 멍하니 바라보던 선호가 원이를 조심히 소파 위에 내려놓고 바닥에 떨어진 사진을 주웠다. 새하얀 구름 사이로 화창한 해가 빛나는 아름다운 하늘. 모래사장 위 알록달록 예쁜 색 파라솔 너머로 짙은 색을 머금은 파란 바다. 천천히 사진을 넘기는 선호의 손끝이 살며시 떨려 왔다.

환한 불빛이 번지는 아늑해 보이는 카페. 붉은 나뭇잎이 가득 떨어져 있는 야외 테이블. 하얀 눈으로 가득 덮인 모래사장 위에 바다를 향해 나 있는 발자국. 한 장 한 장 사진 뒤편에 적혀 있는 날짜. 아마도 그녀가 사진 속 아름다운 세상을 눈에 담은 날일 것이다. 가슴이 벅차 차마 제대로 내쉬지 못하고 크게 숨을 들이마시며 마지막 사진을 바라보았다. 예쁜 전등과 장식품으로 아기자기하게 잘 꾸며진 크리스마스트리가 담긴 사진. 천천히 사진을 뒤집었다.

"하아……."

그리고 이내 참았던 숨이 터지고 울컥 치솟는 감정에 눈시울이 뜨거워졌다.

'12월 20일.'

아마도 그녀가 사진을 찍었을 날짜 아래 또박또박 적어 내려간 글자들.

'이번 크리스마스 때 뭐 하세요?'

* * *

밤이 내린 바닷가. 그 많던 손님이 빠져나가고 언제 그랬냐는 듯

쥐 죽은 듯 조용해진 카페 안. 마지막 손님이 나간 테이블 정리를 마친 인선이 카운터에 가만히 앉아 창밖을 바라보았다. 카페 밖을 예쁘게 비치는 환한 조명을 끌 시간이 지났음에도 인선은 끄지 않았다. 톡 톡 톡. 의미 없이 카운터 위를 손가락으로 두드리는 소리가 한참 동안 이어졌다.

"아, 커피라도 마실까?"

자리에서 벌떡 일어난 인선이 괜히 바쁘게 손을 움직였다. 카페 안이 좋은 커피 향으로 가득 찼다. 커피 잔을 손에 든 인선이 천천히 창가 앞 테이블로 향했다. 따뜻한 커피를 한 모금 마시자 초조했던 마음이 조금은 사라진 기분이 들었다. 어쩌면 그가 오지 않을 수도 있다고……. 기대하지 말아야지. 그리고 실망도 하지 말고. 머릿속으로 몇 번을 되뇌고 또 되뇌었다. 하지만 떨리는 손끝이, 바짝 마르는 입술이, 자꾸만 창밖을 살피는 눈동자가 이미 그런 생각이 아무 소용없음을 여실히 보여주었다.

덧없이 시간은 흘러갔다. 커피 잔에 반 이상 남은 커피는 차갑게 식었고, 서른 곡으로 채워진 음악 리스트가 어느새 끝나 있었다. 하염없이 창밖을 바라보던 인선의 시선이 차갑게 식은 커피 위로 내려앉았다. 들떠 있던 마음을 차분히 가라앉히려는 듯 가만히 눈을 감았다. 작은 한숨을 내쉰 입술을 애써 천천히 밀어 올렸다.

자리에서 일어나 테이블 정리를 하던 인선의 손이 공중에 멈추었다. 해안가를 따라 길게 이어진 도로. 멀리서 번지는 자동차 헤드라이트 불빛으로 인선의 시선이 닿았다.

'그가 아닐 수도 있어.'

괜한 기대감을 지우던 인선의 눈꺼풀이 천천히 밀려 올라갔다.

카페 앞에 멈춰 선 자동차. 그리고 차에서 정신없이 내리는 남자. 시간이 지났음에도 늘 그 자리에 머물렀던 것처럼 익숙하게 느껴지는 그의 모습에 먹먹했던 감정이 눈 녹듯 단숨에 사라졌다.

재빨리 손안의 컵을 내려놓았다. 옮기려던 걸음이 잠시 멈칫거렸다. 창문에 어렴풋이 비치는 자신의 모습을 확인하고, 흐트러진 머리를 떨리는 손길로 조심히 넘겼다.

딸랑.

예쁜 문 종 소리와 함께 차가운 바람이 단숨에 온몸을 파고들었다. 한 걸음 나아간 그녀의 입술 사이로 하얀 입김이 번졌다. 떨림이 얹어진 눈동자 위로, 선명하게 잡히는 그의 모습. 작게 몰아쉬는 숨결에 번지는 하얀 입김 위로 그동안 그토록 그리웠던 그의 얼굴이 보였다.

멈춰 선 그의 가슴이 크게 들썩였다. 아마도 자신과 다르지 않을 그의 마음. 동시에 움직인 걸음에 둘 사이의 공간이 조금씩 좁아졌다. 조금만 손을 뻗어도 닿을 거리. 멈춰 선 두 사람의 눈동자 위로 서로의 모습이 담겼다.

"하아……."

크게 숨을 내쉰 그가 머리를 한 번 쓸어 넘겼다. 감정이 고스란히 담긴 벅찬 웃음이 그의 얼굴 위로 번졌다. 그를 만나면 하고 싶었던 수많은 말들이 새하얗게 지워졌다. 아무 말 하지 않고 그저 이렇게 바라만 보고 있어도 좋을 것 같은 기분에 그녀의 예쁜 입술이 부드럽게 밀려 올라갔다. 조금은 차분해진 숨을 내쉰 그가 가만히 그녀를 바라보았다. 그동안 그토록 그리웠던. 아름다운 미소를 지은 그의 입술이 천천히 움직였다.

"오늘……."

"……."

"뭐 했어요?"

훗. 웃음인지 울음인지 모를 소리를 삼킨 인선의 고개가 살며시 떨어졌다.

"내 생각은 많이 했어요?"

그리웠던 목소리. 번지는 부드러운 음성이 가슴을 파고들어 위로하듯 마음을 부드럽게 어루만졌다. 인선이 천천히 얼굴을 들었다. 어느새 촉촉이 젖어 든 눈동자가 어느 순간보다 아름답게 반짝였다. 감정을 삼키듯 꾹 눌러 문 작은 입술이 천천히 움직였다.

"보고 싶었어요."

미소를 머금은 그의 입술 끝이 미세하게 떨렸다.

"그랬어요?"

어르듯 밀려 나온 부드러운 목소리에 가만히 눈을 감았다. 차가운 바람이 스치는 볼 위로 뜨거운 눈물이 흘러내렸다. 볼 위로 느껴지는 따뜻한 손길에 인선이 천천히 눈을 떴다. 조심스럽게 얼굴을 어루만지는 손길. 그리고 오롯이 자신을 담은 그의 눈동자. 울음을 삼키듯 꾹 입술을 다물었다. 다 이해해요. 그러니 괜찮아요. 늘 그렇듯 부드럽게 전해 오는 시선에 물기를 머금은 눈매가 부드럽게 휘었다. 꾹 맞닿아 있던 그의 입술이 천천히 움직였다.

"아무래도 내가……."

"……."

"아직도 당신을 많이 좋아하나 봐요."

울먹임을 겨우 삼킨 입술 위로 그의 입술이 뜨겁게 겹쳐졌다. 다시는 그녀와 떨어질 수 없다는 듯, 머리카락 사이로 파고든 손가락 끝에 힘이 가득 실렸다. 꼭 감은 그녀의 눈에서 하염없이 눈물이 떨어졌지만 겹쳐진 입술은 떨어지지 않았다. 지독하리만큼 당신이 그리웠다고. 이렇게 당신이 그리웠다고.

그동안 담았던 마음을 보여주기라도 하듯 그녀의 입술을 머금고 또 머금었다. 가녀린 두 팔이 그의 목을 끌어안았고, 그는 그녀의 허리를 강하게 감아 당겼다. 조금의 틈도 없이 맞닿은 가슴 위로, 서로의 온기가 뜨겁게 스며들었다.

정신없이 맞물려 서로의 호흡을 나누던 움직임이 멈추었다. 두 입술 사이 미세하게 생긴 공간 사이로 하얀 입김이 번졌다. 겹쳐진 몸 위로 서로의 심장 소리가 번졌다. 촉. 짧게 감촉을 남긴 그의 입술이 속삭였다.

"하아……. 보고 싶었어요."

조금 더 깊게 파고든 입술이 닿았다 떨어졌다.

"하루도 당신 생각하지 않은 날이 없어요."

또 한 번.

"아무래도 이제 나는 당신 없으면 안 될 거 같아요."

이제는 입술을 머금은 채 그가 속삭였다.

"사랑해요…… 사랑해요. 인선 씨."

그동안 담았던 마음을 모두 터트리듯 그가 쉬지 않고 속삭였다. 물기를 머금은 눈매가 부드럽게 휘었다. 답을 할 조금의 순간도 남기지 않고 입술이 다시 내려앉았다. 굳이 답하지 않아도 그도 알고 있을 것이다. 내 마음도 당신과 똑같다고. 나도 이제는 당신이 없으면 안 된다고. 차갑게 불어오는 겨울 바닷바람에 온몸이 차갑게 식어 가는 것 따위는 아무래도 좋았다. 여느 밤보다 춥지만 따뜻한 밤. 화창한 봄처럼 따스하고 아름다운 크리스마스가 시작되었다.

* * *

홀깃 닿은 시선에도 미소가 번졌다. 다른 곳을 향하다가도 어느새 다시 서로에게 닿아 있는 시선에 그저 행복했다. 코끝이 빨개진 채로 담요를 꽁꽁 싸매고 앉아 있는 인선을 선호가 걱정스러운 눈빛으로 바라보았다.

"감기 걸리면 어쩌죠?"

"괜찮아요."

"내가 안 괜찮을 거 같은데."

"앓아누우면 와서 간호하시면 되잖아요."

"정말…….그래도 돼요?"

아직도 눈앞에 그녀가 있다는 사실이 믿기지 않았다. 혹시 꿈은 아니겠지. 맞잡은 그녀의 손이 닳도록 만지고 쓰다듬었다. 그녀 또한 다르지 않았다. 손끝에서 느껴지는 온기가 차마 실감이 나지 않아 눈으로 확인하고 또 확인했다. 한참을 아무 말 없이 함께하는 공간에 어색함은 없었다. 그저 봄처럼 따뜻했고, 여름처럼 화사했다. 가만히 그녀를 바라보던 선호가 그녀의 머리를 부드럽게 쓸어내렸다. 머리카락을 부드럽게 타고 내린 손가락이 그녀의 머리끝을 살며시 문질렀다.

"머리가 많이 길었네요."

"시간이 많이 지났으니까요."

그동안 어떻게 지냈어요? 어쩌면 가장 묻고 싶었지만, 차마 자신이 물을 수 없는 말을 선호가 내뱉지 못한 채 삼켰다.

"나한테 궁금한 거 없어요?"

빙긋 웃어 오며 묻는 그녀의 모습에 그가 큭 소리 내 웃었다.

"어디서 많이 듣던 말 같은데."

"네. 선호 씨가 나한테 질리도록 물었던 거잖아요."

물론 질리지는 않았지만. 짧게 덧붙인 인선이 가만히 그를 바라보았다. 그저 미소만 지을 뿐 아무것도 묻지 않는 남자. 모르지 않기에 인선이 다시 말을 이었다.

"그럼 내가 먼저 물어볼게요."

"……."

"나 많이 원망했어요?"

그런 질문은 생각지도 못했다는 듯 선호의 눈이 크게 떠졌다.

"아니요. 설마요. 내가 왜……."

당황한 듯 빠르게 말을 터트린 선호가 말끝을 흐리며 그녀를 지그시 바라보았다. 그리고 천천히 말을 이었다.

"사실. 내가 묻고 싶은 말이에요. 그런데 묻기에는 이미 답을 너무 잘 알고 있어요."

입술 한쪽을 비스듬히 밀어 올린 인선이 천천히 입술을 움직였다.

"원망 많이 했어요."

알고 있어요. 그저 묵묵히 바라보는 그의 얼굴 위로 까만 눈동자가 고정되었다.

"길게 말하지 않을게요."

그가 천천히 고개를 끄덕였다.

"원망도 많이 했지만, 그러면서도 당신을 그리워하는 나 자신을 더 많이 원망했어요."

"······."

"어차피 모든 선택권은 나한테 있는 걸 알고 있었어요."

그녀가 흐릿하게 미소 지었다.

"아마도 내가 당신을 찾지 않으면, 당신은 평생 나를 찾지 않겠지. 나를 처음 찾아왔을 때. 이미 이런 이별쯤은 아마도 예상하고 있었을 테니까요."

"······."

"마지막이라고 생각하고 모든 걸 나한테 쏟아 내고 오히려 나보다 마음이 편할지도 모른다고 생각했어요."

물론 그렇지 않았지만, 그저 아무 답 하지 않고 그녀의 말을 귀에 담았다.

"내가 당신을 찾아가지 않는다면. 우연히 만나지 않는다면······ 평생 만나지 못할 수도 있겠구나······."

"······."

"당신은 아마도 나를 찾아오지 않을 테니까······."

서두르지 않고 이야기를 담아내던 인선이 선호와 눈을 마주치고 빙긋 미소 지었다.

"그래서 그랬어요."

"······."

"알겠어요?"

"네?"

정확한 뜻을 짚어 내지 못한 선호가 살며시 눈매를 넓혔다.

"평생 만나지 못할까 봐……."

그 이유만으로 가슴이 찢어질 것같이 아팠으니까. 모든 것을 다 떨쳐 내고 당신을 잊기에 이미 내가 당신을 너무 사랑하게 되어 버렸으니까.

"그게 나는……."

인정하기까지 시간이 조금 걸렸지만, 나는 당신이 없으면 안 된다는 걸 깨달았어요.

"제일 두려웠어요."

진심을 고스란히 뱉어냈다. 부드럽게 휘어지는 눈매 안에 그동안 그리웠던 맑은 눈동자가 예쁘게 반짝였다. 살며시 뻗어 온 손가락이 부드럽게 얼굴을 쓰다듬었다.

"나도 그랬어요."

온기를 머금은 그의 목소리에, 얼굴에 닿은 그의 손에 살며시 얼굴을 묻었다.

"혹시나 다시 못 볼까 봐……."

차마 말을 잇지 못한 그가 크게 숨을 들이마셨다. 얼굴에 닿은 따스한 손바닥 위로 인선의 손이 포개졌다. 작은 손에서 번지는 온기에 잠시 표정을 멈추었던 선호가 따스하게 웃었다.

"다시 만났잖아요."

사랑스러운 미소를 머금고 그녀가 속삭였다.

"이렇게 다시 만났으니. 저는 그걸로 충분해요."

그러니 우리 다시는 헤어지지 마요.

촉촉이 물기가 어린 눈동자 위로 천천히 고개를 끄덕이는 그의 모습이 번졌다. 울먹임과 웃음이 번진 입술이 부드럽게 휘었다. 수없이 많은 밤을 가슴앓이로 지새웠던 지난날. 눈물에 축축하게 젖어 가는 베갯잇에 얼굴을 묻고 울음을 삼켰던 시간. 당신이 내 공간에 없음이 괴로워 견디기 힘들었던 날들. 결국에 당신이었음을 깨닫게 한 시간. 이제 우리 알잖아요. 가슴을 떼어 내고 싶을 정도로 서로가 그렇게 괴로웠다는 걸. 서로가 아프지 않도록. 우리 이제 다시는 헤어지지 않기로 해요.

그녀를 향해 천천히 뻗은 팔 안으로 가녀린 몸이 안겨 왔다. 손끝에 닿는 부드러운 감촉. 품 안에 번지는 따스한 온기. 여전히 꿈일까 봐, 힘주어 끌어안고 그녀의 향기를 듬뿍 들이마셨다. 목덜미에 닿는 숨결에 그녀가 간지러운 듯 작게 웃었다. 작은 웃음소리에도 가슴이 설레고 심장이 빠르게 뛴다. 부드럽게 그녀의 등을 어루만지며 그녀의 아미에 살며시 입술을 묻었다. 그리고 작게 속삭였다.

"인선 씨. 메리 크리스마스예요."

여전히 가슴에 얼굴을 묻은 그녀가 예쁘게 웃었다. 그리고 그녀도 작게 속삭였다.

"네. 메리 크리스마스네요."

서로의 얼굴 위로 아늑한 미소가 번졌다. 아무것도 하지 않아도 그저 좋은 시간. 그들이 서로 주고받았던 말처럼. 세상에서 제일 행복하고 설레는 크리스마스가 지나가고 있었다.

* * *

겨울이라고 믿기지 않을 정도로 아늑한 햇살이 카페 안에 떨어
졌다. 묵묵히 일하는 듯하면서도 창밖으로 자꾸만 시선을 돌리는
인선을 바라보는 직원의 얼굴 위로 미소가 번졌다.

"저어기~ 오셨네요."

말이 떨어지기 무섭게 인선이 문을 향했다.

"저렇게나 좋으실까."

들리는 말에도 기다림이 얹어진 빠른 발걸음은 멈추지 않았다.
멀리서 자신을 향해 흔들리는 손끝에 마음이 살랑살랑 흔들렸다.
조금 더 빨리 거리를 좁히고 싶어 옮기는 걸음이 가벼웠다.

"추운데 뭐 하러 나와요."

"차는 안 막혔어요?"

"네. 안 막혔어요. 아침은 먹었어요?"

"오늘은 정말 회사 안 가도 괜찮아요?"

동시에 말을 멈추었다. 누가 먼저랄 것도 없이 웃음이 터졌다.
겨울바람에 살랑이는 그녀의 머리카락을 부드럽게 손끝으로 쓸
어 넘겼다.

"그렇게 궁금한 게 많았어요?"

웃음을 머금고 물어오는 그를 바라보는 사랑스러운 얼굴이 작
게 끄덕여졌다. 아직은 온기가 남은 작은 손을 부드럽게 그러잡
았다.

"들어가요. 추워요."

카페로 들어온 선호가 직원을 바라보며 살며시 고개를 숙였다.
그의 인사에 답한 직원이 빙긋 웃으며 말했다.

"오늘 걱정하지 말고 다녀오세요."

"네. 감사합니다."

"천천히 데이트하고 오셔도 괜찮고요. 카페는 제가 알아서 정리하고 들어갈 테니까요."

"고마워요."

앞치마를 벗은 인선이 코트를 들고 다가왔다.

"준비 다 했어요?"

"네."

"갈까요?"

그녀가 고개를 끄덕였다. 익숙한 도로를 지나는 마음이 오늘은 다른 날과 달랐다. 조금은 무겁기도, 어쩌면 가볍기도 한 것 같은 마음.

차에서 내려 인선에게 다가온 선호가 살며시 얼굴을 기울였다. 조심스럽게 눈동자를 움직여 그녀를 살피고 천천히 물어왔다.

"혼자…… 다녀올래요?"

아직은 함께할 자신이 없었다. 그런 마음을 아는 듯 그녀가 고개를 끄덕였다. 맞닿은 손을 놓고 그녀가 걸음을 옮겼다.

고작 1년 전만 해도 이렇게 그와 손을 잡고 이곳에 오게 될지 생각지도 못했다. 늘 그렇듯 고요하고 평화로워 보이는 봉안당. 가족 앞에 걸음을 멈춘 인선이 사진 속 가족들을 천천히 눈에 담았다. 준비해 온 꽃을 꽂고 그저 말없이 미소 지었다.

'이해해 줄 거죠?'

차마 입으로 소리 내지 못하고 마음속으로 작게 속삭였다. 한참의 시간 동안 말없이 지켜보던 그녀가 몸을 돌려 걸음을 옮겼다.

여전히 같은 자리에 서서 짙게 가라앉은 눈동자로 자신을 바라보는 그를 향해 살며시 미소 지었다.

"가요."

자신을 향해 다가오는 따스한 손을 꼭 맞잡았다.

"다음에는 같이 가요."

어쩌면 마음의 준비가 필요했던 건 가족들이 아니라 자신이었을지 모른다. 이미 당신이 세상을 다시 볼 수 있을 때부터, 그들은 알고 있었을지 모른다. 우리가 서로를 사랑하게 되리라는 것을.

* * *

한 달 후.

"고마워요……. 그리고 정말 미안해요."

조용한 공간. 애써 울먹임을 삼킨 목소리가 퍼졌다. 차마 눈을 맞추지도 못하고 계속해서 같은 말을 되풀이하는 주하의 모습에 인선은 그저 부드럽게 미소 지었다.

식탁 위로 올려진 주하의 손 위로 따스한 온기가 번졌다. 말없이 자신을 바라보는 맑은 눈동자를 가만히 바라보았다. 세상의 밝은 모습만 보아도 모자랄 나이에 뜻하지 않은 사고로 모든 것을 잃은 작은 아이. 그 모습이 눈에 밟혀 평생을 한쪽 가슴에 못이 박힌 것처럼 이렇게 아프게 살겠다고 다짐했었다.

"이제 저 괜찮아요. 사모님."

"……."

"어쩔 수 없는 사고였잖아요. 서로가 원했던 것도 아니고. 그러니 이제 사모님도 그 짐 내려놓으세요."

당신도 아팠잖아요. 꽃처럼 아꼈을 당신의 아이에게 '엄마' 소리 한 번 듣지 못하고. 그렇게 보내셨잖아요. 애써 입술을 밀어 올리는 주하의 입매가 살며시 떨렸다. 선호는 그저 말없이 두 사람을 바라보았다.

선호와 인선이 선호의 집을 나왔다. 묵묵히 그의 손을 잡고 걸음을 옮기던 인선이 살며시 고개를 돌려 그를 바라보았다.

"왜요?"

부드럽게 물어오는 그를 바라보며 살며시 미소 지었다.

"그냥요."

"뭐예요. 싱겁게."

"그냥. 좋아서요."

"우리 아가씨가 뭐가 그렇게 좋으실까?"

혹여나 주하와의 만남에 마음이 가라앉지 않았을까 고민했던 것과 다르게 그녀의 기분이 좋아 보였다.

"선호 씨요."

"……."

"선호 씨가 옆에 있는 게 좋다고요."

옮기던 걸음이 멈추었다. 몸을 돌려 그녀를 마주한 선호가 한쪽 눈을 살며시 찌푸렸다. 왜요? 묻는 듯 바라보는 그녀의 모습에 천천히 입술을 움직였다.

"왜 이러실까. 보내기 싫게."

"그럼 안 보내면 되잖아요."

그게 뭐가 어렵다고. 작게 속삭이는 그녀의 모습에 순간 얼굴이 달아올랐다. 선호의 얼굴을 바라보던 인선의 눈이 점점 커졌다.

"어? 지금, 부끄러워하는 거예요?"

붉어진 그의 얼굴에 인선이 웃음을 터트렸다.

"선호 씨. 원래 그런 스타일 아니었잖아요."

자신을 다시 만나고 선호는 늘 조심스러웠다. 자신을 향한 마음은 아낌없이 표현하면서도, 키스를 제외한 신체 접촉은 일절 하지 않았다. 처음에는 둘 사이의 공백이 만들어 낸 어색함이라고 느꼈지만, 애써 참아내는 듯한 그의 모습에 다른 이유가 있지 않을까 하는 궁금증이 생겼다.

"선호 씨."

조심스럽게 자신을 부르는 그녀와 천천히 눈을 맞추었다.

"혹시 무슨 일 있어요?"

"뭐가요?"

"아니. 뭐…… 그러니까……. 예전이랑 다르게 맨날 꼬박꼬박 카페에 데려다주고 가고……. 같이 있자는 말도 잘 안 하고……. 뭐. 아무튼. 뭐 걱정이 있나 싶어서요."

왜 키스만 하냐고 물을 수도 없고……. 버퍼링 걸린 듯 버벅거리던 인선이 슬그머니 시선을 피했다. 지그시 떨어지는 시선이 느껴졌다. 한참을 답하지 않던 그의 입술 사이로 희미한 소리가 들렸다.

"……이에요."

"네?"

삼키듯 웅얼거리는 목소리에 인선의 눈매가 작게 찌푸려졌다.

작게 한숨을 내쉰 선호가 천천히 미소 지었다.

"인선 씨 마음이 혹시나……. 여전히 불안할까 봐. 기다리는 중이에요."

누군들 키스만 하고 싶겠는가. 품 안에 안겨서 붉은 입술 사이로 뜨겁게 숨결을 내쉬는 그녀를 바라볼 때마다 밀려 올라오는 욕망을 이기기 힘들 때가 많았다. 자신은 느리게 갈 이유가 없었지만, 혹시나 그녀가 아직 마음의 준비가 되지 않았을까 봐, 작은 부분까지 신경이 쓰이는 그였다.

한 걸음 인선이 거리를 좁혔다. 내쉬는 숨결이 닿을 만큼 가까운 거리에 멈춘 그녀가 지그시 그를 바라보았다. 눈 안에 오롯이 자신만 담은 눈동자가 달빛에 밝게 빛났다. 여전히 자신만을 걱정하는 눈빛. 맞물려 닿은 입술이 천천히 밀려 올라갔다.

"진짜……. 맨날 이래……."

"네?"

의미를 알 수 없는 인선의 말에 선호가 살며시 고개를 기울였다.

"맨날 이렇게 받기만 하니까……."

"……."

"이러니 내가 안 좋아할 수가 없잖아요."

감동이 어린 눈빛이 그에게 닿았다. 늘 부족함 없이 자신의 마음을 표현한다고 생각했는데. 그가 전하는 마음에 비하면 그 마음은 아주 작은 것에 불과했다. 그를 몰랐던 시간부터 지금까지 그는 항상 같은 모습이었다. 당신도 아마 많이 아팠을 텐데. 말없이 그저 자신을 지켜보고 오롯이 자신만을 생각했다. 그를 떠나 있던 길지 않은 시간 동안, 말없이 삼키는 것이 얼마나 고되고 아픈지. 그녀는 절실히 깨달았다.

작은 손이 뻗어 와 그의 허리를 감싸 안았다. 항상 자신을 따스하게 안아 주는 가슴 위로 천천히 얼굴을 기대었다. 말없이 어깨 위로 감기는 손길에 인선이 살며시 미소 지었다. 조용히 울리는 심장 소리 위로 그녀의 작은 목소리가 얹어졌다.

"오늘은 내가 보내기 싫어요."

* * *

낯설지만 그녀의 향기가 가득 스민 방.

"들어와요."

카페 2층에 자리 잡은 그녀의 방에 들어선 선호가 천천히 방 안을 살폈다. 한동안 자신의 집을 채웠던 익숙한 물건들이 눈에 보였다.

"조금 좁아요."

혼자 살기에는 넉넉한 공간이지만 누군가와 함께하기에는 턱없이 좁아 보이는 곳이었다.

어지럽혀진 물건을 이리저리 치우던 인선이 살며시 고개를 돌려 그를 바라보았다. 누군가의 방문이 처음이기에 인선도 괜히 낯설어 수줍게 미소 지었다. 여전히 이리저리 방 안을 살피던 선호의 시선이 한곳에 멈추었다. 살며시 그의 눈이 커졌다. 천천히 그가 시선이 닿은 곳으로 걸음을 옮겼다. 책상 앞 벽을 가득 채운 사진들.

뒤에서 허리를 감아 오는 감촉에 살며시 고개를 돌렸다. 사진을 바라보며 부드럽게 미소 지은 그녀가 천천히 입술을 움직였다.

"선호 씨 다시 만나고 한 장 한 장 다시 보기 시작했어요."

미소 지은 그가 사진으로 시선을 돌렸다.

"나한테 보여주고 싶었던 아름다운 세상이 어떤 거였을까. 이 사진을 찍으면서 당신이 무슨 생각을 했을까."

"……."

"아마도 마음이 아프긴 했지만, 행복하지 않았을까."

그녀의 말이 멈추자 선호가 천천히 몸을 돌렸다. 마주한 그녀가 따스한 미소를 지으며 다시 말을 이었다.

"한 장 한 장 보면서 행복했어요."

"……."

"내가 모르는 누군가가, 나를 생각하며 시간을 보냈다는 생각만으로도 가슴이 벅찼어요."

그랬어요? 물어오듯 따스한 눈빛을 머금은 그를 가만히 바라보았다.

촉. 천천히 까치발을 들어 다가온 그녀가 입술 위에 짧은 키스를 남겼다. 그리고 이내 지어진 행복한 미소.

"그 사람이 당신이라서. 그리고 그 사람이 내 앞에 있다는 사실만으로."

"……."

"나는 참 행복한 사람인 거 같아요."

봄바람처럼 살랑살랑 따스하게 밀려드는 고백. 비 내리듯 나부끼는 벚꽃 잎을 바라보며 환하게 웃던 어릴 적 그날의 그녀처럼. 그녀가 눈부시게 미소 지었다. 세상이 두려워 앞을 볼 수 있다는 것이 지독하게 싫었던 과거의 날들. 그런 자신에게 세상을 살아가고 싶게 만들었던 작은 소녀의 아름다운 미소. 그런 그녀가 자신의 앞에 있다는 사실만으로 부족함이 없다는 생각이 드는 순간.

"사랑해요."

작은 속삭임이 그렇지 않다고 알려 주었다.

"사랑해요. 선호 씨."

당신은 아직도 나로 인해 더 행복해질 수 있다고. 세상에서 가장 아름다운 목소리로, 그녀가 그렇게 사랑을 속삭였다.

그가 천천히 고개를 내리자 그녀가 부드럽게 목을 감싸 왔다. 맞닿은 입술 사이로 작은 웃음소리가 번졌다. 더는 기다릴 것도, 더는 망설일 것도 없다고. 고스란히 마음을 전해 온 그녀의 맑은 눈동자가 천천히 내려오는 눈꺼풀 아래로 사라졌다.

살며시 떨어졌던 입술이 다시 내려앉았다. 깊숙이 파고든 숨결 사이로 혀끝이 넘나들고 야릇한 소리가 흘러나왔다. 가느다란 몸 위로 물 흐르듯 자연스럽게 넘나드는 손길에 그녀의 몸 위로 떨림이 얹어졌다. 정신없이 밀려드는 아찔한 감각과 함께 등 뒤로 포근한 감촉이 느껴졌다. 입술이 떨어짐과 동시에 하얀 목선을 타고 내려온 입술이 거침없이 아래로 내려갔다. 아직은 온기가 부족한 공기가 드러난 그녀의 하얀 살결 위로 내려앉았다. 차가운 공기에 적응하기도 전에 뜨거운 감각이 파고들었다.

"하아……."

터지는 숨결과 함께 온몸을 타고 아찔한 감각이 밀려든다. 침대 위 물결치듯 아름답게 흐트러진 머리카락. 두 눈을 꼭 감은 채로 오롯이 자신에게 모든 것을 맡긴 그녀. 아름답게 굴곡진 그녀의 몸이 그녀가 내쉬는 야릇한 숨결과 함께 작게 들썩였다. 그동안 애써 밀어 내렸던 욕망이 단숨에 터졌다. 손끝에 닿는 부드러운 감촉과 귓가에 스미는 야릇한 그녀의 목소리에 조금의 이성도 남기지 않고 그녀를 어루만지고 또 어루만졌다. 입술이 스치고 지나간 자리 위로 붉은 자국이 선명하게 남았다. 어느새 실오라기 하나 남지 않은 두 사람의 몸이 하나로 엉켜 들었다. 거칠게 파고드는 감각과 함께 피어오르는 쾌감이 온몸을 지배하고 모든 정신을 빼앗아 갔다. 불필요한 생각을 남기지 않은 채 서로를 느끼는 것에만 오롯이 모든 신경을 쏟아 냈다.

"흐읏……."

강한 파도가 몰아치듯 순식간에 강하게 퍼진 자극에 그녀의 몸이 크게 들썩였다. 자신을 단단하게 감아 안은 팔에 의지한 채 그녀가 뜨겁게 숨을 터트렸다. 살며시 올라간 눈꺼풀 사이로 몽롱한 빛을 담은 그녀의 눈동자가 자신을 바라보았다.

"하아…… 사랑해."

움직임을 멈추지 않은 채 그가 뜨겁게 속삭였다.

"사랑해…… 사랑해……."

더욱 강하게 파고드는 감각에 잠시 찌푸려졌던 눈매가 부드럽게 휘어졌다. 밤새 들려도 질릴 것 같지 않은 말. 그동안 참았던 마음을 쏟아 내듯 그가 쉼 없이 마음을 전해 왔다. 나도 사랑해요. 멈추지 않는 감각에 차마 뱉어내지 못하고 그를 뜨겁게 끌어안았다.

* * *

봄바람이 햇살 머금은 파란 바다 위를 부드럽게 스치는 주말 아침. 손님을 맞을 준비로 인선의 아침은 그 어떤 날보다 분주했다.

"이제 다 됐어요?"

"응? 선호 씨. 뭐라고요?"

정신없어 보이는 그녀를 바라보며 그가 피식 웃었다.

"대충 준비해요. 뭘 그렇게 많이 준비해요."

"많이 준비한 줄 알았더니. 별거 없네요."

테이블 다리가 휘어질 정도로 먹음직스러운 음식들을 가득 준비해 놓고도 여전히 걱정이 가득 담긴 표정을 머금은 인선의 모습에 선호가 부드럽게 미소 지었다.

"누가 보면 100명쯤 오는 줄 알겠어요. 그만하고 이리 와서 좀 앉아요."

여전히 부족하다는 듯 테이블을 바라보던 인선이 천천히 선호의 옆에 다가와 앉았다. 자연스럽게 허리를 감싸는 손길에 끌려 편하게 그의 품에 등을 기대었다. 촉. 뒷머리에 닿은 짧은 감각에 고개를 돌리자 부드럽게 다가온 입술이 그녀의 입술 위로 짧게 키스를 남겼다.

"피곤하지 않아요?"

물어오는 그녀의 말에 고개를 모로 저었다. 일주일간의 출장을 마치고 아침에 도착한 선호였다.

"아직 오려면 시간 많이 남았어요. 들어가서 조금 자고 올래요?"

걱정스러운 물음에 빤히 그녀를 바라보던 그가 살며시 한쪽 입술을 밀어 올렸다.

"혼자요?"

툭. 옆구리를 치고 피식 웃는 인선의 모습에 선호가 함께 웃었다.

"우리 유인선 씨. 여전히 박하시네."

"그게 쉬겠다는 사람의 표정이 아니잖아요."

"어라? 너무 음흉한 거 아니에요?"

"또. 뭐가요?"

흘깃 눈을 흘기는 인선의 모습에 뻔뻔한 표정으로 그가 말을 이었다.

"내가 뭐 하겠다는 것도 아니고. 잠깐 자는데 옆에 있어 달라는 것도 안 되나?"

"네. 안 돼요."

"왜요?"

뒤에서 허리를 당기며 어깨에 얼굴을 기대는 그를 향해 인선이 천천히 고개를 돌렸다. 미세한 틈을 남기고 멈췄던 입술이 겹쳐졌다. 카페를 가득 채운 향기로운 커피 향과 함께 서로의 향기가 부드럽게 밀려들었다. 가볍게 시작된 키스는 늘 그렇듯 금세 깊어졌다. 꼭 끌어안은 몸 위로 서로의 온기가 기분 좋게 퍼졌다. 고작 일주일이라는 짧은 시간이었지만, 하루도 떨어져 있기 싫은 연인들에게는 서로를 그리워하기에 충분히 긴 시간이었다.

"하아……."

물기가 촉촉이 스민 마찰음과 함께 입술이 떨어졌다. 간질간질 서로가 내쉬는 숨결이 입술 언저리를 간지럽혔다. 어느새 나른해진 눈빛과 함께 그가 천천히 입술을 움직였다.

"아직…… 시간 많이 남았다면서요……. 진짜…… 안 돼요?"

살며시 가라앉은 나지막한 목소리가 간절했다. 안 되는 게 어디 있어.

"네. 충분해요."

더는 물을 것도 없이 자리에서 일어난 두 사람이 2층을 향했다. 방으로 들어서자 누가 먼저랄 것도 없이 입술이 겹쳐지고 서로의 옷을 벗겨 내느라 분주하게 손이 움직였다. 피곤은 무슨. 잠은 무슨. 그것보다 중요하고 그것보다 급한 건 따로 있는데. 마주 닿은 몸 위로 선명하게 서로의 감촉을 남겼다. 조금의 양보도 없이 서로를 파고드는 몸짓에 차오른 욕망이 터지고 밀려드는 행복감이 몸과 마음을 충만히 채워 갔다. 서로를 원하는 갈급한 몸놀림에 봄기운 가득한 방 안은 금세 여름처럼 뜨거워졌다.

* * *

"어서 와요."

환한 웃음을 머금은 인선의 어깨를 감싸 안은 선호가 그녀를 따라 밝게 웃었다. 다정한 두 사람의 모습을 눈에 담은 혜미와 진호가 그들과 다르지 않은 웃음을 머금었다.

"언니!"

"어, 어. 혜미야. 뛰지 마……!"

반가움에 뛸 듯이 옮기던 혜미의 걸음이 말리는 진호의 손길에 다시 느릿해졌다. 그 모습에 얼굴을 마주한 인선과 선호가 부드럽게 미소 지었다.

"혜미야. 오느라 고생 많았지? 힘들지는 않았고?"

"뭐가 힘들어. 맨날 조심해야 한다고 밖에도 못 나가게 해서 내가 얼마나 답답했는데."

"내가 언제 그랬어?"

이제는 제법 불룩하게 나온 배를 살며시 문지르며 혜미가 밝게 웃었다.

"진호 씨. 축하해요."

"아. 감사합니다."

멋쩍은 듯 웃으며 진호가 답했다. 조금의 시간이 지나면 한 아이의 엄마와 아빠가 되는 두 사람이었다.

"다리 안 아파? 목마르다며. 물 가져다줄까?"

"응. 괜찮아."

"그래도 좀 앉아. 서 있으면 다리 아프다며."

"응. 알았어. 내가 알아서 할게. 좀 그만해."

말리는 혜미의 말은 듣지도 않고 저쪽에 앉는 게 어떻겠냐고 물어오는 진호의 모습에 선호가 어이가 없다는 듯 웃었다.

"좋냐? 좋아?"

당연한 걸 뭐 하러 물어.

"부러우면 빨리 결혼하세요."

"내 일은 내가 알아서 할 테니까. 너는 혜미 씨나 챙겨."

"안 그래도 그러려고 했어요."

어느새 인선의 팔짱을 끼고 카페 안으로 들어가는 혜미의 뒤를 진호가 자석같이 따라붙었다. 그 모습을 바라보던 선호의 얼굴 위로 평온한 미소가 내려앉았다. 조금의 시간이 지나고 반가운 얼굴이 카페 문을 열고 들어왔다.

"지아야!"

자리에서 벌떡 일어나 쪼르르 달려 나오는 인선을 발견한 지아가 재빨리 승준의 뒤로 몸을 숨겼다.

"어라? 지아 또 아줌마 잊었어?"

무릎을 굽혀 눈을 맞춘 인선을 흘깃 바라본 지아가 고개를 천천히 모로 저었다.

"그럼 왜 그래. 이리 와."

두 팔을 가득 벌리자 지아가 입술을 삐죽이며 슬금슬금 다가와 손끝이 닿을락 말락 한 거리에 걸음을 멈추었다.

"우리 지아 좀 안아 보자."

품 안에 안기는 부드러운 느낌에 절로 미소가 번졌다. 여전히 예쁘고 여전히 사랑스러운 아이.

"우리 지아 또 엄청 컸어요."

얼마 되지 않았는데 부쩍 커 버린 느낌이 들었다.

"애들이야 하루가 다르게 크죠. 잘 지냈어요?"

자신을 내려다보며 부드럽게 물어오는 승준을 바라보며 인선이 자리에서 천천히 일어났다.

"네. 제가 조금 더 일찍 초대해야 했는데. 죄송해요."

"아닙니다. 안 그래도 바쁘실 텐데 초대해 주신 것만 해도 고맙죠."

"유미 씨도 잘 지내셨죠?"

물어오는 인선의 모습에 여전히 아름다운 미소를 머금은 유미가 천천히 고개를 끄덕였다.

"오느라 고생했다. 유미 씨도 고생 많았어요. 우리 지아도 여전히 예쁘네."

"그런 말은 인선 씨한테나 하라니까."

어깨를 툭 내리치는 승준의 손길에 선호가 피식 웃었다.

"다들 이쪽으로 오세요. 나름 준비한다고 했는데. 좀 부족하더라도 이해해 주세요."

소중한 사람들과 함께 행복한 식사 자리가 시작되었다. 서로를 챙기느라 여념 없는 혜미와 진호. 엄마를 바라보며 맑은 미소를 지으며 사람들이 나누는 이야기를 열심히 전해 주는 사랑스러운 지아. 그리고 옆에서 그 모습을 부드러운 미소를 지으며 지켜보는 승준. 말하지 않아도 서로를 사랑하는 마음이 가득 느껴지는 행복한 공간. 그저 지켜보는 것만으로 인선과 선호의 얼굴에 웃음이 묻어났다.

식사를 마치고 해변으로 장소를 이동했다. 알록달록 예쁜 파라솔 아래 돗자리를 깔고 여유로운 시간을 맞았다. 한참 동안 이야기는 이어졌고, 서로 시간 가는지 모르고 마주하며 웃었다. 어느새 불어오는 봄바람을 맞으며 엄마 무릎을 베고 잠이 든 지아.

"유미 씨. 힘들 거 같아요. 가서 지아 편하게 재우는 게 낫지 않을까요?"

인선의 말에 선호가 수화로 유미에게 뜻을 전했다.

"그래. 그게 좋겠어."

승준이 유미를 보며 고개를 끄덕였다.

"내가 방에 모셔다 드리고 올게."

선호가 지아를 안고 자리에서 일어났고, 유미가 그의 뒤를 따랐다.

"오빠. 나 바닷가에 발 담그고 싶어."

"그럴래? 안 춥겠어?"

"지금 나 땀나는 거 안 보여? 빨리 가자. 응?"

"어! 어! 어! 조심히 좀 일어나. 왜 이렇게 빨리 일어나."

"아우. 빨리 좀 와."

아웅다웅하면서도 두 손을 꼭 잡은 두 사람이 해변을 향하는 모습을 바라보며 승준과 인선이 웃음을 머금었다. 불어오는 바람을 맞으며 맥주를 한 모금 마시는 인선을 승준이 넌지시 바라보았다. 그의 시선에 인선이 부드럽게 미소 지었다.

"행복하세요?"

물어오는 승준의 말에 인선이 고개를 끄덕였다.

"다행이에요. 옆에서 지켜보면서 얼마나 조마조마했던지."

"죄송해요."

의미를 잘 알기에 쑥스럽게 미소 지으며 답했다.

"죄송은요. 제가 고맙죠. 저 자식 저러다가 어떻게 되는 거 아닐까. 제가 얼마나 걱정했는데요."

가만히 하늘을 바라보던 승준이 다시 말을 이었다.

"지아 엄마가 그랬거든요."

"뭐가요?"

"제가 정신 나간 것처럼 쫓아다닐 때, 저를 엄청 피해 다녔어요."

"그랬어요?"

"네."

그때가 떠오른 듯, 한숨을 푹 내쉰 승준이 살며시 미소 지었다.

"물론 사연이야 두 사람과 다르지만, 지아 엄마 나름대로 걱정도 많았고 두려웠었나 봐요."

"……."

"말도 못하고 듣지도 못하는 자신을 그저 평범하게 세상을 살아가는 사람이 이해해 줄 수 있을까. 그 사람과 자신이 사랑할 수 있을까. 그 사람과 나는 앞으로 행복할 수 있을까……."

"……."

"결국, 이별을 말하고 지아 엄마가 떠났어요."

"……."

"그리고 선호처럼 한참 동안 정신 나간 놈처럼 시간을 보내고 있을 때 지아 엄마가 저를 찾아왔어요."

살며시 미소를 머금은 승준이 인선을 바라보았다.

"그리고 엉엉 울면서 수화로 말하더라고요. 이미 마음은 저에게 당장에라도 달려오고 싶었지만, 인정하고 받아들이는 데 시간이 걸렸다고. 혹시나 자신의 장애가 나한테 부담을 주지 않을까. 상처를 주지 않을까. 오랜 시간 생각했다고."

덤덤하게 이야기하는 승준을 바라보는 인선의 가슴 위로 먹먹한 감정이 밀려왔다.

"용기가 필요했대요."

승준이 옅게 미소 지었다.

"오히려 저는 그 반대였는데 말이에요."

"……."

"혹시나 내가 그 사람이 살아온 환경을 이해하지 못하고 상처를 주면 어쩌지. 이 사람이 나와 함께하면서 행복하지 못하면 어

쩌지. 오히려 저는 그 걱정에 밀어내는 그 사람한테 더는 다가가
지 못했거든요."

"……."

잠시 말을 멈춘 승준이 멀리서 걸어오는 선호를 바라보며 부드
럽게 미소 지었다.

"서로를 생각하고 사랑하는 마음 앞에서는 그 어떤 장애나 일들
도 아무것도 아닌 게 되더라고요. 오히려 그것 때문에 서로가 소
중하게 느껴질 때가 많거든요."

"……."

"저는 두 사람도 그랬으면 좋겠어요."

"……."

"아팠던 만큼, 앞으로 누구보다 행복했으면요. 저랑 지아 엄마
처럼요."

말을 마친 승준이 선호를 보며 빙긋 웃었다.

"왔어?"

"응. 지아 침대에 눕히고 유미 씨도 조금 쉬라고 했어."

"그래. 고맙다."

"그런데 무슨 얘기하고 있었어?"

궁금한 듯 물어오는 선호를 바라보며 인선이 그저 말없이 미소
지었다.

"네 욕 하고 있었다. 왜?"

"에이. 설마. 내가 욕할 때가 어디 있다고."

"미친놈."

뻔뻔하게 답하는 선호를 승준이 흘겨보며 자리에서 일어났다.

"어? 어디 가?"

"유미한테."

"지아 잠들었어. 괜찮다니까."

"보고 싶어서 그런다, 이 자식아."

그래. 가라, 가. 불만스럽게 읊조린 그가 금세 표정을 바꾸어 인선의 옆에 바싹 기대어 앉았다.

"무슨 얘기 중이었어요?"

"그냥. 이것저것."

"이것저것 뭐요?"

"그런 게 있어요."

포기한 듯 고개를 돌린 그가 멀리서 파도에 발을 담그고 해맑게 웃고 있는 혜미와 진호를 바라보았다.

"저렇게 좋을까?"

웃음을 머금은 목소리를 들으며 인선도 가만히 두 사람을 바라보았다. 멀리서 보아도 행복이 느껴지는 장면이었다. 넘실거리는 파도가 밝게 내리는 햇살에 보석을 뿌려 놓은 듯 예쁘게 반짝였다. 불어오는 기분 좋은 바람에 그의 좋은 향기가 코끝에 부드럽게 스며 왔다. 바람에 흩날리는 머리카락. 멀리서 들려오는 웃음소리. 그리고 자신을 부드럽게 바라보는 따스한 시선. 정면을 바라보며 가만히 미소 짓던 그녀가 천천히 입술을 움직였다.

"좋을 거 같아요."

"응? 뭐라고요?"

물어오는 선호의 목소리에 아니에요. 인선이 작게 답했다.

바닷가에 예쁜 노을이 내리고 그 바다가 달빛을 머금을 때까지 행복한 만남의 시간이 이어졌다.

"인선 씨. 오늘 고생 많았어요."

"언니. 오늘 맛있게 먹고 잘 놀다 가요."

"아니에요. 다들 와 줘서 고마워요. 다음에 또 시간 되면 놀러 오세요."

당연히 그래야죠. 환한 웃음을 머금고 답하는 사람들을 바라보며 인선이 행복한 미소를 지었다.

아쉬움을 뒤로하고 사람들이 모두 떠났다. 카페를 가득 채웠던 웃음소리가 사라지자 갑자기 밀려드는 고요함이 낯설게 느껴졌다.

"아쉬워요?"

손을 맞잡으며 물어오는 선호를 바라보며 살며시 고개를 끄덕였다.

"내가 있는데도?"

장난스럽게 한쪽 눈을 찌푸리며 물어오는 그의 모습에 작게 소리 내 웃었다.

"그럴 리가요. 그냥 오랜만에 만나서 너무 좋았나 봐요."

"나도 그래요. 그리고 인선 씨랑 같이 만나서 더 좋았고요."

"저도요."

천천히 몸을 돌려 카페를 향했다.

"정리는 거의 다 됐죠?"

"네. 유미 씨랑 혜미가 도와줘서 이제 할 거 별로 없어요."

"그럼 오랜만에 둘이서 오붓하게 한잔할까요?"

"네. 좋아요."

남은 정리는 자신이 하겠다고 카페 안으로 들어가는 선호를 바라보며 인선이 테라스 테이블 앞에 앉았다. 조용한 공간, 잔잔하게 흐르는 음악. 천천히 고개를 돌리니 빙긋 웃어 보이는 그의 모습이 보였다. 화답하듯 살며시 미소 지은 인선이 고개를 돌려 바다를 눈에 담았다.

조금의 시간이 지나고 맥주를 손에 든 선호가 다가와 인선의 옆에 앉았다. 건네는 맥주를 한 모금 마신 인선이 편안하게 의자에 등을 기대었다. 이제는 이렇게 나란히 앉아 밤바다를 바라보는 것이 익숙하지만, 몇 번을 함께해도 그저 설레고 행복한 시간이었다.

"하아. 이제 조금 조용하니 살 것 같네."

선호의 말에 인선이 피식 웃었다.

"제일 들떠서 신났던 사람이 선호 씨 같았는데."

"내가요? 아닌데."

"뭐 아니면 말고요."

"그건 당연히."

"당연히 뭐요?"

또 무슨 소리를 하시려고요.

"아까 말했잖아요. 인선 씨랑 같이 있으니까 그렇다고."

역시나 예상 답변을 벗어나지 않은 말을 내뱉고 그가 환하게 웃었다.

"나도 아까 말했지만, 그건 나도 마찬가지예요."

만족스러운 미소를 지은 선호가 고개를 돌렸다. 맞잡은 손을 부

드럽게 쓰다듬으며 말없이 바다를 눈에 담는 선호를 지그시 바라
보다 인선도 천천히 바다로 시선을 옮겼다.

밀려드는 파도 소리. 잔잔하게 흐르는 음악. 얼굴 위로 기분 좋게
흐르는 봄바람. 그리고 오늘도 두 손을 꼭 맞잡은 당신과 나. 여느
날과 다르지 않은 고요하고 평화로운 공간. 한참을 말없이 정면
을 바라보던 인선의 입술이 천천히 움직였다.

"선호 씨……."

"네."

"우리 결혼할래요?"

바다를 담고 있던 그의 시선이 천천히 그녀에게 닿았다. 바람에
날리는 머리카락을 부드럽게 쓸어 넘긴 그녀가 그 어느 때보다 사
랑스러운 미소를 지으며 자신을 바라보았다. 바다 위 콕콕 박힌
별빛을 고스란히 옮겨 놓은 듯 그녀의 눈동자가 아름답게 반짝
였다. 지그시 그녀를 바라보던 선호의 눈매가 부드럽게 휘었다.

"네. 해요."

"……."

"결혼해요. 우리……."

뻗어 온 그의 팔이 그녀의 어깨를 감싸 안았다. 천천히 그의 어
깨에 얼굴을 기대고 부드럽게 미소 지었다. 가슴이 벅차 들이마
신 숨에 그의 가슴이 들썩였고, 말없이 미소 짓는 그녀의 가슴 위
로 행복감이 가득 밀려왔다.

시선이 닿았고, 입술이 겹쳐졌다. 소중하게 숨결을 나누며 소중
하게 서로를 끌어안았다. 맞닿은 입술이 떨어지고 마주한 눈동자
안에 오롯이 서로만이 가득 담겼다. 말하지 않아도 고스란히 느

꺼지는 서로의 마음에 가슴이 뛰었지만, 눈앞의 세상은 그 어느 순간보다 평화롭고 아름다웠다.

* * *

두 번의 아름다운 계절이 행복하게 지나갔다. 하늘과 구름이 너무 예쁜 가을날. 바다가 보이는 예쁜 야외 결혼식장에 오늘의 아름다운 신랑 신부를 축하하기 위한 손님들이 하나둘 모습을 드러냈다. 축하를 건네는 사람들과 인사를 하느라 바쁜 선호의 얼굴 위로 그 어느 때보다 환한 미소가 오래 자리 잡았다.

"입 찢어지겠네."

다가와 피식 웃으며 손을 내미는 승준의 모습에 선호가 소리 내 웃었다.

"좋아서 그런다."

"그럼 좋겠지."

"너도 뭐 다르지 않았던 거 같은데. 안 그래요. 유미 씨?"

수줍게 미소를 머금은 유미가 천천히 고개를 끄덕였다. 선호의 시선이 유미의 손을 꼭 잡고 자신을 바라보는 지아에게 향했다. 오늘 화동을 맡은 지아가 예쁜 드레스를 입고 수줍은 듯 웃고 있었다.

"와. 오늘 우리 지아 엄청 예쁘네."

"피. 거짓말."

"어? 진짠데?"

"오늘은 아줌마가 나보다 더 예뻐요."

"그랬어?"

귀엽게 투덜거리는 지아의 머리를 부드럽게 쓸어내렸다.

어느 정도 하객을 맞이한 선호가 신부 대기실로 걸음을 옮겼다. 그녀를 본 지 채 한 시간이 지나지 않았음에도 그녀에게 향하는 발걸음이 설레었다. 신부 대기실로 들어가자 혜미와 이야기를 나누던 인선이 환한 미소를 지으며 선호를 반겼다. 새하얀 웨딩드레스 위로 드러난 하얀 살결. 그녀의 손에 수줍게 들고 있는 화사한 부케보다 몇 배는 더 화사해 보이는 그녀의 얼굴. 다시 보아도 눈이 부실 정도로 아름다운 그녀.

"나 오늘 왜 이렇게 눈이 부시지?"

팔불출 같은 말을 서슴없이 뱉어 내는 선호의 모습에 신부 대기실 한쪽에 서 있던 진호가 밀려 올라오는 나쁜 단어들을 꾹 눌러 삼켰다. 아름다운 신부의 맑은 웃음소리가 공간을 채웠다.

"여기 와도 괜찮아요?"

번지는 미소를 머금고 인선이 물었다.

"내가 내 여자 보러 오는데 누가 안 괜찮대요?"

내 여자. 괜히 부끄럽게 느껴지는 단어에 인선이 어색한 미소를 지으며 힐끔 혜미를 바라보았다. 괜찮아. 오늘은 다 이해할게. 어색한 미소를 지은 혜미가 천천히 고개를 끄덕였다.

"힘들지는 않아요?"

부드러운 눈빛을 머금고 물어오는 선호를 보며 인선이 고개를 끄덕였다.

"여기 있어도 괜찮아요? 인사하다가 오신 거 아니에요?"

걱정스럽게 물어오는 그녀를 보며 선호가 천천히 말을 이었다.

"자꾸 보고 싶어서 참을 수가 있어야죠."

주변의 시선은 아랑곳하지 않고 인선을 향해 상체를 기울이며 달달함이 뚝뚝 떨어지는 말을 내뱉는 선호의 모습에 행복한 신부는 웃었고 혜미와 진호의 입술은 살며시 벌어졌다.

"대표님 요즘 양봉하시나 봐요."

혜미의 속삭임에 진호가 고개를 절레절레 저었다.

"저희는 밖에서 기다리겠습니다."

"네. 그러는 게 좋겠어요. 언니. 이따가 봐."

결국, 견디다 못해 두 사람이 도망치듯 자리를 벗어났다. 그러든지 말든지 미소를 가득 담아 서로를 바라보던 두 사람의 뒤로 직원의 목소리가 들려왔다.

"곧 예식 시작합니다. 신랑 신부님 대기해 주세요."

크게 숨을 들이마신 선호가 인선을 향했던 상체를 천천히 일으켰다. 말없이 내민 그의 손 위로 그녀의 작은 손이 얹어졌다. 살며시 긴장한 표정으로 작게 숨을 내쉰 인선이 천천히 자리에서 일어났다. 눈부시게 아름다운 그녀를 부드럽게 바라보던 선호가 문득 스치는 기억에 작게 소리 내 웃었다.

"왜 웃어요?"

긴장한 눈빛으로 자신을 바라보는 그녀의 얼굴을 가만히 바라보았다.

'그러면 내가…… 유인선 씨랑 결혼하면 되는 겁니까?'

그녀와 마주 보고 처음 식사를 하던 날. 당황한 목소리로 손사래 치며 아니라고 답하던 그녀의 모습이 떠올랐다. 아무런 욕심없이 그저 그녀를 마주 보고 있다는 사실만으로 좋았던 그 시간.

그때는 차마 상상도 하지 못했던 일. 가슴이 터질 것같이 뛰었던 첫 키스. 당신을 좋아해. 용기 내뱉어 냈던 첫 고백. 그리고 시간이 멈추었으면 좋겠다고 생각했던 그녀와 첫날밤. 아픔을 지워 낸 행복한 순간들이 주마등처럼 머릿속을 스치고 지나갔다. 여전히 그의 웃음이 궁금한 듯 자신을 바라보고 있는 그녀. 조심히 다가가 핑크빛 립스틱이 곱게 스민 입술 위로 짧게 키스했다. 살며시 눈을 감았다 뜬 그녀가 부드럽게 웃었다.

"좋아서요."

당신이 행복했으면 좋겠습니다.

"그냥……. 좋아서요."

수십 번 수백 번 마음으로 되뇌었던 그 말.

"인선 씨. 행복해요?"

"네. 행복해요."

간절한 바람처럼 행복하다고 답하는 당신이 내 앞에 있다는 사실.

"나도. 행복해요."

그 사실 하나로 넘치게 행복했다.

부드럽게 미소 지은 그가 천천히 입술을 움직였다.

"이제 갈까요?"

"네. 우리 가요."

설렘이 가득 담긴 미소를 머금은 신랑과 신부가 천천히 걸음을 옮겼다. 예쁜 아이가 뿌려 주는 꽃잎이 발끝을 스칠 때마다 봄바람이 불 듯 마음이 살랑살랑 흔들렸다. 짙고 높은 가을 하늘 아래 아름다운 신랑과 신부. 선선한 바람이 불어왔지만, 그 어떤 봄

날보다 따스하게 느껴졌다. 영원한 사랑을 약속하고 마주한 두 사람. 마주 닿은 입술 위로 행복한 미소가 번졌다. 오랫동안 기다려 왔던…… 진정한 행복이 시작되었다.

Fin

외전
—
승준 그리고 유미의 이야기

8년 전.

오랜만에 선호를 만나기로 한 승준이 선호의 회사 건물 앞에 자리 잡은 채 멍하니 지나가는 사람들을 눈에 담고 있었다.

"이승준."

반가운 목소리에 고개를 돌리자 선호가 한 손을 들었다 내리며 반가운 표정으로 다가왔다.

"살아 있었네. 오랜만이다."

승준의 말에 선호가 피식 웃었다.

"회사가 왜 이렇게 바쁘냐."

"대표가 바빠야지. 놀고먹을래? 근데 오늘은 시간 괜찮아?"

"바빠. 그래도 먹고 살자고 하는 일인데 밥은 먹어야지. 가자. 배고파 죽겠다. 한 끼도 못 먹었어."

손바닥으로 배를 문지르며 어디를 갈지 정하는 듯 주변을 두리번거리는 선호를 따라 승준도 주변을 두리번거렸다.

"미국 갈 준비는 잘하고 있냐?"

"뭐 그냥 하고 있지."

선호의 물음에 설렁설렁 답하던 승준의 시선이 갑자기 한곳을 향했다.

"어!어!"

끼익. 날카로운 소리가 귀를 강하게 찔렀다. 갑자기 멈춰 선 자동차. 그리고 그 앞에 서 있던 작은 여자아이가 털썩 바닥으로 넘어졌다. 아슬아슬한 순간에 두 사람 모두 눈을 번쩍 떴다. 다행히 소녀가 부딪히기 전에 멈춰선 자동차.

"어후. 깜짝이야."

저도 모르게 말을 내뱉은 승준의 시선이 차에 닿았다. 빠르게 문이 열리며 차에서 한 여자가 내렸다.

"으아아아앙!"

커다란 울음소리가 들리고 주변으로 사람이 하나둘 모이기 시작했다.

"어머어머! 윤아야!"

아이의 엄마로 보이는 여자가 정신없이 아이를 향해 달려갔다. 그리고 바닥에 쓰러진 아이 앞에 무릎을 꿇고 아이를 꼭 끌어안았다.

"괜찮아?! 어디 봐봐. 어후. 세상에. 윤아야! 괜찮아!"

"으아아아앙!"

당연히 놀라고도 남을 상황.

"어머! 피!"

아이의 무릎에 난 상처를 본 엄마의 눈이 뒤집힐 듯 크게 떠졌다. 차에서 내린 운전자가 아이와 엄마의 앞으로 정신없이 뛰어가 무릎을 빠르게 꿇었다. 새하얗게 질린 얼굴. 많이 놀랐는지, 아이의 엄마만큼 파르르 떨리는 눈동자를 한 그녀가 정신없이 공중에 손을 움직이며 입술을 벙긋거렸다.

"도대체 운전을 어떻게 하는 거예요!"

날카로운 엄마의 목소리가 그녀를 향해 뱉어졌다. 여전히 손을
움직이는 그녀. 당장에라도 눈물을 떨어뜨릴 것 같은 표정으로 입
을 열심히 움직였지만, 알아들을 수 없는 목소리만이 공중에 흘
렀다. 가만히 보던 선호가 걸음을 옮겨 두 사람 앞에 멈춰 섰다.
선호를 뒤따라 승준도 재빨리 걸음을 옮겼다.

"눈을 어디다 두고 운전하는 거야!"

점점 윽박지르는 그녀에게로 다가간 선호가 천천히 무릎을 꿇
었다. 선호의 시선이 아이를 천천히 살피고, 여전히 새하얗게 질
린 운전자에게로 닿았다. 끔뻑끔뻑. 차마 더는 아무것도 하지 못
하고 깜빡이는 눈꺼풀 아래 당황한 눈동자가 선호에게 닿았다. 선
호의 시선이 아이의 엄마를 향했다.

"놀라셨죠. 제가 봤는데. 아이가 차에 부딪히지는 않았습니다."

"네? 뭐라고요?"

선호가 다시 차분한 목소리를 냈다.

"아이가 부딪히기 전에 멈췄고, 아이가 놀라서 넘어진 거예요."

"아……."

잠시 멈춰진 그녀의 목소리. 선호가 운전자를 바라보며 천천히
손을 움직였다.

-잠시만요. 제가 먼저 이야기해드릴게요.

그가 수화를 할 수 있다는 사실을 깨달은 그녀가 다행이라는 듯
아 하고 작게 입을 벌렸다. 선호의 시선이 아이 엄마를 향했다.

"일단 그만 진정하시고. 병원부터 가 보시는 게 나을 것 같습
니다."

"……."

"그리고 운전자분이 말을 못 하시는 거 같네요."

아이 엄마의 시선이 그녀에게 흘깃 닿았다. 눈이 마주치자 그녀가 다시 손을 움직이기 시작했다.

"죄송합니다. 아이가 갑자기 뛰어나와서 빨리 멈췄는데, 아이가 넘어졌어요."

선호가 그녀의 말을 천천히 아이 엄마에게 전했다. 그리고 천천히 손을 움직였다.

-병원부터 가 봐야 할 것 같아요. 괜찮으시다면 제가 같이 가 드릴게요.

선호의 말에 미안한 표정을 지은 그녀가 천천히 고개를 끄덕였다.

"일어나세요. 병원 먼저 가는 게 좋겠네요."

자리에서 일어난 선호가 옆에 선 승준을 잠시 바라보다가 운전자에게 시선을 옮겼다.

-운전할 수 있겠어요?

그녀가 바로 답하지 못했다. 그 모습에 선호가 승준을 바라보았다.

"네가 저 차 좀 가지고 병원으로 와. 난 아이랑 엄마 모시고 택시 타고 갈게."

"뭐?"

"아무래도 지금 운전하기 힘든 상태일 거 같아서. 알겠지?"

승준의 대답도 듣지 않은 채 선호가 다시 손을 움직였다. 두 사람의 앞에 선 그녀가 말없이 고개를 끄덕였다.

운전대를 잡은 승준의 시선이 흘긋 보조석에 앉은 그녀에게 닿았다. 눈이 마주치자 그녀가 미안함을 가득 머금은 표정으로 바라보다가 핸드폰을 들고 무언가 열심히 적어 내려갔다.

-미안해요. 바쁘실 텐데 저 때문에 갑자기.

핸드폰에 적힌 글씨를 읽어내린 승준이 부드럽게 미소 지었다.

"괜 찮 아 요. 시 간 많 아 요."

또박또박 이야기하자 여전히 미안함을 머금은 그녀의 얼굴 위로 옅은 미소가 번졌다. 여전히 사고의 긴장감 때문인지, 불편할 정도로 허리를 곧추세우고 앉은 그녀. 승준이 천천히 입을 움직였다.

"놀 랐 을 텐 데. 병 원 도 착 할 때 까 지 좀 편 하 게 앉 아 있 어 요."

알아들었으려나. 의구심이 담기는 순간, 조금 전보다 한결 나아진 표정으로 그녀가 고개를 끄덕였다. 그제야 편하게 시트에 등을 기대는 그녀. 하지만 여전히 걱정이 남은 표정. 얼마나 당황했을까. 선호가 수화를 할 수 있다는 사실이 다행이라는 생각과 함께 살포시 옆에 앉은 그녀를 눈에 담았다. 하나로 단조롭게 묶은 머리. 새하얀 피부 위에 오목 조목 자리 잡은 이목구비. 말없이 바라보면 자신과 다를 것 없는 평범한 사람. 유난히 붉은 빛을 띤 그녀의 입술 위로 시선이 멈췄다. 당황한 모습으로 입술을 벙긋거리던 모습이 스치듯 지나갔다.

'이런 일이 자주 있었겠지.'

평소에 생각해보지 않은 누군가의 불편함에 괜히 마음이 안타까웠다. 시선을 느꼈는지 그녀가 고개를 돌렸다. 순간 마주친 눈동자에 재빨리 표정을 지은 승준이 빙긋 웃었다.

"거 의 다 왔 어 요."

이번에도 입 모양을 읽어낸 그녀가 천천히 고개를 끄덕이며 살포시 웃었다. 조금 전보다 많이 편해진 모습. 그녀에게 닿은 승준의 눈매가 부드럽게 휘었다.

* * *

－감사합니다. 오늘 신세 너무 많이 졌어요.

선호와 승준의 앞에 선 그녀가 옅은 미소를 머금으며 이야기했다.

－괜찮아요. 많이 당황하셨을 텐데. 도움을 드릴 수 있어서 다행입니다.

그녀에게 답하는 선호를 멍하니 바라보던 승준이 물었다.

"뭐래? 그리고 넌 뭐라고 그랬어?"

"고맙다고 그래서 괜찮다고 그랬어."

"그게 다야?"

"어. 왜?"

선호의 눈동자가 승준을 이리저리 살폈다. 무언가 할 말이 있어 보이는 승준.

"운전을 할 수 있대?"

승준의 물음에 선호가 다시 그녀에게 수화로 물었다. 괜찮다는 듯 그녀가 고개를 끄덕였다. 여전히 무언가 할 말이 있어 보이는 승준이 다시 입을 열었다.

"내가 데려다준다고 해. 많이 놀랐을 텐데. 운전은 무리잖아."

"네가?"

"너 회사 가봐야 한다면서."

"그렇긴 하지. 근데……."

괜찮다고 하려나? 생각을 담은 선호가 다시 그녀에게 말했다.

―괜찮으면 친구가 대신 운전해 준다는데. 아까 많이 놀라신 거 같아서 걱정되나 봐요.

그녀의 동그란 눈이 승준에게 닿았다. 잠시 얼굴 위로 어색한 빛을 담았던 승준이 천천히 고개를 끄덕이는 그녀의 모습에 살포시 입술을 밀어 올렸다. 다시 그녀와 차에 나란히 앉았다. 당연히 침묵이 흘렀다. 무언가 이야기해도 낮과는 다르게 어두운 차 내부에서 입 모양을 읽기가 수월치 않아 보였다.

내비게이션에서 흘러나오는 목소리만 귀에 담은 채 어느새 차는 그녀의 집 앞에 도착했다. 주차를 마치자 그녀가 차에서 내렸다. 빠르게 따라 내린 승준이 그녀의 앞에 마주 섰다.

고 마 워 요.

그녀가 입술을 움직이며 부드럽게 미소 지었다.

"뭘요."

가볍게 답한 승준이 손에 든 차키를 그녀에게 건넸다. 마주한 두 사람 사이로 다시 정적이 흘렀다.

"들 어 가 세 요."

또박또박 말하자, 가만히 바라보던 그녀가 가방에서 핸드폰을 꺼냈다. 핸드폰 위에 또 무언가 써 내려가는 그녀. 그녀가 잠시 머뭇거리다가 핸드폰을 천천히 내밀었다.

-괜찮으시면 차 한잔하고 가실래요?

핸드폰 화면을 바라보던 승준의 눈이 크기를 점점 키웠다. 그 모습에 순간 당황한 표정을 머금은 그녀가 다시 핸드폰 화면을 두드렸다.

-오늘 고맙기도 하고 뭐 드릴 게 있어서요. 이상하게 보였다면 죄송해요.

화면 위 까만 글씨가 왠지 그녀의 당황한 마음을 대변하고 있는 것 같은 느낌에 저도 모르게 웃음이 나왔다. 그의 웃음에 그녀의 하얀 얼굴이 조금씩 붉어졌다. 승준이 손바닥을 내밀었다.

핸 드 폰.

그의 말을 이해한 그녀가 핸드폰을 건넸다.

-괜찮으시면 차 한잔 얻어먹고 갈게요. 이상해 보이지 않았어요.

슬그머니 입매를 밀어 올린 승준이 핸드폰을 건네자 그녀가 작게 미소 지었다.

문이 열리고, 들어오라는 듯 그녀의 시선이 닿았다.

"실례합니다."

그녀가 듣지 못할 걸 알지만, 정중한 목소리를 낸 승준이 한 걸음 내디뎠다. 방이 하나 있는 작은 오피스텔. 그보다 먼저 들어간 그녀가 빠른 동작으로 여기저기 흩어져 있는 옷과 책들을 치우기 시작했다.

"괜찮아요."

그녀가 여전히 분주하게 움직였다. 천천히 다가간 그가 그녀의 어깨를 손끝으로 톡톡 치자 그녀가 그제야 고개를 돌렸다.

"안 치 워 도 괜 찮 아 요."

아. 살짝 입술을 벌린 그녀가 주변을 두리번거리더니 재빨리 손에 든 물건들을 소파 구석에 내려놓았다.

－잠깐만 앉아서 기다리세요.

핸드폰 위 글자에 승준이 고개를 끄덕이며 소파에 앉았다.

그녀가 주방으로 빠르게 향했다. 분주하게 움직이는 소리에 흘깃 승준의 시선이 그녀에게 향했지만, 혹시나 그녀가 불편할까 봐애써 시선을 거두었다.

잠시 후 그녀가 다가왔다. 그녀의 손에 들린 쟁반 위로 시선이 닿았다. 향긋한 커피향이 코끝에 스밈과 동시에 그녀가 그에게 잔을 건넸다.

드 세 요.

말을 마친 그녀가 그의 옆에 나란히 앉았다.

"잘 마실게요."

커피를 마시는 자신의 얼굴을 뚫어질 듯 바라보는 그녀. 잔을 입술에 가져다 댄 그가 흘깃 그녀에게 시선을 옮겼다. 무언가 기대감에 찬 듯한 눈동자. 잠시 민망함이 밀려와 커피를 한 모금 마시고 잔에서 입술을 떼어 냈다.

－어때요?

그녀가 기다렸다는 듯 핸드폰을 내밀었다. 그가 이해를 못 한 듯눈을 깜빡였다. 아. 그녀가 다시 글자를 적어 내려갔다.

－커피 맛 어때요?

이해한 승준이 천천히 입술을 움직였다.

"맛 좋은데요."

만족한 듯 그녀의 입술이 밀려 올라갔다. 승준이 살며시 고개를 기울였다.

−제가 요즘 바리스타 자격증 때문에 학원 다니거든요. 다른 사람이 마시는 건 오늘 처음이라.

아. 그래서. 잠시 커졌던 승준의 눈매가 부드럽게 휘어졌다. 기대감에 반짝이던 눈동자가 민망한 듯 휘어지는 예쁜 눈매에 살포시 가려진다. 그 모습에 그녀의 얼굴 위로 머문 승준의 눈동자가 차마 떨어지지 않는다. 머릿속이 순간 멍해졌다. 휘어졌던 승준의 눈매가 천천히 제자리를 찾았다. 왜 그러냐는 듯한 그녀의 눈빛에 승준이 정신을 차리듯 빠르게 눈을 깜빡였다.

"맛있어요. 많이요."

그녀가 입술을 읽을 수 없을 정도로 빠르게 말을 마친 그가 시선을 내린 채 다시 잔을 들었다. 순간의 정적과 함께 어색함이 밀려왔다.

홀짝홀짝 커피를 마시던 승준이 무언가 떠오른 듯 다시 시선을 올렸다. 그리고 저도 모르게 피식 웃었다. 그가 핸드폰을 들어 글자를 적어 내려갔다.

−근데 이름이 뭐예요? 저는 이승준이에요.

핸드폰을 응시한 그녀가 그와 같은 생각을 머금었는지 작게 웃었다. 작은 손이 핸드폰 위를 움직였다.

−저는 김유미예요. 만나서 반가워요.

봄바람처럼 그녀가 환하게 미소 지었다.

−오늘 커피 잘 마셨어요.

문 앞에 마주 선 승준이 빙긋 웃었다.

-잠시만요.

그녀가 주방으로 빠르게 향하더니 작은 종이봉투를 가지고 나타났다.

-이거 제가 만든 드립 커피예요. 마시는 방법이랑 다 안에 있어요. 아까 친구분도 하나 가져다주세요. 오늘 일에 비하면 너무 작지만 제 마음이에요.

마음을 전하듯 살포시 미소 짓는 그녀를 바라보던 승준이 천천히 고개를 끄덕였다.

"고 마 워 요. 잘 마 실 게 요."

-제가 너무 시간을 오래 뺏었네요. 너무 늦었어요. 조심히 가세요. 근데 뭐 타고 가세요?

그제야 자신의 차를 타고 온 게 생각이 났는지 그녀가 크게 눈을 떴다.

-택시 타고 갈게요. 걱정하지 마세요. 오늘 놀랐을 텐데. 내 걱정 말고 빨리 쉬어요.

여전히 걱정이 담긴 눈동자. 빨리 자신이 비켜줘야겠다는 생각에 승준이 재빨리 신발을 신었다.

"저 갈 게 요. 잘 자 요."

그녀가 고개를 끄덕이자 그가 몸을 돌렸다.

그녀의 집에서 나와 바로 택시를 잡지 않은 승준이 천천히 도로를 걸었다. 천천히 움직이던 발이 멈추고, 그의 시선이 멀어진 그녀의 집을 향했다.

'아마 저쯤이겠지.'

불이 켜진 창문들을 멍하니 바라보던 승준이 살며시 미소 지었다. 평범한 자신과 조금은 달라서일까. 그러지 않으려 마음먹어도 자꾸만 신경이 그녀에게 쏠리고 마음 한쪽에 이상한 감정이 자리 잡는다.

"핸드폰 번호라도 물어볼 걸 그랬나."

눈물이 금방이라도 떨어질 것 같았던 눈으로 바라보던 모습과 자신을 바라보며 예쁘게 미소 짓던 그녀의 얼굴이 번갈아 스치듯 지나간다.

"왜 이러지."

이상하게 떨어지지 않는 걸음이 한참이 지나서야 다시 시작되었다.

＊ ＊ ＊

－잘 들어갔지?

선호의 문자에 승준이 전화를 걸었다.

－어? 뭘 전화까지 하고 그러냐.

"문자 귀찮아. 잘 모셔다드리고 왔다."

－그래. 고생했다.

"고생은 무슨. 그리고 유미 씨가 너 주라고 선물도 줬어.

－아. 그러고 보니 이름도 몰랐네. 근데 무슨 선물?

"커피. 직접 만든 거래. 내일 내가 회사 앞으로 갈게. 시간 괜찮아?"

－내일 또 온다고? 너 시간 많다?

"어. 잠깐 들를 때도 있고 가서 연락할게."

전화를 끊은 승준이 침대에 비스듬히 몸을 기댔다. 가만히 천장을 바라보던 승준이 몸을 빠르게 뒤집어 핸드폰을 열었다.

"바리스타 학원이라."

검색창을 열어 선호의 회사 근처 바리스타 학원들을 검색하기 시작했다. 생각보다 많지 않은 검색 결과. 승준의 얼굴 위로 만족스러운 미소가 번졌다.

"근데 이 근처가 맞으려나."

아무것도 확실한 것이 없었다. 그리고 왜 자신이 이러고 있는지도 이해가 되지 않았다. 하지만 하나의 생각은 또렷했다. 그녀를 다시 만나고 싶다.

다음 날 아침.

승준이 서둘러 집을 나섰다.

"어제 점심시간에 거기를 지나갔으니까……."

대략 점심시간을 기준으로 그녀를 찾기로 했다. 어제 열심히 검색한 바리스타 학원 앞으로 향했다. 차마 들어가지는 못하고 건물 앞에서 서성이며 지나가는 사람들을 천천히 눈에 담았다. 이게 뭐 하는 건가 싶기도 했지만, 누군가 나타날 때마다 기대감에 저절로 옮겨지는 시선에 그는 오랫동안 자리를 벗어나지 못했다.

-야. 너 어디야.

선호의 전화였다.

"아. 벌써 12시냐?"

-뭐가 벌써야. 나 지금 10분째 너 기다리고 있거든. 어딘데?

"지금 갈게. 기다려."

전화를 끊은 승준이 아쉬움을 담은 눈동자로 주변을 살폈다. 결국, 걸음을 옮겼다.

"뭐 하느라 이제 와."

"어디 좀 들렀다가 오느라고."

"어디? 아직 준비할 거 남았냐?"

"아. 아니야. 일단 밥 먹으러 가자."

식당에 마주 앉았다.

"너 언제 간다고 했지?"

"확실하지는 않고, 될 수 있으면 빨리 나가야지."

"근데 꼭 가야 하냐? 공부는 이제 지겹지 않냐?"

선호의 말에 승준이 큭큭 소리 내 웃었다.

"그렇게 좋은 회사까지 그만두고 뭐 하는 짓이야. 나 같으면 그런 짓 안 한다."

"너처럼 나와 다른 사람 얘기 듣고 싶지 않다. 그냥 좀 미련이 남아서."

"미련이 남긴. 미련스러운 놈."

주문한 음식이 나오고 대화가 이어졌다.

"근데 가면 언제 올 예정인데?"

"아직 몰라."

"그래. 다 포기하고 가는 김에 잘하고 와라."

"그래야지. 아. 맞다. 이거."

승준이 의자에 올려놓았던 종이 백을 내밀었다.

"어제 그분이 준 거? 유미 씨였나?"

"어. 맞아."

"이러지 않으셔도 되는데. 괜히 미안하네."

"그냥 마음이래."

"고맙다고 전해 주고 싶어도 방법이 없네."

선호가 미안한 표정을 지었다.

"그러게. 나도 한번 다시 만나고 싶은데……."

아쉬움이 가득 담긴 승준의 목소리에 선호가 잠시 의아한 눈빛을 머금었다. 가만히 생각을 담던 승준이 설핏 미소를 머금으며 말했다.

"네가 그나마 수화를 할 줄 알아서 다행이었다. 어제는."

"그러게……. 진짜 오랜만에 해봤네."

승준과 마찬가지로 선호가 미소를 머금었다.

"어머님 잘 계시지?"

승준의 물음에 선호가 천천히 고개를 끄덕이며 말했다.

"어. 안 그래도 너 보고 싶어 하시더라."

"나 미국 가기 전에 한 번 인사드리러 집에 간다고 전해 드려."

"그래. 그럴게."

선호와 헤어진 승준이 도로에 멈춰 섰다.

"아. 진짜."

황당한 목소리와 함께 웃음을 뱉었다.

"왜 이렇게 신경이 쓰여."

집으로 가겠다고 먹었던 마음이 자꾸만 흔들린다.

"무슨 스토커도 아니고."

혹여나 자신의 이런 모습을 그녀가 무서워하는 게 아닐까 하는 생각까지 든다. 망설임에 한참을 자리에 머물렀던 걸음이 다시 그녀를 찾기 위해 분주히 움직였다.

* * *

며칠 동안 그녀를 결국 찾지 못했다. 당연히 무리일 거라는 생각을 했다. 그럼에도 아쉬움이 가득 담긴 마음은 쉬이 사라지지 않았다.

지이이잉 지이이잉.

멍한 눈동자가 책상 위 부르르 떨리는 핸드폰에 닿았다. 핸드폰 화면의 이름을 확인한 승준이 귀찮음을 담은 눈동자로 한참을 바라보다가 전화를 받았다.

"어. 왜?"

-야. 너 오늘 안 잊었지?

"잊었다."

-너 진짜 이럴래? 오늘 같이 가기로 했잖아.

"너희끼리 다녀와."

-주희가 꼭 같이 오라고 그랬어. 야 그리고 넌 친구가 너무 박한 거 아니냐.

피아니스트인 대학 친구 주희가 연주회를 하는 날.

"걔 연주하는 거 많이 봤잖아."

-이번에 진짜 큰 공연이잖아. 긴장했던데. 우리가 가서 응원해 줘야지. 너 자꾸 이럴래?

이어지는 친구의 잔소리에 결국 승준이 알았다는 답을 뱉어 냈다.

* * *

"야! 이승준!"

연주회가 열리는 서울의 한 예술극장. 도착하자 옹기종기 모인 친구들이 손을 번쩍 들었다.

"이것 봐. 올 거면서 꼭 튕긴다니까."

"주희는?"

승준이 친구들 사이에 멈춰 서서 주변을 살폈다.

"주희는 준비하고 있지."

"인사만 하고 가려고 했더니."

"야. 웃기지 마. 일단 들어가. 너 절대 오늘은 도망 못 간다."

승준이 가느다란 한숨을 내쉬었다. 이상하리만큼 의욕이 떨어지는 하루다. 그 이유를 잘 알고 있었다. 며칠 동안 그녀를 찾기 위해 정신없이 모든 정신을 쏟았고, 결국 그녀를 찾지 못했다는 것.

'이러지 말자.'

그냥 스치는 인연이었다고 생각하자. 만나서 뭐 할 건데.

"들어가자!"

친구들과 함께 공연장으로 향했다. 제법 큰 공연장이었음에도 관객들이 가득 차 있었다. 자신의 좌석에 자리 잡고 앉은 승준이 공연 팸플릿을 바라보다 천천히 고개를 들었다. 곧 공연이 이어질 커다란 무대.

'기분 전환이라도 하고 가자.'

마음먹은 승준이 시트에 편하게 몸을 기대었다.

곧 공연이 시작할 시간. 좌석을 찾기 위해 분주하게 좁은 길목을 지나가는 사람들을 가만히 담던 승준의 눈이 조금씩 커졌다. 자신의 옆을 스쳐서 지나는 여인. 승준의 눈동자 위로 작은 떨림이 얹어졌다.

'김유미.'

자신이 며칠 동안 정신없이 찾아다니던 그녀. 그녀가 자신과 멀지 않은 곳에 있었다. 여전히 걸음을 움직이는 그녀를 따라 승준의 시선이 흘렀다. 직원에게 자리를 안내받은 그녀가 고맙다는 듯 고개를 끄덕이며 자리에 앉았다. 순간 모든 조명이 꺼졌다. 작게 웅성거리던 사람들의 목소리가 사라지고 정적이 흘렀다. 무대의 불이 켜지고 사람들의 박수 소리와 함께 은은한 조명이 공연장을 부드럽게 채워갔다. 승준의 시선은 무대를 향하지 않고 여전히 한곳에 머물러 있었다. 귓가에 아름다운 선율이 흐르기 시작하자 기대감을 머금은 그녀의 맑은 눈동자가 반짝거렸다. 오롯이 그녀만 담겼다. 감미로운 음악과 함께 그녀의 얼굴 위로 바람에 날리는 꽃잎 같은 아름다운 미소가 담겼다. 그 모습에 승준의 입가에 저절로 미소가 번졌다. 그녀는 지금 무엇을 듣고 있을까. 그녀는 무슨 생각을 하고 있을까. 그녀가 듣지 못한다는 것을 알면서도, 그녀의 귓가에 이 세상 가장 아름다운 소리가 흐르고 있을 것 같은 기분. 온몸을 타고 지금껏 느껴 본 적 없는 따뜻하면서도 간지러운 감각이 흘렀다. 다시 한번 그가 미소를 머금었다. 가슴 위로 느껴지는 자신의 심장박동에 승준은 깨달았다. 자신이 그녀를 그토록 찾아다녔던 이유를.

공연이 끝나고 승준이 빠르게 공연장을 벗어났다. 친구들이 부르는 소리도 그저 무시한 채 그의 걸음이 점점 빨라졌다. 혹여나 그녀를 놓칠까 봐, 먼저 나가서 그녀를 기다리기로 마음먹었다. 공연장을 빠져나오는 많은 사람. 살짝 불안한 눈빛으로 사람들 사이를 살피던 승준의 표정이 순간 밝아졌다. 천천히 걸음을 옮겨, 그녀의 앞으로 다가갔다. 고개를 숙이고 있는 그녀. 자신을 가로막는 형체에 그녀가 걸음을 멈췄다. 피해서 가려는 듯 사선으로 틀어지는 그녀의 발끝을 따라 승준이 다시 걸음을 옮겼다. 그녀가 빠르게 고개를 들었다.

"아……."

놀란 듯 보름달처럼 커진 그녀의 눈. 그 모습을 가만히 담던 승준이 천천히 입술을 움직였다.

"또 만 났 네 요. 우 리."

깜빡거리는 눈꺼풀 아래 그녀의 맑은 눈동자가 한참 동안 승준을 담았다. 놀람과 반가움이 뒤엉킨 표정.

"어……. 어……."

그녀가 작은 손을 공중에 머뭇거리다가 핸드폰을 꺼냈다.

-공연 보러 오셨어요?

승준이 고개를 끄덕이며 물었다.

"유미 씨도 공연 보러 오셨나 봐요."

그녀 또한 고개를 끄덕였다.

"공연 어땠어요?"

그가 지그시 그녀를 바라보며 물었다. 잠시 멈춘 듯 고요한 표정을 지었던 그녀가 살포시 웃었다.

"좋 았 어 요."

그녀의 입 모양을 읽은 그가 입매를 가득 밀어 올리며 다시 천천히 말을 이었다.

"그런 거 같아 보였어요."

그의 말에 맑은 눈동자를 담은 눈이 살며시 커졌다. 공연 내내 행복해 보였던 그녀. 그 모습이 얼마나 아름다웠는지 이야기해 주고 싶은 마음이 표정으로 고스란히 묻어났다. 그런 그를 바라보던 그녀가 살짝 시선을 피했다. 약간의 어색함을 담은 얼굴 위로 예쁜 분홍빛이 조금씩 물들고 있었다. 그 모습에 제멋대로 밀려 올라가려는 입술을 꾹 눌러 내린 승준이 그녀의 앞에 핸드폰을 내밀었다.

-저녁 같이 먹을래요?

다시 닿은 그녀의 눈동자.

"네"

짧게 움직인 입술이 옅은 미소를 머금었다.

공연장에서 가까운 레스토랑에 마주 앉았다. 주문을 마친 그가 물끄러미 그녀를 바라보았다.

"혹시 내가 말하면 알아들어요?"

자신이 말할 때마다 입술 위로 유심히 닿는 그녀의 시선.

-네. 어느 정도는요. 이제 익숙해서 잘 알아들어요. 너무 빠르지만 않으면요. 그냥 편하게 말씀하셔도 괜찮아요.

아아. 그가 빙긋 웃으며 고개를 끄덕였다.

"공연 자주 봐요?"

그의 물음에 멍한 표정을 짓던 그녀가 밝게 웃었다.

"왜 웃어요?"

의아한 승준의 표정에 웃음을 지우지 않은 그녀가 핸드폰을 내밀었다.

-그냥. 저 같은 사람한테 공연 자주 보냐고 묻는 사람은 승준 씨밖에 없을 거 같아서요.

핸드폰을 가만히 바라보던 승준의 눈썹이 천천히 휘었다.

"유미 씨 같은 사람이 어떤 사람인데요?"

아. 그의 물음에 그녀가 작게 입술을 벌렸다.

"공연을 봐야 하는 사람. 그러지 말아야 하는 사람이 따로 있는 거 아니잖아요."

진지한 표정을 담은 그가 다시 말을 이었다.

"음악을 듣지 않아도 분위기가 좋아서 갈 수도 있고, 아름다운 무대를 보면서 행복할 수도 있는 거 아닌가요?"

그렇지 않냐는 듯 물어오던 눈빛을 한 그를 바라보던 그녀가 살며시 미소를 머금었다.

가끔 시간이 되면 클래식 공연이나 뮤지컬 공연장을 찾았다. 그의 말대로 그곳에서 느껴지는 분위기에 가슴이 설레고 마냥 행복했다. 오늘 그를 만났을 때 유미는 당황했었다. 이상하게 생각하지 않을까, 잠시 담았던 생각이 눈앞에 남자로 인해 스르륵 눈 녹듯 사라졌다.

-맞아요. 공연 보는 내내 저 행복했어요.

조금은 느린 답을 적어 보인 그녀가 밝게 웃었다. 공연을 보러 간다는 사실은 물론, 공연에 대한 자신의 느낌을 누군가에게 말해 본 적 없는 그녀. 지극히 당연한 일이라는 듯 고개를 끄덕이는 남자를 가만히 눈에 담았다. 겨우 두 번째 만남이었지만. 그녀는 느꼈다. 참 따뜻한 사람이구나.

식사가 이어지는 내내 승준은 말을 멈추지 않았다. 혹시나 그녀가 알아듣지 못한 것 같으면 천천히 다시 얘기하던가 핸드폰 위로 글자를 적어 내려갔다. 그녀 또한 그의 입술에 시선을 떼지 않고, 그에게 답하느라 핸드폰 위를 열심히 두드렸다.

─근데 저 때문에 식사를 별로 못 하셔서 어떡해요.

그녀의 걱정에 그가 괜찮다는 듯 손을 흔들었다.

"밥 한 끼 굶는다고 안 죽어요. 오히려 저보다 유미 씨가 더 못 먹은 거 같은데요."

─저 다이어트 해야 해요.

"다이어트요?"

유미의 말에 승준의 눈이 크게 떠졌다. 대체 뺄 살이 어디 있다고. 황당한 듯한 그의 표정에 유미가 큭 소리 내며 웃었다.

─농담이에요. 왜 그렇게 놀라세요.

그녀가 여전히 즐거운 듯 웃는다.

"아. 농담."

놀랐네. 작게 읊조리는 그를 가만히 담던 유미가 핸드폰을 내밀었다.

─승준 씨. 참 좋은 분 같아요.

그와 마주 앉아 눈을 마주치는 순간순간. 꼭 이 말을 전해 주고 싶다는 생각이 계속 그녀의 머릿속과 마음을 맴돌았다. 그녀에게 친절한 사람은 많았다. 자신과 다른 장애가 있는 사람. 좋은 마음도 있었고, 동정도 있었다. 그도 다른 사람들과 다르지 않은 친절을 베풀고 있다는 생각을 담으면서도 평소와는 조금 다른, 생경한 감각이 그녀의 마음 한쪽을 채워갔다. 핸드폰을 바라보던 그가 느른하게 입매를 밀어 올리며 말했다.

"나. 좋은 사람 아닌데. 나쁜 놈인데."

가만히 있어도 커다란 눈망울이 조금씩 더 크기를 키운다.

"나도 농담이에요."

말을 마친 그가 빙긋 웃었다. 그러자 그녀의 얼굴 위로 오묘한 표정이 담겼다. 괜히 시답지 않은 농담을 했나. 그가 잠시 고민을 담는 순간. 그녀가 입술을 가리며 웃기 시작했다. 그냥 미소가 아닌. 소위 빵 터졌다고 표현하는 웃음. 도대체 웃음 포인트가 어디일까 고민을 담고 있는 승준을 바라보던 그녀가 입가에 남은 웃음을 재빨리 지웠다. 그녀가 웃음을 멈추자 승준이 슬그머니 물었다.

"왜 웃었어요?"

—되게 진지한 분이라고 생각했는데. 농담도 하시는 거 보고 재미있어서요.

그게 그렇게 웃을 일인가? 여전히 같은 생각을 담은 그가 차마 아무 답 하지 못하고 작게 입을 벌렸다.

—사실 제가 사람들이랑 대화하는 게 익숙하지 않아서. 가끔 남들이 재미없어하는 부분에서도 많이 웃어요. 이해해주세요.

싱긋싱긋 웃는 그녀의 눈이 사랑스럽게 휘어졌다. 마치 바람처럼 웃고 있는 그녀. 가슴이 살랑살랑 흔들리는 기분. 살포시 그 모습을 담던 그가 천천히 입술을 움직였다.

"나 되게 재미있는 사람이에요. 그러니 우리 앞으로 많이 대화해요."

선호가 들으면 욕을 할 거짓말을 한 승준이 빙긋 웃었다. 그녀와 더 많이 대화할 수 있다면, 더한 욕도 참아낼 각오가 되어 있었다.

레스토랑을 벗어나 밤거리를 나란히 걸었다.

"차 안 가지고 왔어요?"

-네. 그날 이후로 운전하기 무서워서요. 사실 평소에 운전 잘 안 하는데 그날은 학원에 가져갈 짐이 좀 많았거든요.

그렇구나. 고개를 끄덕인 선호가 다시 물었다.

"학원은 어디예요?"

-잠실 쪽이에요.

그녀의 말에 선호가 피식 웃었다. 엄한 곳을 찾아다닌 자신의 모습이 떠올라서였다. 어쨌든 그녀를 다시 만났으니 됐다는 마음으로 다시 말을 이었다.

"잠실 어디요?"

그가 물어오자 설명하기 어렵다는 표정을 지은 그녀가 핸드폰 검색창을 켰다. 여기예요. 그녀가 자신이 다니는 학원을 그에게 보여주었다. 지그시 화면을 눈에 담던 그가 물었다.

"학원 재미있어요?"

그녀가 당연하다는 듯 고개를 끄덕였다.

-카페 차리는 게 제 꿈이거든요. 바다가 보이는 예쁜 장소에. 생각만 해도 좋지 않아요?

글자를 적어낸 그녀가 설레는 미소를 담았다. 마치 꿈을 이룬 듯. 설렘이 가득 담긴 눈동자. 그 모습이 기분 좋아 말없이 눈에 담자, 살짝 민망한 표정으로 그녀가 입매를 올렸다.

-언젠가는 꼭 해보고 싶어요. 아직 언제가 될지는 모르지만.

"꼭 이룰 수 있을 거예요."

다정한 표정을 지어 보이는 남자. 그녀가 고맙다는 듯 고개를 끄덕였다. 어느새 그녀의 집 앞에 도착했다. 데려다주지 않아도 된다는 그녀의 말을 여러 번 거절하고 결국 따라온 승준이다.

"들어가 보세요."

-네. 그럴게요. 오늘 덕분에 즐거웠어요.

핸드폰을 손에 꼭 쥔 그녀를 가만히 바라보던 승준이 그녀에게 손바닥을 내밀었다. 그가 무언가 할 말이 있나 보다 하는 생각에 그녀가 핸드폰을 그에게 건넸다.

조금의 시간이 지나 다시 그녀에게 돌아온 핸드폰. 화면 위에 남겨진 전화번호.

"제 번호예요. 괜찮다면 저도 유미 씨 번호 받고 싶은데. 귀찮게 하지 않을게요."

살피듯 자신을 바라보는 그의 눈동자를 담던 그녀가 살포시 웃었다. 그리고 통화 버튼을 눌렀다. 재킷 속 그의 핸드폰이 진동하자 그가 만족스럽게 미소를 지었다.

-저도 아시다시피, 귀찮게 전화하거나 하는 일은 없을 거예요.

그녀의 말을 이해한 승준이 말없이 고개를 끄덕였다.

"들어가요. 늦었어요."

네. 조심히 가요. 입으로 작게 답한 그녀가 공중에 머문 작은 손을 흔들며 천천히 뒤를 돌았다. 그 자리에 멈춰서 멀어지는 그녀의 뒷모습을 가만히 눈에 담았다. 괜한 아쉬움이 남아 선뜻 발이 떨어지지 않았다. 집으로 향하던 그녀가 느릿하게 멈춰 서더니 고개를 돌렸다. 눈이 마주치자 그가 고개를 기울이며 들어가라는 듯 손을 흔들었다. 옅게 담긴 미소. 그가 아쉬움을 삼키듯 공중에 머문 손끝으로 공기를 천천히 말아쥐었다.

* * *

평소보다 학원에 조금 일찍 도착한 유미가 수업을 위해 자리를
정리하기 시작했다. 강의실 가득 번지는 커피 향에 저도 모르게
미소가 번지는 기분 좋은 아침. 정리를 마치고 주변을 살피자, 함
께하는 수강생들이 웃으며 인사를 했다.

수업이 시작하기까지 조금 시간이 남았다. 커피 한 잔을 들고
햇살이 잘 스미는 창가에 자리 잡았다. 시선이 창밖에 닿았다.
빠른 걸음으로 도로를 지나가는 사람들. 자신과 마찬가지로 각
자의 하루를 시작하는 이들을 가만히 눈에 담으며 평온한 미소
를 머금었다.

문득 승준이 떠올랐다. 생각해보니 그에 대해 아는 것이 없었
다. 무슨 일을 하는지. 사는 곳이 어디인지. 하물며 그가 몇 살인
지조차도 알지 못했다. 생각을 담던 눈동자가 느릿하게 휘어진 눈
매 안에 파묻혔다. 갑자기 왜 그가 떠올랐을까? 자신이 생각해도
이해가 되지 않아 살포시 눈동자를 추어올렸다.

'그 남자도 어디에선가 하루를 잘 시작하고 있겠지.'

스치는 생각을 천천히 지워낸 유미가 다시 창밖 세상을 눈에 담
았다. 지나가는 하얀 구름에 가려졌던 햇살이 환하게 번져 그녀
가 살포시 눈매를 찌푸렸다. 동시에 눈앞에 드리운 그림자에 그녀
가 느긋하게 고개를 돌렸다.

"……!"

길게 뻗은 눈매가 순식간에 동그란 모양으로 뒤바뀌었다.

"무슨 생각 하고 있어요?"

들리지 않아도 다정함이 느껴지는 목소리. 환한 미소를 머금은 승준이 눈앞에 서 있었다.

여기는 무슨 일이에요. 묻듯이 크게 떠진 그녀의 눈동자를 바라보던 승준이 작게 소리 내 웃었다.

"놀랐어요?"

그녀가 빠르게 고개를 끄덕였다.

"나 오늘부터 학원 다녀요."

깜빡깜빡. 그녀의 눈이 빠르게 움직였다. 혹시 그가 말하는 학원이……

"네. 저 오늘부터 유미 씨랑 같이 좀 배워보려고요."

자신이 생각하는 학원이 맞는다는 사실을 알려준 그가 나른하게 미소 지었다.

수업을 마치고 학원 앞 카페에 나란히 마주 앉았다.

―갑자기 학원은 왜 다니시는 거예요?

그녀의 물음에 아리송한 웃음을 머금은 그가 천천히 입을 움직였다.

"꿈이 하나 생겨서요."

에. 그녀가 살며시 고개를 기울였다.

"바다가 보이는 예쁜 장소에 카페 하나 차리고 싶은 꿈이 생겨서요."

천천히 찌푸려지는 그녀의 눈매에 그가 웃음을 삼키며 입술을 꾹 눌러 물었다. 아마도 도대체 이 남자가 왜 이러나 싶은 듯하다.

"그 꿈 유미 씨만 가지라는 법 없잖아요. 안 그래요?"

차마 반박할 말이 없는지 그녀가 앞에 놓인 커피를 들고 쭉 들이마셨다. 이리저리 그를 담던 유미가 물었다.

-근데 승준 씨 하는 일이 뭐예요?

"저 지금 백수예요."

자랑이 아닌데 자랑같이 말하는 남자.

"뭘 해볼까 찾는 중이었는데. 딱 제가 하고 싶은 일을 찾은 거 같네요."

진짜인지 그냥 하는 말인지 알 수가 없다. 애매한 자신의 눈빛에도 그는 그저 즐거워 보이는 미소를 머금었다. 자꾸만 의도치 않게 자신의 앞에 나타나는 남자. 조금은 특이해 보이지만, 또 그 눈빛에 묻어나는 느낌은 무섭거나 나쁘지 않았다. 처음 느낌처럼 그는 좋은 사람이겠지. 그녀는 그 이상 생각을 담지 않았다.

* * *

그가 학원에 함께 다닌 지 한 달이 흘렀다. 제법 평범한 하루들이 지나갔다. 어느새 그가 옆에 있는 것이 익숙해졌고, 이리저리 자신을 배려하는 그의 행동에 불편하기보다 오히려 편했다.

-나 오늘 일이 있어서 학원 못 갈 것 같아요.

수업을 준비하던 유미가 그의 문자를 확인했다. 일이라. 무슨 일일까. 순간 궁금증이 차올랐다. 나쁜 일은 아니겠지? 이리저리 닿는 생각을 담던 중. 톡톡. 등을 두드리는 감각에 그녀가 고개를 돌렸다.

"오늘 승준 씨 안 와요?"

유미가 물어오는 수강생에게 문자를 내밀었다. 핸드폰 문자를 바라보던 수강생이 천천히 고개를 들며 의미가 모호한 미소를 머금었다.

왜요. 그녀가 묻자 여전히 미소를 머금은 수강생이 천천히 입술을 움직였다.

"승준 씨랑 유미 씨. 둘이 무슨 사이예요?"

조심스러운 물음에 유미의 눈이 천천히 커졌다.

"원래 알던 사이라던데. 둘이 워낙 친해 보여서."

친해 보인다. 아마도 친구가 아닌 그 이상의 관계임을 묻고 있다는 것이 느껴졌다. 유미가 천천히 미소를 머금었다.

－그냥. 어쩌다 알게 된 사이예요. 생각하시는 그런 사이 아니에요.

그녀의 답에 마주한 학생이 고개를 갸웃거렸다. 의외라는 뜻인 듯했다.

－워낙 마음이 따뜻한 분이라 이리저리 잘 챙기시는 거 같아요. 저도 마찬가지고요.

당연히 그 이상의 뜻은 없을 거야. 그렇게 정의하고 답한 유미의 가슴 한쪽에 콕 하고 작은 통증이 느껴졌다. 순간 머릿속이 멍해졌다. 그리고 밀려오는 당혹스러움.

'내가 지금 왜 이러는 거지?'

여전히 가슴 한쪽이 조금 아리다. 틀린 말을 담은 것도 아니었다. 자신이 보는 그는 누구에게나 친절하고 따뜻했고, 조금은 특별한 자신을 배려하는 듯 보였다. 이미 인지하고 있는 사실. 인정하고 있으면서도, 쏟아지는 비를 맞은 듯 한쪽 가슴이 쓸려 내려

가는 느낌이다.

'이러지 말자.'

잠시 흐트러졌던 표정을 재빨리 바로 잡은 유미가 여전히 앞에 서 있는 수강생을 바라보며 빙긋 웃었다.

-승준 씨가 워낙 좋은 사람이라서 그래요.

핸드폰 위 글자를 확인한 수강생이 고개를 끄덕이며 멀어졌다. 손끝에 걸린 핸드폰을 천천히 말아 쥐었다. 이상하게 흔들리는 마음. 다시 단단히 다잡은 그녀가 자신의 자리로 돌아갔다.

온종일 이상한 기분이 주변을 맴돌았다. 버스를 여러 대 그냥 지나쳐 보냈다. 많은 사람이 오가는 버스 정류장. 덤덤한 눈빛으로 지나가는 차들을 눈에 담던 그녀가 사람들 속으로 몸을 파묻었다. 집까지 걸어오는 시간 동안 특별한 생각을 담지는 않았다. 애써 담지 않으려고 했던 것 같다.

지이이잉.

-유미 씨. 어디예요?

승준의 문자였다. 걸음을 멈춘 채 핸드폰 화면을 멍하니 바라보던 유미가 핸드폰을 가방 속에 넣었다. 다시 걷기 시작했다.

지이이잉. 지이이잉.

여러 번의 진동이 가방에서 느껴졌지만, 끝까지 확인하지 않고 집에 도착했다. 샤워를 마치고 소파에 앉아서 티브이를 켰다. 화면 아래 나오는 자막들을 가만히 눈에 담던 그녀의 시선이 집중하지 못하고 이리저리 닿았다. 결국, 티브이를 끄고 소파에 털썩 몸을 기대고 누웠다. 옆에 놓인 핸드폰에 흘깃 시선이 닿았다. 시선을 거둔 그녀가 천천히 눈을 감았다. 아무것도 들리지 않는 세상. 자신의 소리마저 들리지 않았으면 좋겠다는 생각이 들었다.

그는 그저 친절할 뿐이다. 다른 사람에게도. 그리고 나에게도. 그러니 괜히 혼자서 이상한 마음 담지 말자. 그가 어떤 마음인지 잘 알고 있잖아. 자신이 들었으면 하는 소리만을 마음과 머리에 담았다.

지이이잉. 지이이잉. 지이이잉.

소파 위로 느껴지는 끊이지 않는 진동. 느릿하게 밀려 올라간 눈꺼풀 아래 눈동자가 작게 진동했다.

[이승준]

또렷한 세 글자. 핸드폰을 손에 쥔 그녀가 차마 받지도 못하고 이리저리 주변을 살폈다. 긴 진동이 멈추고 이어진 작은 진동.

-유미 씨. 어디예요. 집에 있는 거 아니에요? 있으면 문 좀 열어봐요.

시선이 빠르게 현관을 향했다. 눈으로도 느껴질 정도로 떨림이 얹어진 문. 그녀가 현관으로 달려가 빠르게 문을 열었다.

"……!"

문이 열리자 생각지도 못했던 표정을 지은 그가 보였다. 화가 난 걸까? 아니면 놀란 걸까? 차마 그의 표정에 대한 해석이 끝나기도 전에 그의 두 손이 어깨를 강하게 잡았다.

"내 문자 못 봤어요?!"

격앙돼 보이는 그의 눈빛에 그녀가 차마 할 말을 찾지 못해 입술만 벙긋거렸다.

"하루 종일 연락 안 되고 얼마나 걱정한 줄 알아요?"

걱정……, 예상치 못한 그의 말에 벌어졌던 작은 입술이 꾹 닫혔다. 거칠어졌던 숨을 내뱉은 그가 천천히 고개를 숙이고 숨을 삼켰다. 그 모습을 담던 그녀의 눈동자가 느릿하게 내려오는 눈꺼풀에 반쯤 잠겼다. 그가 고개를 다시 들었다.

"미안해요. 미안해요. 내가 조금 흥분했네요."

마음을 가다듬듯 숨을 크게 삼킨 그가 똑바로 그녀를 응시했다. 닿은 눈동자가 이리저리 그녀를 살폈다. 다행이라는 듯. 마음이 놓인다는 듯. 스치는 눈빛에 그녀가 천천히 한 걸음 뒤로 물러났다.

들어오세요. 짧은 말과 함께 그녀가 몸을 돌렸다. 손끝에 닿았던 그녀의 몸이 점점 멀어졌다. 집으로 들어간 승준이 소파 앞에 서서 자신을 바라보는 그녀의 앞에 마주 섰다.

-왜 걱정을 하셨는데요?

"아……."

그가 바로 말을 잇지 못했다.

-저 지금까지 혼자서 잘 살아왔어요. 연락이 안 된다는 사실만으로 그렇게 걱정하게 할 만큼 어리지도 않고요.

핸드폰에 닿았던 그의 시선이 빠르게 그녀에게 닿았다. 처음 보는 그녀의 낯선 표정. 차갑게 식은 고요한 눈빛에 그의 얼굴 위로 당혹감이 번졌다.

"나는 그런 뜻이 아니라……."

그의 말을 끝까지 담지 않은 그녀가 시선을 내리고 핸드폰을 두드렸다.

-승준 씨가 친절한 것도 알고, 나한테 잘해 주는 것도 알겠어

요. 그래도 이렇게 막 찾아오고 이러는 거 저 조금 불편하네요.

그녀가 시선을 맞추지 않았다. 혹시나 확실하지 않은 자신의 마음이 미련하게 드러나 버리면 어쩌나. 그저 당연한 남의 호의에 흔들렸던 마음이 들킬까 봐 애써 그의 시선을 외면했다.

-미안해요. 화나게 하려는 거 아니었어요. 근데 나 좀 봐주면 안 돼요?

글자를 눈에 담던 유미가 천천히 시선을 옮겼다. 기다렸다는 듯 그가 입술을 움직였다.

"불편했다면 정말 미안해요. 매일 연락이 잘 되던 사람이 갑자기 연락이 안 돼서 걱정했던 거예요."

"……."

"이렇게 흥분할 일 아닌 거 아는데. 나도 모르게. 기분 나빴다면 정말 미안해요."

진심을 담은 그가 마음을 또렷하게 전하려는 듯 입술을 최대한 천천히 움직이며 말했다. 여전히 따뜻한 눈빛. 숨이 가쁘게 차올랐다. 열심히 마음에 담았던 소리가 점점 의미를 잃고 있었다.

-나는 나 나름의 삶에 익숙해졌어요. 갑자기 누군가가 끼어든 삶은 익숙하지 않아요. 승준 씨가 어떤 마음으로 그러는지 잘 알아요. 고맙지만 나는 그만해 줬으면 좋겠어요.

미안함이 가득했던 그의 눈동자 위로 다른 감정이 차올랐다. 그녀가 써 내려간 글자를 하나하나 담고 또다시 담았다. 그가 다시 눈을 맞춰왔다. 그리고 천천히 입술을 움직였다.

"내가 어떤 마음으로 그러는 건데요?"

그의 물음에 겨우 달래놓은 가슴 위로 작은 아픔이 번졌다.

"내가 어떤 마음으로 그러는지 정말 알고 있는 거 맞아요?"

핸드폰에 머문 손끝이 차마 움직이지 못했다. 동정이라는 말을 쓰고 싶지 않았다. 그것이 사실이라도 그 말을 담으면 지금과는 비교가 되지 않을 만큼의 아픔이 덮쳐올 것만 같았다. 자신의 말을 기다리는 그의 눈빛을 머금은 그녀의 눈동자 위로 물기가 번졌다. 울어야 할 상황도, 울고 싶은 상황도 아니라고 다독여도 자꾸만 가슴이 울컥거렸다.

"좋아해요."

흐릿하게 번지는 시선이 천천히 움직이는 그의 입술 위에 닿았다.

"내가 유미 씨 좋아해요."

또 한 번 느릿하게 움직이는 입술. 마치 마주하면 안 되는 것을 마주한 듯 그녀의 눈이 조금씩 커졌다.

"유미 씨가 무슨 생각으로 갑자기 내 연락도 피하고 차갑게 대하는지 모르겠지만……."

그의 잇새로 가느다란 한숨이 흘렀다.

"다른 생각 하지 말았으면 좋겠어요. 내가 이러는 이유. 내가 당신을 좋아하기 때문이라는 거. 그것만 확실히 알아줬으면 좋겠어요."

흔들림이 없는 눈빛으로 마음을 전한 그의 가슴이 크게 들썩였다. 그 또한 마음이 편하지 않았다. 사실 망설이고 또 망설였다. 어쩌면 그녀가 느끼는 감정이, 자신이 걱정했던 것과 다르지 않을 것 같았다. 그녀의 삶이 자신과 다르기에, 같은 마음과 생각을 담지 않을지도 모른다고 여러 번 생각했다. 하지만 차마 입에 담고 싶지 않은 마음에 그저 자신의 솔직한 마음만 전하기로 마음먹었다. 이제는 그녀의 답만이 남았다. 무거운 정적이 흘렀다.

1초가 1시간처럼 느껴지는 시간. 모든 생각이 무너진 듯 표정을 잃은 그녀의 얼굴을 담는 마음이 초조해 입술이 바짝 말랐다. 한동안 멈추었던 그녀의 손끝이 천천히 움직였다.

-오늘은 그만 가 줬으면 좋겠어요. 미안해요.

여전히 표정 없는 얼굴. 한 번만 눈을 맞춰주었으면 좋겠다는 생각과는 다르게 그녀의 시선은 그에게서 멀리 떨어져 있었다.

"그만 갈게요."

더는 아무것도 듣고 싶지 않아 하는 그녀를 잠시 눈에 담은 승준이 천천히 몸을 돌렸다.

* * *

학원에 도착한 승준이 걸음을 멈추었다. 여느 날과 다르지 않게 그녀가 있는 공간. 톡톡. 다가가 어깨를 치면 환하게 웃어주던 그녀의 얼굴이 스쳐 지나갔다. 차마 다가가지 못하고 가만히 서 있는 그에게 그녀의 시선이 닿았다. 그리고 금세 다른 곳을 향하는 시선. 승준이 조용히 자신의 자리를 향했다.

수업이 끝나자 사람들이 하나둘 인사를 건네며 강의실을 빠져나갔다. 애써 정리하는 것에만 정신을 집중하던 유미가 짧은 숨을 삼키며 천천히 시선을 돌렸다. 그가 보이지 않았다. 하루 종일 그와 눈을 마주치지도, 그 어떤 대화도 하지 않았다. 익숙하지 않은 버거운 감정에 휘둘리고 싶지 않았다. 그저 바람처럼 지나갈 것이라고. 시간이 지나면, 그도 자신과 같은 생각을 담을 것이라고. 묵묵히 삼키며, 그를 만나기 전의 자신으로 돌아가기로 했다. 다음 날부터 그가 학원에 나오지 않았다.

"승준 씨. 학원 왜 안 나와?"

예상했듯 물어오는 사람들의 질문에, 잘 모르겠다는 답만 되풀이했다. 늘 평소처럼 지나가는 시간에 공허함이 담겼다. 익숙했던 것이 사라지는 시간. 자신이 감당해야 할 시간임을 알기에 불현듯 밀려오는 아픔들을 애써 꼭꼭 가슴에 묻었다. 그가 학원에 나오지 않은 지 어느덧 한 달이 지났다. 그와 함께 보낸 시간과 똑같은 시간이 흘렀다. 하지만 유난히 길었던 시간이었다. 잘 지내고 있겠지. 그저 같은 생각을 보내며 하루를 보냈다.

집으로 돌아가는 길. 제법 쌀쌀해진 늦가을의 밤. 벌어진 옷깃을 두 손으로 여미며 어두운 골목길을 천천히 걸었다. 촉촉한 물방울이 이마 위를 적셨다. 천천히 고개를 올리자, 까만 밤하늘 위로 반짝이는 물방울들이 쏟아져 내린다. 그녀의 발끝을 타고 흐르는 물기 어린 소리가 점점 빨라졌다. 골목길을 채우던 그녀의 발걸음 소리가 순간 멈추었다. 그리고 그녀의 내쉬던 숨도 함께 멈추었다. 가로등 불빛을 타고 또렷이 보이는 빗방울 아래 그가 서 있었다.

여전히 익숙한 그의 모습. 스치는 바람처럼 쓸쓸히 가라앉아 있던 가슴 위로 작은 떨림이 얹어졌다. 그녀가 천천히 걸음을 옮겼다. 느릿하게 자신의 집을 올려다보는 그의 모습을 말없이 지켜보았다. 떨림이 얹어진 가슴 위로 통증이 일었다. 묻지 않아도 그가 어떤 시간을 보냈을지 느껴지는 지친 표정.

'도대체 왜……'

당신은 나 때문에 그런 얼굴을 하는 걸까. 자신과 눈이 마주치
자 애써 감추려는 듯 입술을 밀어 올리는 모습에 가슴이 울컥거
렸다. 말로 표현하지 못할 감정이 소용돌이치며 그녀를 감싸왔다.
내쉬는 숨이 떨려와 입술을 꾹 눌러 물었다. 천천히 그가 다가왔
다. 한 걸음. 조금만 손을 뻗어도 닿을 거리에 멈춰 선 그가 느릿
하게 눈동자를 움직였다.

"잘 지냈어요?"

물어오는 그에게서 옅은 알코올 향기가 번졌다. 여전히 자신을
살피는 남자.

"왜 아무 말도 안 해요. 그 정도도 답하기 싫을 정도로 내가 싫
어요?"

그녀가 천천히 고개를 저었다.

다행이다. 작게 읊조린 그가 숨을 크게 들이마셨다.

"갑자기 찾아와서 미안해요. 연락해도 받지 않을 거 같아서요."

"……."

"나 주말에 미국으로 가요."

고요하게 닿은 그녀의 눈동자가 작게 동요했다. 그가 살포시 미
소 지었다.

"그런 표정 하지 말아요. 당신 때문에 그런 거 아니에요. 원래 미
국 가려고 했었어요. 잠깐. 아주 잠깐 가지 말까 생각하기도 했
지만요."

"……."

"그냥 가기 전에 잠깐이라도 보고 싶었어요. 그 정도는 해도 되

죠?"

여전히 한 걸음. 좁혀지지 않은 거리에 마주 선 남자. 마주한 잔잔한 눈동자가 한참을 말없이 그녀를 담았다.

어느새 바닥에 고인 물웅덩이 위로 떨어진 빗방울이 작은 원을 그리며 사라졌다. 들리지 않아도 느껴졌다. 여느 날보다 서글픈 빗소리가 그와 자신의 주변을 채우고 있다는 것을. 촉촉이 젖은 그녀의 기다란 속눈썹 위로 빗방울이 맺히고 천천히 흘러내렸다. 애써 다잡은 마음이 무너져 버릴까 봐 잠시 거두었던 그의 시선이 다시 그녀에게 닿았다. 머뭇거림과 함께 그가 입술을 움직였다.

"마지막으로 한 번만 안아 봐도 될까요?"

정말로 마지막이에요. 마음의 정리를 마친 눈빛에 그녀가 천천히 고개를 끄덕였다.

조심스레 뻗어온 손끝이 가녀린 어깨를 천천히 감쌌다. 촉촉이 젖은 옷 위로 그의 온기가 닿자 그녀가 마음을 감추듯 눈꺼풀을 끌어내렸다. 그의 품은 따뜻했다. 그래서 가슴이 더 시려 왔다. 꼭 감은 눈동자 위로 물기가 번졌지만, 눈을 뜨지 않았다.

그녀를 가슴에 꼭 품은 그가 옅은 미소를 머금었다.

"여전히 많이 좋아해요. 하루에도 몇 번씩 당신을 찾아오고 싶었지만. 혹시나 당신이 아플까 봐 그러지 못했어요. 미안해요. 아직도 제멋대로라서. 멋있는 모습으로 떠나야 하는데. 내가 아직 많이 모자란가 봐요. 나 괜찮아지는 거 맞죠?"

그녀를 꼭 끌어안은 채. 전해지지 않는다는 걸 알고 있었다. 하지만 이렇게라도 하지 않으면 그녀를 평생 놓지 못할까 봐. 진심을 담은 목소리를 천천히 뱉어냈다.

"당신이 누구보다 행복했으면 좋겠어요. 그리고 가끔 나라는 사람이 있었다는 것도…… 아주 가끔이라도 생각해 줬으면 좋겠어요."

욕심일지 모를 마음을 한 번 더 내뱉은 그가 천천히 한 걸음 물러났다. 품었던 온기와 함께 심장이 떨어져 나간 듯 가슴이 욱신거렸지만, 그 어느 때보다 편안한 미소를 머금고 그녀를 마주했다. 한참을 떨어져 있던 그녀의 눈꺼풀이 밀려 올라갔다. 물기가 어린 눈동자가 그를 마주했다. 완벽히 마음을 감출 시간.

"잘 지내요. 아프지 말고."

그 어느 때보다 슬픈 빗소리가 흐르는 공간. 그녀는 아마도 모를. 미소를 머금은 그의 입술 사이로 슬픔이 묻은 목소리가 흘러나왔다.

* * *

-갑자기 집에는 무슨 일이야. 무슨 일 있는 거 아니지?

연락도 없이 집을 찾아온 딸의 모습에 유미의 엄마 시은이 수화로 빠르게 물었다. 느릿하게 입술을 밀어 올린 유미가 고개를 저었다.

-비는 왜 이렇게 많이 맞았어. 우산 없었어?

고개를 끄덕인 그녀가 짧은 한숨을 내쉬었다. 그 모습을 가만히 담던 시은이 천천히 손을 움직였다.

-일단 씻고 나와. 나와서 얘기하자.

유미가 욕실로 향했다. 샤워를 마치고 나온 유미가 소파에 앉아 멍한 시선을 머금었다. 가만히 지켜보던 시은이 천천히 그녀에게 다가갔다.

-밥은 먹었어? 밥 먹을래?

-아니. 생각 없어.

유미의 옆에 시은이 자리 잡고 앉았다. 여전히 초점이 사라진 눈빛. 시은이 천천히 손을 뻗어 그녀의 어깨를 잡았다. 눈이 마주치자 시은이 천천히 입을 열었다.

"딸. 대체 무슨 일이야."

그녀가 여전히 말이 없다.

"엄마한테 못 할 말이 뭐가 있어. 어서 얘기해봐. 응?"

손끝이 닿은 작은 어깨 위로 떨림이 얹어졌다. 잠시 숨을 고른 유미가 천천히 손을 움직였다.

-엄마. 엄마는 나 낳았을 때 어땠어? 나 낳고도 행복했어?

시은의 눈매가 조금씩 커졌다.

"어땠냐니. 당연히 행복했지. 무슨 말이야 그게."

-무섭거나 두렵지 않았어?

"뭐가 무서워. 이렇게 예쁜 딸인데."

-나 낳고 동생 안 낳은 거. 혹시 나 같은 아이 나올까 봐 그런 거야?

시은이 예상치 못한 유미의 물음에 가슴 한쪽이 아려왔다. 잠시 말을 잇지 못하던 시은이 천천히 미소를 머금었다.

"우리 딸이 무슨 일이 있어서 이렇게 슬퍼할까. 엄마는 다시 말하지만 너를 낳았을 때도, 너를 키울 때도 하루도 행복하지 않은 순간이 없었어."

"……."

"무슨 일인지 엄마한테 말해 주면 안 될까?"

상처가 가득해 보이는 딸의 모습에도 애써 미소를 담았다. 천천히 뻗은 손이 부드럽게 유미의 머리카락을 넘겼다.

–미안해. 내가 엄마한테 이런 말 하면 정말 나쁜 딸인데…….

"뭐가 미안해. 그러라고 엄마가 있는 건데."

–지금까지 살면서 한 번도 내가 이렇게까지 싫었던 적이 없는 거 같은데. 나 마음이 너무 아파.

완벽히 닫혔다가 위로 올라오는 눈꺼풀 아래로 맑은 눈물이 뚝뚝 떨어졌다. 울먹임을 삼키며 애써 참아 봤지만, 오히려 참았던 감정에 더 많은 눈물이 흘러내렸다.

–말도 못 하고 듣지도 못하는 나를 평범하게 세상을 살아가는 사람이 이해해 줄 수 있을까. 그 사람이 나를 사랑할 수 있을까? 그 사람과 나는 앞으로 행복할 수 있을까…….

"……."

–나 때문에 그 사람이 힘들어지지 않을까? 나 같은 아이를 낳으면 엄마처럼 나는 행복하다고 말할 수 있을까?

정신없이 손을 움직이는 그녀의 얼굴 위로 여전히 눈물이 뚝뚝 흘러내렸다.

"유미야."

찢어질 것 같이 가슴이 아파 딸을 꼭 끌어안았다.

흐흐흐흑. 슬픔을 내뱉은 작은 몸이 품 안에서 하염없이 떨렸다. 유미도 알고 있다. 자신을 세상에서 누구보다 사랑하는 시은의 앞에서 자신이 이런 모습을 보이면 안 된다는 사실을. 하지만 가슴을 아프게 조여오는 답답함과 고통에 도저히 참을 수가 없었다.

아무도 답해 줄 수 없는 사실. 그래도 괜찮다고. 그러면 안 된다고. 차라리 누구라도 속 시원하게 알려 주었으면 하는 간절한 마음이 자신을 정신없이 괴롭혔다.

시작된 흐느낌은 오랜 시간 계속되었다. 아무 말 없이 그녀를 꼭 끌어안고 토닥이던 시은이 천천히 품 안에 그녀를 놓고 눈을 맞추었다. 유미와 다르지 않게 물기가 번진 눈동자를 머금은 시은이 부드럽게 미소를 지었다.

"우리 딸이 그 사람을 많이 좋아하는구나."

흑. 삼켰던 흐느낌이 다시 뱉어졌다.

"응."

울먹임을 삼키며 입술을 꾹 다문 그녀가 고개를 끄덕였다. 지금껏 차마 인정하지 않았던, 아니 피하기만 했던 자신의 솔직한 마음을 터트린 그녀가 아이처럼 엉엉 울기 시작했다.

—지금도 그 사람이 너무 보고 싶어.

그녀가 시은의 품에 다시 안겼다. 토닥토닥 말없이 그녀를 다시 다독였다. 설레기만 할 수 없는 사랑을 시작한 딸을 그렇게 한참 동안 따뜻하게 품었다.

유미의 옆에 나란히 누운 시은이 부드럽게 그녀의 머리를 쓰다듬었다. 통통 부은 딸의 눈을 바라보던 시은이 살포시 미소를 머금었다.

"우리 딸 다 컸네. 사랑도 할 줄 알고."

그녀의 말에 유미도 살며시 미소 지었다.

"엄마는 다른 건 다 필요 없어."

"……."

"네가 행복하면 그걸로 만족해. 행복이란 건 원래 사람마다 다 다른 거야. 네가 다른 사람과 달라서가 아니라. 원래 다 그런 거란다."

"……."

"그러니 네가 행복해질 수 있는 선택을 했으면 좋겠어. 알겠지?"

* * *

눈을 뜨자 다른 날과 다르지 않은 익숙한 풍경이 눈에 들어왔다. 천천히 오르내리는 승준의 눈꺼풀 아래 텅 비어 버린 것 같은 눈동자가 창문으로 내리는 빛을 소리 없이 담았다. 차라리 가지 말 걸 그랬나. 마지막으로 그녀를 만나고 모든 것을 잊으려고 마음먹었던 마음이 의지와 다르게 자꾸 제멋대로 움직인다. 품 안에서 느껴졌던 그녀의 체온, 숨결, 향기. 그 어느 하나도 지워지지 않고 고스란히 새겨진 것만 같다. 베개에 깊게 얼굴을 묻었다. 괴로움이 차올라 숨을 쉬는 것이 고통처럼 느껴진다. 삼키면 삼킬수록 오히려 깊게 자리 잡는 그녀에 대한 그리움이 사무치게 깊어졌다. 빨리 이 시간이 지나가기를. 오로지 할 수 있는 유일한 생각을 담은 그가 한참 동안 몸을 일으키지 못했다.

－주말에 혼자 갈 수 있냐?

핸드폰 너머 선호의 물음에 승준이 피식 웃었다.

"왜 네가 공항까지 같이 가서 엉엉 울어줄래?"

–미친놈. 내가 왜.

"그러면 됐다. 혼자 가는 게 낫겠다."

–준비는 다 했어?

"어. 거의."

잠시의 정적이 흘렀다.

–너 괜찮냐?

"아니. 안 괜찮아."

며칠 전 선호와 함께 밤새 술을 마셨었다. 자신의 상태를 아는 선호가 나지막한 한숨을 내쉬었다.

–어제 만나러 갔었어?

선호가 조심스레 물어왔다.

"어. 만나고 왔다."

승준은 더는 아무 말 하지 않았고, 선호도 더는 묻지 않았다.

–준비 잘하고 가기 전에 또 통화하자.

"그래. 그러자. 또 연락할게."

전화를 마친 승준이 침대 위 멀찌감치 핸드폰을 던졌다. 그녀를 잊어보려고 일부러 정신없는 날들을 보냈었다. 아무것도 하고 싶지 않은 하루. 이불 속에 깊게 몸을 묻은 승준이 눈을 꼭 감았다.

하루가 흘러 창밖으로 스미는 빛이 어둠을 담았다.

"대체 얼마나 잔 거야."

무기력함에 많이 지쳤었나 보다. 자리에서 천천히 일어난 승준이 거실을 향했다. 깨끗하게 정리된 집안. 거실 한쪽에 놓여 있는 커다란 캐리어. 정말 이제 떠나는구나. 받아들이고 싶지 않은 현실을 묵묵히 받아들인 승준이 욕실을 향했다.

샤워를 마치고 나온 승준의 시선이 주변을 훑었다.

"핸드폰이 어디 갔지."

선호와의 통화를 떠올린 그가 침대로 걸음을 옮겼다.

지이이잉. 지이이잉.

침대 위에서 진동하는 핸드폰. 무감한 표정으로 핸드폰을 손에 든 승준의 눈이 헤아릴 수 없이 커졌다.

[김유미]

순간 자신이 헛것을 보는 게 아닐까 하는 생각이 들었다. 당연히 그녀와 통화를 해 본 적 없었다. 아니. 통화해본 적 없는 사실보다 그녀가 자신을 찾을 리가 없다는 생각이 가장 먼저 머리를 스치고 지났다. 핸드폰의 떨림이 사라졌다. 무언가에 머리를 얻어맞은 것처럼 멍한 정신으로 서 있던 승준이 정신없이 침대 위로 뛰어 올라갔다.

지이이잉. 지이이잉.

다시 떨리기 시작한 핸드폰. 또다시 그녀였다. 혹시 무슨 일이 있는 걸까. 제멋대로 쿵쾅거리며 뛰기 시작한 가슴 위로 기대감과 걱정이 마구잡이로 뒤섞였다.

"여보세요! 유미 씨!"

아무것도 흘러나오지 않는 핸드폰.

"여보세요! 유미 씨! 내 말 들려요! 나예요!"

그녀가 당연히 들을 수 없는 걸 알면서 확인하고 싶은 마음에 목소리가 멈추지 않았다.

"무슨 일 있는 거 아니죠!?"

하아. 답답함이 몰려와 깊게 숨을 내쉬었다. 전화가 끊겼다. 그녀의 이름 세 글자가 사라진 핸드폰.

-승준 씨. 잠깐 만날 수 있을까요.

-혹시 문자 보면 연락 좀 해주세요.

-승준 씨. 미안해요. 내가 이러는 거 이해 안 되겠지만. 잠깐이라도 만났으면 좋겠어요.

몇 시간 전부터 하나씩 도착해 있는 그녀의 문자. 승준의 눈동자가 정신없이 떨리기 시작했다.

-유미 씨. 어디예요. 내가 지금 바로 갈게요.

그녀의 답을 받기도 전에 승준이 정신없이 집을 뛰쳐나갔다.

-집 앞에서 기다릴게요.

차에 올라탄 승준이 시동을 걸자마자 빠르게 페달을 밟았다. 그녀가 왜 자신을 만나기를 원하는지. 그리고 어떤 말을 하려는지. 아무것도 알지 못하고 감조차 잡히지 않았지만, 그녀가 자신을 찾는다는 이유만으로 누르고 눌렀던 그녀에 대한 마음이 순식간에 사라지고 모든 생각과 마음이 오롯이 그녀에게 향했다.

그의 마음처럼 급하게 골목길을 들어선 차가 그녀의 집 앞에 멈췄다. 급하게 차에서 내린 승준의 발끝이 잠시 자리에 멈칫거렸다. 정말 그녀가 자신을 기다리고 있었다. 믿기지 않는 현실에 가쁘게 차오르는 숨을 삼키며 멈추었던 발끝을 천천히 움직였다. 차가 도착하면서부터 그를 향했던 그녀의 눈동자가 촉촉이 젖어있었다. 그가 한 걸음 한 걸음 다가올 때마다 맑은 눈동자 위로 점점 물기가 차올랐다. 그녀가 슬퍼 보였다. 환하게 웃게 하고 싶은데.

왜 당신은 그런 표정을 지을까. 그녀에게 다가갈수록 먹먹해지는 가슴에 눈동자가 시리게 아파 왔다.

어제 밤새 내린 비로 며칠 전과 다르게 사뭇 차가워진 공기. 그녀의 잇새로 하얀 입김이 서렸다. 승준의 시선이 그녀의 얼굴 아래로 닿았다. 얇은 티셔츠 차림의 그녀. 그가 입고 있던 외투를 벗어 그녀에게 가깝게 다가갔다.

"날씨가 많이 추워졌는데. 왜 이러고 나왔어요."

"……."

"감기라도 들면 어쩌려고."

늘 그렇듯 부드러운 미소가 담긴 얼굴. 그녀의 어깨에 외투를 걸쳐준 그의 손끝이 혹여나 바람이 들까 봐 벌어진 옷깃을 느릿하게 여몄다. 고스란히 저에게 닿아 있는 그녀의 눈동자. 여전히 잡고 싶은 마음을 들킬까 봐 내리뜬 그의 눈이 스르륵 크기를 키웠다.

뚝. 뜨거운 물방울이 손등을 타고 흘렀다. 한 방울 두 방울. 흑. 작은 흐느낌과 함께 후두둑 눈물이 하염없이 떨어졌다. 놀란 그가 시선을 빠르게 올렸다. 슬픔이 담겼던 눈동자가 자신을 담은 채로 연이어 눈물을 흘려보냈다.

"유미 씨…… 왜……."

좋아해요. 당황함에 머뭇거리던 승준의 입술이 얼어붙은 듯 움직임을 멈추었다. 울먹임을 삼키느라 잠시 다물어졌던 그녀의 작은 입술이 다시 빠르게 움직였다. 좋아해요. 좋아해요. 나 승준 씨 좋아해요. 마음을 전하느라 정신없이 움직이는 입술 위로 눈물이 얼룩졌다. 더는 삼키지 못하겠다는 듯 울먹임을 뱉어낸 그녀가 고개를 떨궜다. 손끝이 닿은 그녀의 어깨가 하염없이 흔들렸다.

꿈처럼 느껴지는 순간. 스치는 바람에서 그 어떤 온도도 느껴지지 않는 것 같은 공간. 멍하니 그녀를 바라보았다. 꿈이라면 깨지 않았으면 좋겠다. 작은 바람을 담는 순간. 그녀가 둘 사이의 공간을 메우며 한 걸음 다가왔다.

고개를 들었다. 눈물이 얼룩진 얼굴 위 눈동자가 가만히 자신을 담다가 입술을 꾹 눌러 물었다. 작은 손이 그의 어깨를 조심스레 잡았다. 마음을 전하듯. 그녀의 얼굴이 천천히 그에게로 다가왔다. 그녀는 눈을 감았고, 그는 눈을 크게 떴다. 입술 위로 촉촉하고 따뜻한 감각이 뒤섞였다.

'좋아해요.'

용기 내 속삭였던 입술이 그에게 마음을 전해왔다. 맞닿은 입술이 오랜 시간 함께 체온을 나누었다. 작은 움직임도 없었다. 그럼에도 느껴지는 서로에 대한 간절한 마음. 두 사람의 가슴 위로 뜨거운 무언가가 동시에 차올랐다.

물기 어린 소리와 함께 떨어진 입술. 두 사람 사이에 작은 틈이 생겼다. 차가운 바람이 스쳤지만, 그 어느 때보다 온기가 느껴지는 공간. 느릿하게 밀어 올린 눈꺼풀 아래 여전히 자신만 담고 있는 눈동자. 그녀가 옅게 미소 지었다. 가지 마요. 다시 차오른 눈물을 삼키며 그녀가 다시 미소를 담았다.

"하아……."

벅차오르는 감정을 버티지 못한 그가 작은 소리를 내뱉었다. 공중에 번지는 하얀 입김이 금세 눈앞에서 사라졌다. 마치 그녀를 잊으려고 애써왔던 자신의 마음처럼.

"유미 씨……."

참았던 마음이 터트린 그가 그녀를 단숨에 끌어안았다.

"유미 씨……."

할 말이 많은데. 그녀에게 꺼내어 보여주고 싶은 마음이 이렇게나 많은데. 아무것도 담기지 않고 하염없이 그녀의 이름만 되뇌었다. 품 안에 작은 몸이 흐느낌에 떨렸지만, 이제는 마음이 아프지 않았다. 아마도 자신과 같은 마음일 것이다. 잠시 닫았던 마음을 쏟아 내는 시간일 것이라고. 행복해지기 위해 안간힘을 쓰고 버텼던 마음을 버리는 과정이라고. 한참을 담지 못했던 행복한 미소를 머금은 그가 다시는 놓지 않을 것처럼 그녀를 꼭 끌어안았다.

차 안에 나란히 앉았다. 마주 잡은 손끝에 스치는 눈동자 위로 즐거움이 번졌다. 약속하지 않아도 누가 먼저랄 것 없이 눈을 맞췄다.

"왜 그렇게 많이 울었어요."

부드럽게 볼을 어루만지는 그의 손바닥 위로 그녀가 살며시 기대왔다. 느껴지는 온기에 가슴이 설렜다.

-내가 너무 많이 미웠어요.

핸드폰 위 글자를 담은 그가 살포시 웃었다.

"나랑 똑같네."

서로를 원망 한 적은 단 한 순간도 없었다. 그저 내가 당신을 아프게 할까 봐. 이런 내가 당신에게 혹여나 마음의 짐이 될까 봐. 망설이며 용기 내지 못한 자신을 원망했을 뿐이었다. 가 보지 않은 길에 대한 두려움은 늘 사람을 망설이게 만든다. 작은 용기. 누가 먼저임은 중요하지 않다. 그렇게 서로에게 닿았다는 것. 그리고 함께 마음을 나눌 수 있다는 사실. 그 하나로 모든 것이 충분했다.

잡고 있던 손을 놓은 그가 그녀에게 기울어졌던 상체를 천천히 일으켰다. 여전히 눈을 마주한 채. 미소를 머금은 그가 천천히 손을 움직였다.

사 랑 해 요.

손끝이 아름답게 마음을 전해왔다. 행복이 차오른 그녀의 눈동자를 담은 눈매가 부드럽게 휘어졌다. 그녀 또한 눈을 마주한 채. 그처럼 미소를 머금은 그녀가 천천히 입술을 움직였다.

나 도 사 랑 해 요.

빛처럼 환한 미소가 마음을 고스란히 전하는 그녀의 얼굴 위로 번졌다. 서로에게 익숙하지 않은 고백의 방법. 하지만 달라질 것은 아무것도 없었다. 나는 당신을 사랑합니다. 지금도, 그리고 앞으로도⋯⋯. 전하는 마음은 같았다.

* * *

"아빠."

주방에서 음식을 만드는 승준에게로 지아가 뛰어왔다.

"우리 딸 왜!"

팔을 벌리자 사랑스러운 아이가 품 안에 쏙 뛰어든다.

"뭐 만들어요?"

"아빠? 스파게티."

"우와. 맛있겠다."

"조금만 기다려. 금방 끝나니까."

신난 표정을 머금은 아이가 방긋방긋 웃었다.

"근데 엄마가 안 일어나요."

지아의 말에 승준이 미소를 머금었다.

"원래 예쁜 사람은 잠이 많아. 지아도 그래서 잠이 많잖아."

"아. 그래서 그렇구나."

여전히 방실방실 웃는 아이의 사랑스러운 볼에 짧게 입을 맞췄다.

"지아 잠깐 인형 가지고 놀고 있어. 엄마한테 다녀올게."

품 안에 지아를 내려놓은 승준이 방으로 향했다. 이불 속에 폭 파묻혀 여전히 꿈나라인 그녀. 바라보는 승준의 얼굴 위로 부드러운 미소가 담겼다. 침대로 다가가 그녀의 이마 위 흐트러진 머리카락을 손끝으로 살며시 넘겼다.

"유미야……."

톡톡. 어깨를 두드리자 꼭 감긴 눈매가 작게 꿈틀거렸다.

"일어나야지."

천천히 상체를 숙여 입술 위로 입 맞추자. 그녀의 입술이 부드럽게 밀려 올라갔다. 기분이 좋아 보이는 그녀.

"무슨 좋은 꿈 꿨어?"

실눈을 뜬 그녀가 고개를 끄덕였다.

"무슨 꿈인데?"

그가 물어오자 살며시 미소를 지은 그녀가 손끝을 움직였다.

－비빔밥 먹는 꿈.

그가 웃음을 터트렸다. 아침 식사를 처음부터 다시 준비해야 할 것 같다.

"비빔밥이 그렇게 좋았어? 내 꿈도 아니고. 너무 기분 좋아 보이는데?"

장난스레 눈을 흘기는 그의 모습.

-당연히 승준 씨랑 지아랑 같이 먹었지.

그녀가 혀끝을 살짝 내밀며 웃었다. 그 모습이 사랑스러워 다시 한번 짧게 입을 맞췄다. 포근한 감촉에 서로의 얼굴 위로 늘 그렇듯 미소가 저절로 스몄다. 한참을 눈을 맞추고 있던 승준이 살며시 이불을 걷어내고 그녀의 배 위로 조심스레 손을 얹었다.

"몸은 좀 어때?"

-조금 피곤해.

"병원에서 들었잖아. 무리하지 말라고."

그녀가 알고 있다는 듯 고개를 끄덕였다. 살며시 그녀의 배를 문지르던 그가 행복한 미소를 머금었다. 그 웃음이 전해져 예쁜 눈매가 부드럽게 휘었다. 그들에게 두 번째 선물이 찾아왔다. 그녀를 만나고 하루도 가슴이 벅차지 않은 날이 없었지만, 유난히 삶이 반짝거리는 것 같은 요즘.

"행복하다."

버릇처럼 되뇌어도 질리지 않는 말이 오늘도 그의 입술에서 흘러나왔다. 나도 행복해. 마주친 눈빛이 여전히 서로만 가득 담았다. 당신이 옆에 있어서 나는 행복합니다. 같은 마음이 전해졌다.

"어! 엄마 일어났다!"

신이 나 뛰어오는 지아의 모습에 승준이 놀란 눈으로 지아에게 팔을 뻗어 덥석 끌어안았다.

"어이쿠. 지아야. 조심해야지."

"아. 맞다. 엄마 아기 있지?"

"응. 아직 너무 작아서 조심해야 해."

"근데 아기가 어디 있어?"

"여기."

승준이 유미의 배를 가볍게 문지르자 신기한 눈빛을 한 지아가 조심스레 유미의 배로 얼굴을 얹었다.

"아직 아기가 말을 못 하나 봐. 아무 소리도 안 들려."

지아의 말에 승준이 웃음을 터트렸고, 그 모습에 유미도 환한 웃음을 머금었다. 왜 웃는지도 모르는 작은 아이가 가만히 바라보다 까르르 웃음을 터트렸다. 승준이 침대에 털썩 누워 팔을 벌리자, 자연스레 유미가 품으로 안겨 왔다. 그리고 두 사람의 가운데로 파고든 지아를 승준이 꼭 끌어안았다. 부족함이 하나도 없는 공간. 그저 충만한 행복이 차올랐다. 오늘도 어김없이 행복한 하루가 시작되었다.